亦夫

著

巨石镇

作家出版社

图书在版编目（CIP）数据

巨石镇 / 亦夫著 . -- 北京：作家出版社，2024. 9. --
ISBN 978-7-5212-2948-6

Ⅰ . I247.5

中国国家版本馆 CIP 数据核字第 2024KE7936 号

巨石镇

作　　者：亦　夫
责任编辑：兴　安　赵文文
装帧设计：🦊 + 牛依河
出版发行：作家出版社有限公司
社　　址：北京农展馆南里 10 号　　邮　　编：100125
电话传真：86-10-65067186（发行中心及邮购部）
　　　　　 86-10-65004079（总编室）
E-mail:zuojia@zuojia.net.cn
http://www.zuojiachubanshe.com
印　　刷：河北京平诚乾印刷有限公司
成品尺寸：152×230
字　　数：215 千
印　　张：17.75
版　　次：2024 年 9 月第 1 版
印　　次：2024 年 9 月第 1 次印刷
ISBN　978-7-5212-2948-6
定　　价：56. 00 元

1

老段喝多了，给王民打来电话说："程悦刚才跟我吹牛，说他曾经上过你老婆。"王民沉默片刻，发出一阵匪夷所思的怪笑，然后说："这傻×终于确定了自己的死刑。"

当时王民其实也在喝酒。虽然谈不上喝高，但情绪中明显也夹杂着酒精所带动的亢奋和冲动。但这句话说完他立即就恢复了镇静。他问老段："你这个傻×，程悦就在身边吗？"老段笑了："我哪里有那么傻，我出来尿尿。他喝白的，我喝啤的，度数虽然低，其实他妈的一点也没占便宜。"王民说："酒话都是扯淡，千万别他妈的到处胡说。"老段说："那当然，都是吹牛×而已。"

王民挂断电话，却没有了再喝酒的兴致。他对盘腿坐在炕桌对面的老枪说："抱歉啊，我忽然有点事，今天就不在你这里留宿了，现在就下山。"老枪也不阻拦，只是脸上掠过一丝不易察觉的诡谲表情，却不动声色地问："真要去杀人？要不要我送你一把枪？"王民很想就自己的心事和老枪聊聊，但他知道这只是想寻求安慰的自欺欺人，便笑了一声说："杀人是要偿命的，这个世界上，谁他妈的命值得用我的命去换？"说罢便跳下炕来，开始收拾自己的东西。

这是盛夏的一个黄昏。虽然身处大山腹地，王民依然感到有些喘不过气来。他以写生为名上山还不到十天就要匆匆离开，这在以前是从来都没有过的。在家里时，每次王民收拾画具和简单行李准备上山，妻子骆小丹都会有些忧心地说："你写生也不能老是去一个地方啊。老枪只是你邂逅的一个陌生人，况且一个人独居深山，身世让人起疑，你也不怕哪天把自己的小命丢在那里。"王民总会意味深长地告诉她："其实人最容易受害的，不是陌生人，倒是熟人和朋友。"不知他心思的骆小丹并不能听出他话中的话，除了千叮咛万嘱咐地让他注意安全，再说的无非就是"防人之心不可无"之类的老话。

王民提着简单的行李出门时，依然盘腿坐在炕上的老枪又给自己的杯中斟满了自酿的烧酒，漫不经心地问："你确定不选一把枪带上？天快黑了，野兽们也都该出洞了。"王民说："你确定？我如果因持枪被抓了，询问枪支来源，像我这种根本吃不了苦头的人，不用人家动刑，就会把你招供出来。"老枪却说："老子才不怕呢！警察来之前，老子早就人间蒸发了。只怕是你以后就喝不上我的烧酒了。"王民本来想笑，可他没有心情，便闷不作声地低头出了屋门。

王民走了一整晚的夜路，到天色大亮时，才看到了远处像飘浮在云烟上一般的巨石镇。在崎岖的山路上步行了十多个小时，王民惊讶地发现，自己非但没有一丝倦意，反倒像酣睡之后刚刚苏醒一样充满活力。但即便如此，想着即将见面的妻子骆小丹，他昨天晚上刚接到老段电话时猛然冒上心头的冲动，像一支待发之箭，虽然依然满弓紧弦，却越来越失去了目标。

整整一夜，王民穿行在崎岖陡峭、荆棘丛生的山中，心中燃起的那团怒火越烧越旺，让他恨不得一步就能跨进巨石镇。可现在到了这里，王民却发现自己对下一步要做的事毫无头绪：是把可能尚在睡梦中的骆小丹像只小鸡般地提溜起来，让她将自己心中的疑点逐一解释清楚？是立即买票回京，提把刀去找程悦，直接快意恩仇地让他人头落地、血溅百尺？……王民急匆匆的脚步变得慢了起来。他不知道该做什么，但心里却清楚无比地知道，以上这两项不过是无数次发生在想象中的情形，几乎没有成为现实的可能，即便在那个疑问被骆小丹和程悦都亲口证实之后。这样茫然失措的情绪一直持续了整整一夜。此刻，巨石镇已经出现在自己的视线之内，当初一见倾心的妻子骆小丹即将伸手可及，那桩一直隐藏在内心深处的秘密即将大白于天下，而王民却像个怒发冲冠的猎人一样，竟然跟丢了自己的猎物。或者说，他此刻才意识到，自己一直追踪的并非一个具体的猎物，而不过是一团模糊不清的影子。

王民在山下搭乘一辆三轮摩托回到镇西的家里时，时间还不到七点。推开院门，在院子中正绕着石桌踱步的尼采看了他一眼，"汪"地叫了一声，算是打过了招呼。骆小丹闻声挑帘而出。她正在刷牙，嘴里全是白沫子。

"吓我一跳！"骆小丹说话有些含混，但和尼采一样，表情明显有几分惊讶，"先洗把脸！我刷完牙正好打算出去买早点，也给你端一份老汤宽面回来？"随即又回屋去了。

王民"唉"了一声，顺手将行李放在了院子的小石桌上。他对自己的反应有些发蒙：怒气冲冲地走了一夜山路，回来难道就是为了吃一碗老汤宽面吗？尼采结束了自己的散步，此刻正远远地蹲在一旁，用向来含意不明的眼神瞅着自己。王民忽然笑了，他说："人说狗脸狗脸，说变就变！你他娘的永远都是这副牛×烘烘的样子。过来，赏你口吃的。"他翻了翻包里，却没能找到任何吃食。王民正想是否去厨房找点什么，贿赂一下这条脾气古怪的拉布拉多犬。尼采却"汪"地叫了一声，屁颠屁颠地跟着洗漱完毕的骆小丹出门买早点去了。

骆小丹带回了两份老汤宽面和几张葱油饼，而且面条都是另加了肉的。两口子对坐在院子的石桌旁，一边吃早点，一边有一搭无一搭地唠着家常。尼采卧在不远处，有一搭无一搭地瞅着王民。王民觉得狗眼中充满了对自己的鄙视：他受了极大的刺激而连夜下山，居然能和骆小丹如此坦然和平静地坐在一起吃早饭，依然像一对几十年恩爱如一的夫妻。甚至对手中这碗老汤宽面觉得如此美味、如此亲切，都让王民对自己感到失望。

"你不觉得奇怪吗？"王民终于想说点什么特别的话。

"奇怪什么？"骆小丹一脸莫名其妙。

"我从老枪那里回家，要走几乎一天的山路，所以过去都是黄昏或晚上到家，而今天一大早回来，意味着我走了一整夜山路。"王民说。

"啊，你走了一夜山路啊？"骆小丹的表情果然也变得吃惊起来，"我倒没过这个脑子，还以为你也许就在巨石镇附近写生呢。那你说说，你连夜赶路下山，是有什么急事吗？"

"事出反常必有妖嘛，不是谁都和你一样大大咧咧的。"王民说这句话时，觉得自己内心那些阴暗的东西又开始蠢蠢欲动起来。

"你累不累啊！"骆小丹疑惑地看了王民一眼，"到底什么事，直接说出来不就完了。"

王民觉得自己的心跳猛地开始加速，太阳穴的血管突突直跳，似乎随时都会爆裂开来。那句"今天咱们得把该说的话都说清楚"就在嗓子眼上，随时都会冲口而出。他觉得二十多年的平静生活，像一只已经充气到临界值的气球一样，终于到了要爆炸的时候。

"咦，你怎么了？果然事出反常必有妖啊，到底是个什么妖？亮出来看看。"骆小丹看着面红耳赤的王民，表情和说话的声调愈加好奇。

王民到嘴边的话却依然说不出来。骆小丹的注视让他不知所措，他忽然放下面碗，以不容拒绝的粗鲁一把将娇小的骆小丹抱了起来，就朝卧室里走去。骆小丹听着丈夫粗重的喘息，感受着他心脏的剧烈跳动,像是忽然明白了这个男人的心思。她有些害羞地捶打了一下王民的胸口,惊讶地嗔怪道:"老不正经的,你这是吃错了什么药。"

王民也不说话。他将骆小丹扔在大床上,猛地掀起裙子,一把将她的内裤扯了下来。大概从抱起骆小丹的那一刻,王民就觉得自己的下身变得坚硬如铁。他粗暴地分开骆小丹的双腿,没有任何前戏,没有任何话语,直接就进入了她的身体。王民这样的表现既让骆小丹感到吃惊,却又有几分陌生的新鲜。她开始时还一边喊疼,一边骂一些诸如"粗鲁""多少年了你也不懂女人"之类的话,但随着王民力度的增加,她的嗔怪慢慢变成了越来越受用的呻吟……这是骆小丹很长时间以来最觉得充满激情的一次夫妻生活。王民突如其来的野蛮力量像一场暴雨,让她这块久旱之地的全部渴望被重新唤起。骆小丹飘飘欲仙,要死要活。当她试图暗示王民更换一种姿势时,却被王民死死地捏压着双乳,一点都无法动弹。王民持续的时间太长了,他仿佛不是在享受性爱,而是狠呆呆地像一个强迫症患者……当这场突如其来的持续运动终于结束的时候,几乎要虚脱的骆小丹无限喜悦地悄声问道:"怎么回事?你突然变得这么厉害……"王民说:"吃了老枪自制的壮阳药。"骆小丹居然当真了,她惊讶地问:"老枪孤身一人,常年待在深山老林里,连个女人的面都见不上。他吃壮阳药不是自己给自己找罪受嘛。"王民说:"谁有女人没女人,外人怎么可能知道?"骆小丹没兴趣聊老枪,她亵玩地摸了一下王民的老二,笑道:"怪不得走一夜山路火急火燎地回家,原来妖在这里。"

事毕,骆小丹说闲着也是闲着,还不如两人一起喝点小酒。在准备小菜的过程中,这个女人嘴里一直哼着小曲儿,浑圆的肩头甚至随着曲子的节奏不时轻佻地抖动几下。王民望着骆小丹的背影,心里充满了尴尬和茫然。两人见面后事情会朝着怎样的方向发展，他曾有过许许多多的猜测，但唯独没有想到会是这样的结局。

尼采走过来，站在王民的对面，眼神诡异地看了看他，又低头走开了。

2

王民的家位于巨石镇的西端，是一个很小的独立院子。正房除了隔出来一间卧室外，其余部分全部打通，既是客厅，也是画室。偶然有朋友留宿时，沙发变床便是客房。两间西厢房做了厨房和饭厅，两间东厢房则是卫生间和浴室。院子进门处有一株高大的洋槐树。这是王民特意从北方老家运过来的，可谓是费尽了周折。洋槐花是王民对故乡和童年最温暖、最浪漫的记忆。当年和骆小丹决定购买这个小院的时候，他对骆小丹说："别的一切随你，我唯一的要求是从老家移植一棵洋槐树。"这棵千里迢迢来自故乡的洋槐树，在巨石镇这个他乡虽然长得枝繁叶茂，这么多年却从未开过一次花。别说吃上儿时的槐花麦饭，就连那种几乎渗透进了王民记忆每一个角落的清香，都从来不曾闻到过一次。由于院子不大，其余部分都被骆小丹栽种的葡萄覆盖着，院子里简直就是一个天然的凉棚。

虽说还不到午饭时间，但由于王民在床上折腾的时间太长，等骆小丹将两热两凉四个小菜端上院子的石桌时，也已经快十一点了。骆小丹拿出一瓶儿子王岳上次带回国的山崎12年威士忌道："今天高兴，咱们喝这个吧。"王民说："平常日子，有什么可高兴的。"骆小丹有些脸红，她说："你外出半个来月，给你接风啊。"

王民说:"拉倒吧,找瓶白酒。不喝白酒糟蹋了这些菜,喝威士忌则是糟蹋了酒。"骆小丹虽然是个固执的女人,但在酒方面显然没有主见,还是顺从地进屋换了瓶二十年的汾酒出来。

"要不要叫老钱两口子一起过来喝一盅?"王民开酒时,忽然想起什么似的问道。

"别叫了。"骆小丹摇摇头,"老钱老婆最近不在,就他一人在家。"

"那不更应该叫他过来热闹一下?"

"早晨我买早点时碰到他了,说了你回来的事,顺嘴说有空过来喝酒。老钱说最近情绪不好,等过两天给你接风。"

"我操!"王民说,"情绪不好就不喝酒了?活在世上,谁没有情绪不好的时候?"

骆小丹白了他一眼道:"老钱是老婆不在身边情绪不好,你是老婆在身边情绪不好。"

"狼心狗肺!"王民故意骂了一句,骆小丹便龇着一嘴白牙乐了。这是夫妻在一桩成功愉快的性事之后的调情。伺候好了老婆,作为丈夫,王民按常理应该感到得意才对。但骆小丹浑身那种毫不掩饰的满足和愉悦,却让他如芒在背,如鲠在喉,内心感到极为别扭和郁闷。正在这时,卧在阴凉中的尼采冷不丁"汪"地叫了一声,起身朝大门跑去。随着木门"吱"的一声被推开,默姑走了进来。

默姑是王民给这个老女人起的名字。巨石镇位于南北方分界之地,口音颇有些特殊。在巨石镇当地人口中,人们叫她的发音听上去既像"麻姑"又像"蘑菇",谁也不知道究竟是哪两个汉字。刚搬到巨石镇那一年,新鲜感让王民创作激情旺盛,画了不少相关风景和人物的作品,其中有一幅就是这个女人的抽象肖像。当时看到

"为默姑造像"的题名时，骆小丹说："你怎么知道是这两个字？"王民说："这两个字多有感觉。"骆小丹说："应该写成'麻古'，毒品更有感觉。"王民说："你不喜欢默姑，但我觉得她是巨石镇最有意思的人。"

王民叫她默姑，是因为她确实很少说话，尤其是很少主动说话，一般都是别人问什么她答什么。默姑不说话，却并不会造成她和别人之间的疏离感。相反，巨石镇的人们都觉得她虽然神秘莫测，却安静、目光专注并善于聆听，是一个让人感到庄重又亲切的女人。就连脾气古怪、情绪很难把控的尼采，都对默姑始终另眼相待，在她面前会无条件地变成一条毫无个性的忠实走狗。

默姑穿着一身白色的纱裙，加上她一年四季都脸色煞白，恍惚间如同一团人形的云彩从大门外飘了进来。王民看见骆小丹脸上掠过一丝厌恶的表情，但还是站起身打招呼道："哎呀，好久不见默姑。我今天刚回家，什么风就把您吹来了？来来来，刚好开了一瓶好酒，一起喝点。"在一旁的骆小丹以明显不悦的口吻说："默姑鼻子灵，一准是闻到了酒香。"

默姑不在意，也不说一句客气话，径直走过来坐在了石桌前。王民让老婆再去拿套餐具的工夫，默姑说："招人烦，并非我本意。"王民赶紧说："她是跟我闹了点别扭，不是针对你，别往心里去。"默姑微笑了一下，慢声细语地说："我要往心里去，就不会特意来了。"

默姑在巨石镇人的眼中，是一个神秘低调但却能量无边的预言者。许多有关她的故事，虽然大多无从判断真假，但一直是这个小镇上的传奇。其中流传最广的一则更是将她推向了巨石镇救世主的至尊之位：据说在一百多年之前，当时巨石镇只不过住家十来户、居民百十人的规模。某年秋季的一天清早，默姑敲遍了镇上每一户人家的大门，说神湖山五王峰上断流千年的养命泉忽然复活了，正有据说可以让人长命百岁的泉水淙淙涌出。这个神奇的消息让巨石镇的先民们倾巢而出，拖家带口，提瓶携罐，纷纷奔向了五王峰。但传说中的养命泉并没有复活，依然泉眼干涸，覆满荒草。就在人们愤怒不已的时候，山下却传来了滚雷般的巨大声响。大家惊骇地放眼望去，只见暴发的山洪像一头狂怒的黄龙横冲直撞，瞬间就吞没了建在山谷之间的巨石镇。人们这才明白，默姑用一个善意的谎言，拯救了全镇绝大多数人的性命……刚搬来巨石镇时，骆小丹从镇上老人嘴里听到这个传说，不屑地说："一百多年前？那时有默姑吗？"镇上的老人却不容置疑地说："别说百年，默姑的年龄谁能说得清？或许千年都不止。"

王民当然不会相信这种牵强附会的传说。但他对超自然的神秘事物向来是既不盲信，也不轻易否定。对于默姑这样的人，他不像那些号称见过一些世面的人那样不屑一顾，而是心存敬畏，对她被年轻人视为"巫婆乱言"的预言常常采取"不妨姑妄一听"的态度。

但今天主动找上门来的默姑，似乎并没有什么话要对王民说，而是专门来喝酒的。她对几道下酒菜几乎毫无兴趣，所有的注意力都集中在了那瓶汾酒上。她不但对王民的敬酒来者不拒，而且频频自斟自饮，一瓶白酒到见底时，大概被她一人喝去了六七两之多。对于默姑的表现，不但骆小丹频频皱眉，就连王民也觉得纳闷。他试探地问道："默姑今天好兴致啊，要不要再开一瓶？"一直几乎没有说话的默姑终于开了口："别开了！喝酒要看时间看心情，该喝的时候喝多了也无妨，不该喝的时候，一口下去都有可能带来无妄之灾啊。"王民看着默姑，疑惑地问："默姑莫不是有什么话想对我说？"默姑说："你想多了，我就是来喝酒的。凡事别想太多，尤其在酒后。"说罢竟然起身，也不说声道谢的话，径直出门去了。王民和骆小丹都没有来得及起身相送。倒是一直安静地卧在一旁的尼采，一溜小跑着，殷勤地代主送客到了门外。

尼采回来后，骆小丹踢了它一脚："你这个认贼作父的傻狗！"王民却若有所思地说道："默姑劝我少喝酒，或许意味深长啊。"骆小丹撇嘴道："你总是信她的装神弄鬼，不让你喝酒，自己倒将一瓶好酒喝下去大半。"王民说："你看到的是表象，她看到的是实质。"骆小丹说："我还说再开一瓶，咱俩添酒回灯重开宴呢，那到底喝还是不喝？"王民坚决地说："不喝了。听人劝，吃饱饭。"

王民话音刚落，尼采就"汪汪"地叫了两声。王民笑道："你看看，连尼采都对我的意见表示赞同。"骆小丹讥讽道："你听不懂人话，连狗叫的意思都歪曲了。尼采是在笑话你一见那个疯女人就魔怔，对吗尼采？"尼采却一声不吭，睁着一双无辜的大眼睛，看了看王民，又看了看骆小丹，无精打采地走到一旁去了。

王民和骆小丹都笑了起来。

就在王民回来的当天，一向安宁平静的巨石镇，发生了两件意外的事。

一是位于镇中心的清水客栈发生了住客走失事件。在此住宿的一对外地老夫妇一大早外出游玩，黄昏时分回到巨石镇的，却只有神情恍惚的老妇人。这是一对看上去恩爱了一生的老夫妻，即便到了晚年，也总是牵手而行，寸步不离。人们安慰老妇人并询问丈夫走失经过，老妇人却只是像个无助而委屈的孩子一样哭哭啼啼，什么也说不出来。客栈老板裘世忠没有办法，只好向镇派出所报了警。当地警察一边组织镇民上山搜寻，一边希望老妇人能提供诸如事先征兆之类的详细信息。不料老妇人闻言大放悲声，眼神绝望地说道："哪里有什么征兆？他让我坐下休息，自己到一旁岩石后去小便。一泡尿的工夫，一个大活人就没影没踪了。"

第二件让人意外的事是有关默姑的。两个上山砍柴的少年无意间目睹到诡异的一幕：身穿纱裙、飘然若仙的默姑行至位于半山腰的九丈潭时，大概是为了洗把脸而在水边蹲下了身子，不料却失足跌入了潭内。两个少年大惊，跑过去打算救人，却见默姑化成了一条巨大的白鱼，在水中悠闲地游动着，她浑身白色的鱼鳞在阳光下熠熠发光。此时的九丈潭一派浓烈的酒香，仿佛满潭的清水都变成了美酒，熏得两个少年昏昏欲睡。待两人从迷幻之境醒过来时，化成鱼形的默姑早已经没有了踪影……对这件事，镇民大多数并不相信。甚至认为是两个少年偷窥女人沐浴被人发现，乱编的故事而已。两个少年却拿出了成串的鱼，急赤白脸地说道："九丈潭的鱼如果不是因醉酒而漂满水面，谁有本事徒手逮到这么多？"

鱼作为证据让这件事变得不可思议，那些心存怀疑的人一时也无法反驳。

3

王民云游归来，让本来就焦头烂额的钱永旺又多了一份压力。

钱永旺正在吃老汤宽面时，碰到了也来此买早点的骆小丹。骆小丹没有看见坐在小馆角落的钱永旺。而钱永旺看到她买了两份老汤宽面和几张葱油饼时，心里不免有些犯嘀咕：王民进山写生去了，直到昨天晚上也没听说回巨石镇。这一大早的，骆小丹买了明显是两人份的早点，这是个什么情况？莫非……钱永旺随即便否定了自己的猜测，因为骆小丹不可能背着自己老公干些男女之间偷鸡摸狗的事。在他眼里，王民和骆小丹完全是成功夫妻的标杆，几乎可以算得上十全十美。他正犹豫要不要主动和骆小丹打声招呼，转身刚要离去的骆小丹却发现了他。

骆小丹说："咦，你怎么一个人出来吃早点？魏芸呢？"

钱永旺说："她回陕西了，老家有事要处理。"

骆小丹说："王民回来了，你有空随时过来喝酒。"

"我刚还在嘀咕，民哥不在，你为什么会买两份早点？你这么一说，我的好奇心荡然无存。"钱永旺坏笑了一下，然后说，"这几天手边一堆乱七八糟的事，加上情绪不好，你告诉民哥稍等几天，我安排个地方给他接风。"

骆小丹应了声，便匆匆出了店门。钱永旺望着她的背影，觉得自己的心理确实有几分阴暗：骆小丹不可能出轨，这是他坚信不疑的事。但在她亲口证实的那一瞬间，自己内心居然会泛上一丝明显的失望。

"民哥夫妇可是我在巨石镇最好的朋友啊！"尽管钱永旺这么感慨了一下，但这只是理性所发出的虚弱声音。对王民和骆小丹让人羡慕的婚姻关系，他内心依然充满嫉妒甚至仇恨。

自己不是一个宽厚豁达的人，这一点钱永旺本人也十分清楚。他把这种见不得人好，尤其见不得朋友比自己好的心理扭曲的原因，归于命运的不公：自己已经有过两段失败的婚姻，魏芸是第三任。而这段婚姻还不到七年之痒，却又一次亮起了红灯。

吃过早点，钱永旺无精打采地回到了位于巨石镇东南角名叫草滩的家中。正在院子里追逐嬉闹的六只狗子见他开门进了院子，像顽皮的小学生忽然看见了严厉的老师，一下子都蔫了。它们停止了狂吠和打闹，一个个贼眉鼠眼地找角落蜷卧了下来。

"妈的！"钱永旺见状骂了一句，心里无端地感到一阵痛快。

这些狗都是魏芸的宝贝儿子，她给每一条狗都起了好听的名字。但数年过去了，钱永旺不仅对狗名总是张冠李戴，而且永远弄不懂它们的排序。这段时间里，他和魏芸陷入了无休止的争吵和冷战。忍无可忍的魏芸郑重地说："这样下去，恐怕只有离婚了。我们彼此分开一段时间，冷静冷静吧。"在决定回陕西老家之前，除了千叮咛万嘱咐地交代钱永旺照顾好狗子们外，其余的事她只字未提。

在魏芸离开的这几天里，对于未来婚姻结局的惶惑和担忧，让钱永旺陷入了人生的又一次危机。他觉得自己正走在抑郁症的边缘上，说不定哪天就会彻底崩溃。这段时间里，让他唯一能体验到快乐的，就是虐待这几条狗。当然，他还没有残忍到体罚的程度，而只是在精神和心理上折磨它们。钱永旺觉得它们并不是狗，而是魏芸和自己结婚时带来的六个儿子，或者是他的六个情敌。狗子们也明白魏芸离开后的处境，它们失去了靠山，只能仰人鼻息地生活在男主人的暴政之下。

"我大概真有点变态了。"看着狗子们在远处提心吊胆地偷瞟自己的眼神，钱永旺的快感很快就被对自己的怀疑和鄙视取代了。

魏芸走了，钱永旺感觉每天都度日如年。他倒头睡在床上，半梦半醒之间，心事像一群群黑色的鸟儿般不时从空旷的心田上飞过，也不知道是梦还是自己的胡思乱想。当他被手机的铃声惊醒时，他瞥了一眼墙上的挂钟，已经是下午两点多了。他在伸手去摸电话的时候，第一个念头就是：魏芸终于来电话了！姜还是老的辣，在这场无声的对抗中，她终于缴械投降了。

但来电显示并非老婆魏芸，而是陈关。钱永旺愣了一下，才想起来陈关就是外号叫"放屁虫"的邻居。放屁虫家的院子也在远离镇街的草滩一带，离钱永旺的家几百米远。钱永旺犹豫了一下，还是接听了。放屁虫说："钱哥，过来打麻将。我们三缺一，实在找不到别人了。"钱永旺说："我还没吃饭呢，哪里有心思打牌。"放屁虫说："我给你到汪记叫一份烤羊肉还不行吗？"钱永旺说："兄弟，你知道的，我对打牌这类事没兴趣。"放屁虫笑道："哥啊，喝酒喝酒你不来，唱歌唱歌你不来，你怎么对什么事都不感兴趣啊？对什么事都不感兴趣的，只有两种人：一种是圣人，一种是死人。"钱永旺说："你就当我是死人好了。"说完，还不等对方再纠缠，就断然挂掉了电话。

已经两点多了，但钱永旺并没有一点饥饿的感觉。但饿不饿都得吃饭，这是理性给他的忠告。钱永旺在院子中给每个食盆中都倒好了狗粮，然后锁上大门，信步朝镇街走去。

出门没走几步，钱永旺就听到一阵女人粗声野气的叫骂声。他抬头看时，却见三个男人狼狈不堪地从放屁虫家的院子中落荒而出。他们身后的大门随即发出砰的一声，重重地被关上了。看着放屁虫和两个男人心有余悸的样子，钱永旺心里暗暗发笑。不用问，他们肯定是被放屁虫的老婆赶出来的。放屁虫的老婆汪兰花是巨石镇出名的悍妇。据说当年放屁虫在汪记羊肉铺吃饭时，酒后嘚瑟，撩逗老板的女儿汪兰花说，日后必娶这样的奇女子。众酒客闻言故意起哄道："兰花，你让他日啊，日完他就得娶你。"当时已经快三十岁的汪兰花果真就横在了放屁虫的面前，不容分说地一把抓住了他："男人说话不能当放屁！你说，什么时候？在哪里？"……这当然只是因为放屁虫人善被人欺，巨石镇闲汉们故意编派他的段子而已。年轻时长相俊美的放屁虫最终落在汪兰花的手中，其实另有一段大家心知肚明的故事。汪兰花结婚后对丈夫疼爱有加，甚至像对待一个不省心的孩子那样宠着他。但汪兰花同时也没有辱没自己悍妇的名声。心情好时尽可对放屁虫千宠百爱，但一旦遇到不顺心的事，轻则怒骂羞辱，重则上演全武行，所以放屁虫一年四季身上总是新伤接旧伤，很难有周身浑全的时候。

"为什么事啊？"钱永旺经过三个男人的身旁时，忍不住好奇地问。

"能为什么事，悍妇撒泼还需要理由吗？"放屁虫一脸愤懑地说，"本来好好的，同意我今天找人来家打牌。我找到他们二位，三缺一却一时找不到人。就在我打电话的工夫，悍妇却无端地恼了，骂我找个玩牌的人都这么费劲，简直就是个无用的废物。我刚辩解说今天不是周末，并没有那么容易找个闲人，她却发起飙来，二话不说将我们赶出了家门。"

"我操！那我有些对不住兄弟了。可我对打牌买彩票这类沾赌的事，确实没有一丁点儿兴趣。"钱永旺说，"家里不让打，那你们就去镇上茶馆里打呗，活人还能让尿憋死？"

"冷不丁被赶出来，身上一分钱都没有，还打个屁。"放屁虫沮丧地说，"巨石镇打牌都是现算现结，你以为还能赊账啊？"

钱永旺二话没说，从兜里掏出钱包，数出两千块钱递给放屁虫道："今天让兄弟扫兴我有过错，这钱你拿去打牌。别在意，手头宽松时再还不迟。"

放屁虫接过钱来，喜出望外地说："钱哥不光有钱，而且如此爽快，谢谢啊。我今天特有感觉，手气一定错不了。等我赢了钱，找家饭店请钱哥好好撮一顿。"

钱永旺笑着摆了摆手，三个心急火燎的男人便一溜烟地赶去了茶馆。望着他们的背影，钱永旺实在无法理解。既然都说赌场无赢家，它何以还会让人如此沉迷？但想起自己对于抽烟喝酒、跳舞唱歌、钓鱼下棋、打球跑步一概没有兴趣的事实，钱永旺想起了魏芸每当和自己吵架时说得最多的一句话："和你一起过日子，就四个字：了无生趣！"

"妈的!"钱永旺嘀咕了一声,却不知道是在骂魏芸的挑剔,还是在骂自己的性格。

大概是受了放屁虫的诱导,饥饿感并不强烈的钱永旺纠结了半天,还是决定去汪记羊肉铺吃饭。因为已经过了饭点儿,羊肉铺里的客人寥寥无几。他找了个临窗的位子坐下来,点了一荤一素两个小菜,一份羊肉卷饼和一小碗羊汤,一边不紧不慢地吃喝,一边打开随身携带的Kindle,继续阅读最近一直进展缓慢的帕慕克的长篇小说《伊斯坦布尔》。

羊汤还没有喝,却已经放凉了。钱永旺正在犹豫是现在叫服务员端去热,还是等到饭快吃完的时候再说,伴着一阵粗声大气的说话声,却看见汪兰花推门走进了饭馆。她大声叫道:"顺子,顺子你过来。"正在角落里打盹的男服务员立即小跑着到了她的跟前,低眉顺眼地道:"花姐,您吩咐。"汪兰花说:"你关哥在茶馆打麻将,他中午没怎么吃,你让后厨烤点羊肉包子给送过去。还有,这钱你也带给他。"顺子"嗨"了一声,接过钱一路小跑去了后厨。

汪兰花转身要走时,看见了临窗而坐的钱永旺,有些意外地说:"钱哥啊,你怎么这个点儿才吃饭?芸姐怎么没来啊?"钱永旺赶紧说:"她临时回老家几天。我一个人,吃饭就没个准点了。""怎么没叫酒?"汪兰花说罢,转头对一个女服务员说:"给这桌免费上两瓶啤酒,结账时打八折。"钱永旺赶紧摆手:"不用不用,我不喝酒。"汪兰花哈哈大笑道:"净扯!我又不是没见过你喝酒。要再敢推托,小心我留下来陪你喝。"

汪兰花出门去了,两瓶开了盖的冰镇啤酒也送上了桌。透过窗玻璃,钱永旺看着汪兰花肥胖笨拙、丑陋不堪的背影,忽然觉得连放屁虫这样一个烂泥一样扶不上墙的男人,都要过得远比自己幸福。

钱永旺拿起啤酒喝了一口。不管心情好与不好，这马尿一样的玩意儿却让他依然毫无感觉。

4

从骆小丹口中得知王民回到巨石镇上的消息后，这段时间本来就压抑苦闷的钱永旺，觉得生活又给自己添了一块心病。说实在话，他是打骨子里喜欢王民和骆小丹这对夫妻的。若非如此，他当初也就不会热心地游说他们，给他们在巨石镇找房子，并事无巨细地帮助他们在这里安了家。他之所以害怕去见王民，一是最近他和魏芸的婚姻岌岌可危，而人家夫妻牢固和谐的恩爱关系会让自己更加触景生情。二来王民是朋友圈里段位最高的酒鬼，每次和他吃饭，都会把自己喝得五迷三道，几天都缓不过劲来。但骆小丹已经亲口告诉王民回来了，自己总不可能假装不知吧？纠结三天之后，他终于硬着头皮给王民打了电话："民哥，对不住啊，我早就听嫂子说你回镇上了。手边有点事耽误了几天，晚上我给你接风，你说想吃点什么？"王民说："接什么风啊，咱们聚聚就是了。听说弟妹回老家了，那你晚上来我家吧，多一双筷子的事。"钱永旺说："那可不行。你既然没主意，就听我安排吧。"

钱永旺思来想去，觉得去镇上哪家饭馆都有些单调。再加上他怕自己喝多酒后连累王民两口子，最后干脆决定在自己家里招待他们。他从镇上的汪记羊肉铺、蜀缘酒家、云味楼分别订了两道招牌菜，又从老汤宽面订了菜盒子和杂粮粥，让各店家晚上六点准时送到他的小院。一切准备就绪后，已经是下午四点。他打电话通知王民两口子，让他们现在就过来聊天。不一会儿，院子里的六条狗齐声叫了起来。钱永旺打开院门，看见王民、骆小丹和尼采正在穿过那片小树林，朝自家的院子里走来。大概是听见了满院响起的一片犬吠声，尼采停了下来，任骆小丹再如何用力牵动狗绳，就是一步也不肯挪动。王民见状恫吓道："上不了台面的畜生！再不走，回去杀来吃了狗肉。"尼采用既无辜而又有几分漠然的眼神看了一下王民，只得扭扭捏捏地迈开了步子。骆小丹笑道："尼采心里说，实在倒霉做了你家的狗，真他妈的生无可恋。"

钱永旺将夫妻二人迎进院子。哥俩好久不见，自然亲切异常。六条狗和尼采本来也都熟悉，加上近期被主人圈在院中，很久没有出门，所以尼采的到来让它们如同囚徒见到了探监的故友，激动不已地将尼采围在中间，又是抵头又是咬嘴地表示着亲热。但行为古怪的尼采似乎很反感这些庸俗的问候，率先一步进了客厅。六条狗子看看主人钱永旺，面面相觑，谁也不敢越雷池半步，只好悻悻地散开了。钱永旺见状笑说："牛×！尼采简直就是巨石镇狗界的默姑啊。"

宾主在客厅坐定，钱永旺问："民哥，饭菜六点到，现在还不到五点。是先喝点茶，还是直接搞啤酒？"王民说："搞什么都行。但今天咱们先约法三章，不喝急酒，慢喝细品，最多微醺。"钱永旺诧异地问："怎么了？这不是民哥你的风格啊。"骆小丹在一旁说："刚回来那天，默姑上门蹭饭，说他近期不宜喝大酒，他还真把鸡毛当令箭了。"王民说："令箭就是令箭，只是你光看见了鸡毛而已。"

钱永旺说："那听民哥的，咱们先茶后酒。"于是沏了一壶信阳毛尖，三人一边喝，一边东拉西扯地说着闲话。

王民想起前几日老婆的话，随意问钱永旺道："你嫂子说你这几天情绪不好，是遇到什么难事了吗？说出来，哥也许能给你分担一点。"

"天下太平，能有什么事？我就是周期性情绪低落而已。"钱永旺龇牙笑了一下，"就像女人来大姨妈，一个月总得难受那么几天。"

"哈哈，不能乱叫，那应该说大姨父来了。"王民忍不住笑了起来，"其实这都是男女关系闹的。我的猎人朋友老枪一生未婚，整天斗志昂扬的，从来就没有什么周期性情绪低落。"

"天下就没有只有快乐没有痛苦的人，除非他是个傻子。"骆小丹撇嘴说了一句，又转向钱永旺，关切地问，"你是不是和魏芸闹别扭了？"

骆小丹的话触到了钱永旺内心的痛点，他不由得眉头紧蹙，无法掩饰的烦愁在脸上尽显无遗。

"看看，我就知道两口子闹别扭了。为啥事啊？说说心里就敞亮了。"骆小丹说。

"唉！"钱永旺叹了口气，"今天给民哥接风，本来不想聊这些烦人的事。"

王民赶紧说："咱们兄弟，接风又不是江湖套路。快说说，究竟为什么？"

"也没有什么具体的原因，无非就是生活中的鸡毛蒜皮。"钱永旺看了看一直卧在一旁貌似沉思的尼采，又说，"我在这个家里排行老八，魏芸老大，六只狗分别是老二到老七。你说他妈的这能不吵架吗？"

"这都是你们不要孩子惹的祸。"骆小丹闻言道，"我早就跟你说过，丁克不是那么好当的。我认识的丁克夫妇不在少数，开始都信誓旦旦的，但大部分都半途而废，又怀孕生娃，回归到了正常的家庭生活……"还不等她把话说完，王民便打断了她："瞎咧咧什么呀！丁克怎么就不正常了？这是一种先进的生活理念，你哪里懂得了？要不是你当初意外怀孕，没准我也会选择成为丁克一族。"骆小丹听不出这不过是丈夫给钱永旺找台阶的话，却生气地说："等下次儿子回来，有本事你当着他的面说这话，到时可别耍赖呀。"钱永旺一看这架势，赶紧打圆场道："嫂子别当真，生活里最怕的就是'认真'二字。"

三个人说着闲话的当儿，几家餐馆把所订的饭菜陆续送上了门。钱永旺说："民哥，今天给你喝一种酒，保准是你见都没见过的。"王民说："大话不要说得太早。"但当钱永旺去储藏间拿出一瓶酒递过来时，王民一下子就愣住了：这是一款53度的酱香型白酒，圆筒形咖啡色瓷瓶，包装平常，并无惹人眼球之处。让王民大感意外的，是酒瓶上的标签：标签上居然印着王民的一幅水墨山水，画的正是巨石镇的风景，是当初刚落户此地时，他画来送给钱永旺的。此款酒名为"民酱"，这两个字也是从王民的画作上集来的。

"这……这确实让我大感意外。"王民说。

"没喝过吧？"钱永旺得意地说。

"别卖关子了，这到底是怎么回事？"王民有些急不可耐地问。

钱永旺这才说出了事情的原委：他北京有个朋友是贵州一家酒厂的代理商，承揽此酒的各种订制服务。钱永旺便将王民送他的那幅画以及王民的资料一起发了过去，让他设计一款订制酒。"民哥，我说缓两天给你接风，其实也是在等酒。我订了二十箱，你我一人十箱，送人或待客都很特别。这是样品，昨天刚刚寄到。你看看，如果不满意，我随时让他改动。"钱永旺说，"开喝吧，朋友说是坤沙老酒，品质绝对可靠，其实我也没喝过。"

王民开了酒，一边往分酒器里倒一边说："兄弟，没想到你这么心细，我忍不住有点感动啊。"钱永旺说："没办法，谁让我那么喜欢民哥的画。"王民说："二十箱的酒钱我都出了。我知道你有钱，可这不是钱的事，你千万别推托啊。"钱永旺笑道："开玩笑！我怎么可能收你的钱？放心，我不是雷锋。我宣传你的画也是出于私心。等有一天你的画卖过了张大千、李可染，我不就坐地发财了嘛。来来来，喝一杯品品味，看看我朋友是否在吹牛。"

三个人碰了碰杯，钱永旺和骆小丹都小抿了一小口，王民却毫不含糊地干了。他说："入口绵柔，酱香浓郁，绝对是好酒。再说了，就算酒品一般，贴上了'民酱'的标签，自然也身价翻番啊。"骆小丹刚才挨撑的怨气还没有彻底消去，白了他一眼道："可算碰到好酒了。今天我倒要看看，那个疯女人的话到底是鸡毛还是令箭。"王民没工夫和老婆斗嘴，他还沉浸在对钱永旺的感动之中，心里琢磨回去一定要送张大画给他，作为对这份难得友情的报答。

几杯酒下肚，聊天的气氛开始变得轻松活跃起来。王民说起深山里那个神秘猎人老枪的古怪生活，惹得钱永旺一个劲儿地说："民哥下次进山，带我去玩几天吧。你老是说起他，弄得我越来越好奇。""你能想得到吗？那个老光棍居然发明了一种壮阳药，效果奇佳……"骆小丹忽然觉得自己说漏了嘴，赶忙找补道，"这是你民哥说的，也许只是在乱吹牛。不过要是能把药方搞到手，没准能推出一款让咱们进入富豪排行榜的神药。"钱永旺并没有注意到骆小丹的窘态，他的愿望变得更加迫切："民哥，说定了哈，下次进山一定带上我。"王民尴尬地笑了一下，端起酒杯道："到时再说，先喝酒，先喝酒。"

三人正喝着酒，院子里一直安安静静的狗子们忽然一齐叫了起来。还不等钱永旺起身，门帘一挑，却是胖女人汪兰花。她目光绕屋子打量一圈，对钱永旺说："门开着，我就径直进来了，没想到钱哥有客人。我家陈关没来你屋啊？"钱永旺说："他刚才给我打了电话，问我在干吗，我说和朋友喝酒，他没再说什么就挂了，我还以为喊我打牌。你是不是又把人家赶出家门了?"

汪兰花说:"两口子拌嘴,我脾气不好,说了几句重话而已,哪里会赶他出门。要赶他出门,我何苦摸黑四处找他。行了,不打扰你了。"说罢跟几个人摆了摆手,便转身离开了。

"这两口子,见不得又离不得,也真是奇葩。来来,继续喝酒。"钱永旺低声嘟囔了一句,又给三人的杯中斟满了酒。

九点左右,一瓶民酱喝完了,钱永旺将另一瓶样酒又取了出来。他说:"民哥,接着喝什么?你点,我这里基本都有。"还不等王民说话,一直默不作声的尼采却站起身子,冲着钱永旺"汪"地叫了一声。王民见状道:"再喝,连狗都觉得我说话不算数了。今天就喝到这里吧,细水长流嘛。"

5

在这个炎热的夏季里,吕淑贞总是觉得憋闷。她不时需要深深地吸一口气,然后缓缓地吐出去,这样做才能让胸闷的症状有所缓解。小儿子骆小毛见状说:"妈,你到医院去彻底做个检查吧,看看到底是什么情况,有病别耽误了。"吕淑贞回答道:"春季刚做过体检,各项指标都没问题。人退休了,只是闲得难受。"小毛接着说:"家里地方小,确实憋屈。要不您去我姐那里住些日子吧?她一直喊您过去。"吕淑贞还没说话,在一旁的丈夫骆保堂却接着道:"对,赶紧去享享清福,省得整天瞅着我让你添堵。"吕淑贞看了他一眼,想说什么却最终还是保持了沉默,只是又深深地吸了一口气。

和骆保堂结婚四十多年了,按世间对婚姻长久度的划分,两人珍珠婚都已经过去好几年了。珍珠?每每想起这个词,吕淑贞就忍不住会从鼻子里发出哼的一声，内心的感受可谓五味杂陈。

退休前，吕淑贞是一家化工厂的会计。一辈子都在和各种数据、报表等打交道，她觉得自己快被这种枯燥的工作驯化成了一个机器人。好不容易等到退休了，吕淑贞却发现非但没有获得想象中的解脱和轻松，反而活得更加沉闷和压抑。她曾经试图再找家单位去做临时会计，但眼下失业率居高不下，年轻人找份工作都不容易，何况她一个退休的老太太。儿子小毛对她的尝试大惑不解，他说："妈，您退休金比我爸都高，放着悠闲清静的日子不过，干吗非得给自己找罪受呢？"吕淑贞说："忙惯了，一闲下来其实更难受。"小毛说："养养花，种种草，跳跳广场舞，这不都是乐子嘛。实在闲得慌的话，我给您买个宠物养着玩。"吕淑贞苦笑了一下说："听上去都不错，但没一样是你妈想干的事。"

其实吕淑贞心里明白，自己对生活的不适应并非闲得无聊，而是与丈夫骆保堂的朝夕相处。多少年来，由于住在远郊，除了周末，两人每天都是早出晚归，真正需要面对的时间非常有限。前几年两人前后脚退休后，生活的模式彻底变了：在一个住着他们老两口和小儿子一家三口的狭小的三居室内，她和骆保堂像被关在笼子里的两只野兽，不管从空间上还是心理上，彼此都彻底丧失了自己的领地。原本相安无事的关系，开始变得越来越陌生和对立。或许这只是吕淑贞自己的感觉，就像骆保堂挂在嘴上的那句话一样："我还是离你远点吧，免得你瞅着我心里添堵。"话虽这么说，但骆保堂所谓的远离，也只能是出门散步、会友，或从客厅躲进自己的卧室。这些分离都是极为短暂的，不一会儿工夫，两人不可避免地又会故地重逢。

对结婚数十载的丈夫的陌生甚至厌恶，其实吕淑贞在内心也自责不已。但理性与感受相比，永远是苍白无力的。她可以在言行上保持克制，但却无法改变自己的心态。扪心自问，吕淑贞其实说不出一件丈夫足以让人反感的恶习。相反，在外人的眼里，骆保堂应该是一个标准的好男人：老实本分，为人善良，不抽烟，偶然喝点小酒。夫妻吵架虽然难免，但一辈子从未对老婆动过一根指头……"为人善良，不过是胆小窝囊的代名词而已。"看着儿子小毛，吕淑贞在很长一段时间里，自己对丈夫的厌恶和怨恨，都与十几年前小毛的那场车祸有关，是丈夫无原则的妥协，才造成了儿子眼下让人担忧的身体状况。但她后来不得不承认，这不过是自己刻意寻找出来的理由。因为在退休以前的那么多年里，她从来都没有把儿子身体情况频出的原因归罪于丈夫当年的缺乏远见。

吕淑贞对丈夫的厌恶具有明显的季节性。在炎热的夏季，这种负面情绪往往会达到峰值。骆保堂在家里几乎从早到晚都精赤着上身，下身总是穿着一条邋遢的宽松短裤。老汉从年轻时就有些驼背，现在幅度变得更大。他肚腩很大，毫无光泽的皮肤上布满了雀斑一样的麻点。除了这种令人尴尬和不悦的形象，吕淑贞觉得丈夫的身体散发着一股古怪难闻的气味，似乎他的什么内脏正在腐烂一样。她曾经劝丈夫不要光膀子，哪怕穿件背心也好。不料骆保堂一听就烦了："大街上到处都是光膀子的老爷们儿，我在家里还非得穿上衣？再说了，我几十年夏天都是这样过的，你这不是故意找碴儿吗？"吕淑贞想想也是，再说了，儿媳妇和他们生活在一起，人家年纪轻轻的女人都不觉得碍眼，自己这样挑礼似乎确实有点说不过去。她没有再接话茬，只是又深深地吸了一口气。

丈夫无法离自己远点，剩下的唯一选择就是自己离丈夫远点。吕淑贞明白，其实这个条件自己还是具备的。在这个家里，两个儿子都是她和丈夫爆发冲突的灭火器，时时刻刻希望两人能各自退让一步，以便让这个家起码能维持表面上的平静。唯有女儿骆小丹是个例外，她是自己立场毫无保留且全心全意的支持者。骆小丹甚至曾经说过："妈，我知道您嫁给我爸，纯粹是出于报恩。但现在我们都大了，您也没有必要委屈自己一辈子。如果想离婚，我坚决支持您。"吕淑贞当时有些奇怪地问："你这么记恨你爸，是因为他当初坚决反对你和王民谈恋爱吗？"骆小丹却说："跟那件事一点关系都没有，我只是觉得这样的婚姻对您不公平。"

远离骆保堂，哪怕是间断性地离开这个家一段时间，吕淑贞觉得都会给自己疲惫不堪的心灵一个休养生息的机会。而实现这个愿望，对她而言其实是件轻而易举的事。女儿骆小丹除了总是邀请她去巨石镇小住外，还将他们小两口在北京家的钥匙留了一把给自己。那是位于北四环一个大型社区里的复式公寓，无论布局还是装修，都是吕淑贞心目中堪称完美的居所。女儿说："妈，你如果在家里待烦了，就去我那里躲清净，女儿的家就是老妈的家。"

这话虽然让吕淑贞非常感动，但她却一次都没有去过。她是个内心极为敏感的女人，如果这个家是女儿一个人的，她自然可以视为自己的家。但这个房子的房产证上虽然写着女儿和女婿两人的名字，但其实更属于王民。因为女儿结婚不久就做了全职太太，买房子和装修的钱全都是王民通过卖画挣来的。吕淑贞之所以不愿意去女儿家住，还有一个顾虑：女婿家跟普通市民的家不太一样，藏有许多他收藏的字画和古董。那些东西说不值钱可能真的一文不值，但要说值钱也可能价值连城。如果因为擅自进入而弄丢一件，自己就是浑身长满了嘴也说不清楚。吕淑贞的顾虑当然都是因为女儿，她不想因为自己的过失让女儿的婚姻承受任何风险。这也是吕淑贞屡屡拒绝女儿让她去巨石镇小住的原因：尽管王民一直对自己礼貌体贴、尊重有加，但他毕竟是外人，这一切不过都是看在女儿的面子上而已。如果给个轿子就坐，那也太不识趣了。

但这个夏天里发生的一件事，却让吕淑贞的坚持开始变得动摇了起来。

六月中旬的一天下午，骆保堂从外面回到家中，举着手里一个装得鼓鼓囊囊的塑料袋，兴冲冲地对吕淑贞说："老太太，今天可碰到好东西了。六神养生汤，我煮好后，咱们一起喝啊。"吕淑贞说："街头骗子为什么屡禁不绝，就是因为有你这样的人。这些三无产品，都不知道是什么东西，你就敢入口？"骆保堂说："六号楼的老段，喝了不到半年，高血压就没再犯过。我又不是傻子，没有他推荐，我当然也不敢乱买。"吕淑贞说："说什么你也听不进去，你随便吧，反正我不会喝。"

这件事本来吕淑贞并没有太在意，没有主见的丈夫容易轻信别人之言已经一辈子了，她早已经习以为常。但令人意想不到的是，所谓的六神养生汤入锅开煮时，它所散发出来的气味，居然让吕淑贞感到了一种身陷地狱般的折磨。那是一种无法用语言描述的气味，它夹杂在药汤总体呈现出来的中草药气味之中，若隐若现，时有时无，但却被嗅觉一向敏感无比的吕淑贞准确无误地捕捉到了。这是一种极其特殊的气味，吕淑贞从来没有闻到过。虽然很轻很淡，但却给她的嗅觉带来了毁灭性的冲击。吕淑贞觉得它几乎萃取了世界上所有恶臭的精华并合而为一，让她仿佛置身于无法想象的污秽之地，随时可能窒息。

"天啊！"吕淑贞忍不住叫了起来，"你这是煮的什么呀？臭得快要熏死人了。"

"有必要那么夸张吗？"骆保堂看着气急败坏的老婆，有些莫名其妙，"都是一些养生的植物，看你的表情倒好像我在熬屎汤。你让小毛说说，这气味难闻吗？"

一旁的小毛使劲抽了抽鼻子，然后一脸蒙圈地看了看怒气冲冲的母亲，愣了一阵才开口道："妈，您出去散散步吧。等我爸熬完，我打开所有窗户放放气味，等您回来就什么味儿也没有了。"

儿子虽然没有接丈夫的话茬，但他的表情却明显地表明了相同的立场。吕淑贞没有再掰扯，而是顺从地拿起草帽和墨镜，出门散步去了。但在随后的几天里，即便骆保堂没有煮药，那股古怪邪恶的气味也弥漫在家里的每一处角落，让她寝食难安。吕淑贞没有理由限制或指责丈夫，她觉得自己快要被这气味逼疯了。也就是在这个绝望的时刻，她忽然想起了远在巨石镇的女儿的多次邀请，便第一次主动打了电话给她："小丹啊，既然王民出去写生了，那妈就过去看看你的新家，陪你住些日子吧。"

电话那头女儿似乎愣了一下，随即欢快地叫了起来："太好啦，我给您在网上订好动车车票，到了我会在站口等您。"

6

吕淑贞在家里宣布她要去巨石镇看望女儿的决定时，她明显感到无论是丈夫还是儿子一家三口，脸上都掠过一丝明显的"可算消停了"的表情。

"要是我死了，他们兴许会感到彻底解脱的欣慰。"虽然吕淑贞从来没有怀疑过家人，尤其是儿子小毛对自己的真情实感，知道他们长舒一口气的原因，只不过是出于对自己在夏天里所表现出来的过于敏感的担忧，但她内心还是涌起了这样一丝悲凉的感觉。小毛在帮她收拾行李时，随口问了一句："妈，您打算去我姐那里待多长时间？"吕淑贞带着明显的情绪说道："你们是不是巴不得我永远不回来才好？"吓得小毛赶紧闭上了嘴巴，生怕再说什么而引爆这个能量巨大的火药桶。

　　坐在风驰电掣的高铁上，看着车窗外面飞速向后倒退的田野和农舍，吕淑贞内心充满一种从灾区逃离的快感。她给女儿打了个电话，无限感慨地说："真好啊！离开拥挤吵闹的都市，空气都变得清爽新鲜了。"骆小丹笑道："这只是您情绪引发的主观误判。别忘了，您现在可是在空间狭窄的列车上啊，空气最污浊不堪了。到了巨石镇，您才能真正感受到什么叫空气清新。"吕淑贞想起丈夫熬煮汤药时那种令人窒息的气味，心道：并非只是我的主观误判，只是我和你的比较基准不同罢了。如同你刚从一个臭气熏天的茅厕里出来，就不会说列车上的空气污浊不堪了。

　　车到龙寿站时，差五分十二点，正是一天中最热的时候。吕淑贞拖着一口行李箱走出车站的时候，浑身已经出了一层细汗。让她颇感意外的是，在人群中正踮着脚四处张望的女儿骆小丹身旁，居然站着正在低头看手机的女婿王民。

　　"妈！妈！"骆小丹一看见她，就兴奋地大叫起来。一旁的王民抬起头来，赶紧走过来，一边从她手中接过了拉杆箱一边说："阿姨，一路辛苦啊。"吕淑贞几乎是下意识地说："给你添麻烦了。"王民笑道："一家人不说两家话，您跟我还客气！"骆小丹说："就是，您来我们家，等于女王巡游自己的领地。"

　　在去停车场的路上，看着走在前面的王民和她们拉开了距离，吕淑贞低声问女儿道："你不是说王民要去外地写生两三个月吗？"骆小丹说："确实是上山写生去了，只是上周有事临时回来了。"吕淑贞抱怨道："那你干吗不告诉我一声？"骆小丹说："告诉您怕您改变主意。您和王民一向处得好好的，干吗那么在意和他待在一起？"吕淑贞说："不是我在意，而是怕人家在意。"骆小丹说："您尽管把心放在肚子里吧。王民如果是小肚鸡肠的人，我们二十多年的婚姻也不会这样四平八稳。"

王民开着他那辆京牌的越野车，带吕淑贞在龙寿县城吃了午饭。然后驱车近两个小时，才到了巨石镇。车子开进院子，吕淑贞刚下车，卧在葡萄架下阴凉处的尼采既不叫，也没有起身，只是眼神冷漠地上下打量着这个从未谋过面的陌生人。吕淑贞说："咦，这狗怪得很，一点也不认生。"骆小丹说："它叫尼采，快成精了。"尼采闻言，表情不悦地扭头白了主人一眼，王民和骆小丹都忍不住笑了。

吕淑贞跟着女儿参观了一下这座还算精致的小院。当走进正房时，她有些疑惑地问："就一间卧室，这怎么住啊？"骆小丹说："这个空间既是客厅和画室，也是客房。不过您不是客人，我和您住卧室，让王民在外面搭床。"吕淑贞面露难色地说："这不好吧？还是我住外面。"王民闻言开玩笑道："您住外面我都不敢起夜了。再说了，因为要画画，平时我也经常住在外间。"

自从去年冬初候鸟般的女儿女婿又一次来巨石镇，吕淑贞已经有半年多时间没有和他们见面了。虽然王民回来让她有些意外和尴尬，但比起待在家中忍受恶臭和去女儿在北京的家中独处，来巨石镇可谓是没有选择的选择。"不过不能长待，时间久了肯定会影响女儿两口子的关系。"吕淑贞这么想着，便打定主意住个十天半月便走。丈夫骆保堂是个干什么事都没有耐心的人，到时候没准儿早已经对煮所谓的养生汤没了兴趣。

初到巨石镇的几天，吕淑贞频频被女儿女婿带着去镇街上吃各种有特色的馆子。其余闲暇，则多由骆小丹陪着去附近游山玩水。骆小丹告诉吕淑贞说，处于神湖山峡谷地带的这个镇子，古时候并不叫巨石镇。历史上小镇多次被山洪冲毁，直到有一次洪水冲垮了附近的石峰，一块巨石卡在了山谷之间，终于给小镇形成了一道天然屏障，使它得以百年无灾，于是人们便将小镇更名为了巨石镇。吕淑贞不解地问："既然屡屡被洪水冲毁，人们为何不另择地重建家园，而非得在一棵树上吊死？"骆小丹闻言道："这就像我总问您的问题一样，我爹那么让您不满，您为什么一辈子都不离婚？宁肯抱残守缺，也不愿另辟蹊径，这是人类骨子里一种说不清、道不明的根性。"

女儿的话，并没有引起吕淑贞对自己和骆保堂一生关系的任何反思，反倒触动了她对女儿婚姻的担忧。这次来巨石镇，不知是因为自己敏感，还是过去和女儿女婿朝夕相处的日子不多，吕淑贞总觉得王民和骆小丹的关系出现了一丝令她感到不安的蛛丝马迹。尽管她也说不清楚到底是什么，但这种感觉确实是过去从来没有过的。从表面上看，似乎一切如旧。女婿王民依然万事都不愠不恼，无论对自己还是对女儿，永远都是那副难得的好脾气。女儿骆小丹依然是受宠公主的模样，说话做事随心所欲，似乎从来都不必考虑别人的感受。但在吕淑贞看来，这些看似毫无变化的表象，已经不再是往日的那种自然流露，而是他们两口子刻意而为的结果。

"丹丹，你和王民……"吕淑贞忍不住开了口，但她一时却不知道该怎么说，"最近没有什么事吧？"

骆小丹说："没有啊，能有什么事，您怎么想起来问这个？"

"也许是我多虑了。"吕淑贞干脆说了实话，"这次来，我总觉得你和王民的关系有些奇怪，尽管我也说不清到底怪在哪里。人到中年，孩子又不在身边，这是婚姻最容易出问题的阶段。"

骆小丹愣了一下，随即笑着说："中年婚姻破裂，无非是双方或单方情感出轨，或是经济出现了严重问题。我和王民最多也就是审美疲劳，这也许会影响到生活热情，但基本上不可能造成家庭解体。再说了，因为王民总是外出写生，聚聚分分让我们基本上还保持着对彼此的新鲜感。"

吕淑贞看看女儿，神情忧郁地问："你确定不是在安慰我？"

骆小丹挽住母亲的胳膊，大大咧咧地说："您真的多虑了。我都多大了，还用您操心。再说了，婚姻即便出了问题又能怎么样，这个世界谁离了谁不能活啊？我们这一代人，可不像你们一样想不开。"

骆小丹的话，不但没有消解吕淑贞的担忧，反倒让她坚信女儿的婚姻出了状况，尽管她不知道两人之间究竟发生了什么事。

这天两人去五王峰游玩，回到巨石镇时，天色已经黄昏了。吕淑贞对女儿说："晚上别在家吃饭了，让我请次客吧。你选个地方，然后给王民打电话让他过来。"骆小丹说："我正有这想法，不过哪里用得着您请客。"还没等吕淑贞说话，骆小丹的电话却响了。她接听时，却正是王民打来的。王民说："你们在哪里？回来后直接来汪记羊肉铺，我已经在店里等着了。"骆小丹挂断电话后，对吕淑贞说："今天可真是巧得邪了门，三个人居然都想到一起了。"

吕淑贞来巨石镇已经半个多月了。女儿女婿关系的微妙变化，让她有些如坐针毡。她猜测也许正是因为自己的到来，无形中影响到了他们两口子的正常生活。女婿毕竟是和自己没有血缘关系的外人，不可能像女儿那样和自己亲密无间。这样的猜测让吕淑贞再也无法踏实地在巨石镇待下去，她决定这几天就动身返京。但令她没有想到的是，她本来打算请女儿女婿吃饭时宣布这一消息，并对他们这段时间的照顾表示感谢。不料还没等她的话说出口，王民却对她说："我请您吃顿饭，主要是为了负荆请罪。我明天要回北京一段时间，只能让小丹一个人陪您了。"

这是个意外的消息。吕淑贞自然打消了近日回京的念头。她生怕王民是因为自己的到来才决定躲开，于是再三追问他临时回去到底因为何事。王民说："宋庄有个画展邀我参加，回去看看情况。"骆小丹问："你不是从来都不屑于参加民间画展吗？怎么忽然晚节不保？"王民说："策展人是老妙，总要给点面子。再说了，回去先聊聊看，最后未必参加。"吕淑贞见他如此说，悬着的心总算放了下来。

　　烦恼之事总算是暂时解决了，吕淑贞自然有些高兴。平时很少喝酒的她，主动陪女儿女婿喝了两杯。在吃饭的过程中，她注意到饭馆角落一张桌子旁，坐着一个白发苍苍的老太太，一边独自吃饭，一边流着眼泪朝窗外张望。吕淑贞好奇地低声问女儿道："你认识那个老太太吗？她出了什么事？"骆小丹扭头看了一眼，对母亲说："是从北京过来旅游的，老伴儿走失了。她一直困在巨石镇，等着他的归来。"王民说："什么走失？老太太亲口说，老头儿是有意弃她而去的。"骆小丹说："你突然要回京，也让人觉得非常可疑，你不会也是有意弃我而去吧？"

　　还不等王民说话，吕淑贞用筷子在女儿头上敲了一下，嗔怪道："乌鸦嘴！多大岁数了，说话怎么还这么不着调！"

7

　　王民开着他那辆挂着京牌的墨绿色罗宾汉两门版牧马人出门时，骆小丹和她母亲一直站在院子里看着他。大概是因为分别对于这个家庭而言早已是家常便饭，所以母女二人既没有叮嘱，也没有挥手。尼采卧在葡萄架下的阴凉中，抬头看了他一眼，又垂下了脑袋。尼采的眼神像平日一样漠然，但王民却觉察到了一丝告别的忧伤。

回一趟北京的念头，是王民在接到老段酒后的那个电话时，就在心头强烈涌起的。他当天连夜下山，最初冲动的打算就是先回巨石镇和老婆摊牌，紧接着就回北京去找程悦。下山途中，尽管王民并没有做好周密的计划，但充斥在他想象中的，都是"人头落地、血流成河"的场面，都是快意恩仇的酣畅淋漓。但见到骆小丹后，那团在他心中熊熊燃烧的怒火，却在毫无征兆的情况下熄灭了，只剩下一缕挥之不去的黑烟，久久在心头盘绕。他无数次鼓起勇气，想和骆小丹认真地谈谈此事，但却无一例外地选择了临阵脱逃。

"妈的！老子快要疯了。"下山之后最初的几天里，看到王民总是无缘无故这样愤然自语，骆小丹不解地问："遇上什么事了？你怎么显得这么烦躁？"王民不知道该怎么回答，只好搪塞道："也没遇事，只是有些心烦。"骆小丹说："你是个没法在一个地方长待的人，要不咱们回北京住一段时间吧。"王民却说："等等吧，我还没想清楚。"

其实王民早就想清楚了，那就是他要单独行动，而不是和骆小丹一同回京。但他不知道该如何向老婆解释：回北京或来巨石镇，向来都是夫妻同行，忽然将老婆留在巨石镇而自己独自回京，总是需要一个让人信服的理由。就在王民愁肠百结的时候，没想到岳母忽然来到了巨石镇。这让王民简直喜出望外。但他没有立即采取行动，而是耐着性子陪岳母住了一段时间后，才以商量画展事宜为由说出了自己打算回北京一段时间的想法。母亲在巨石镇，留下来陪伴她当然是骆小丹唯一的选择。

不到万不得已，王民总是在极力回避说谎。因为在他的概念中，说谎不仅是对人格和良知的自我贬损，而且每一个谎言都会成为生活中的隐患，说不定什么时候就会冷不丁让自己为之付出沉重的代价。在回北京这件事上，王民算不上说谎，因为老妙策展一事是真的，打电话来约他参展也是真的，他计划回京后去找老妙聊聊也是真的。但王民心里非常清楚，唯一不真实的是，这些都不是自己回北京的真正原因。

车子驶出巨石镇，便开上了神湖山的盘山公路。眼下正是盛夏，满山郁郁葱葱的林木间，到处回响着悠长的蝉歌，此起彼伏。王民觉得今年的蝉儿多得出奇，似乎自打夏天伊始，这个世界就一直笼罩在一片蝉声之中。满耳的蝉声并不让王民觉得是一种聒噪，相反，他觉得正是这喧嚣的蝉鸣让自己的心情多了一份平衡。如果此刻让他待在一个安静无声的空间里，王民觉得内心的烦躁很可能会膨胀到让自己彻底疯掉。

翻越神湖山用了三个多小时，出山到达平缓地带时，已经快一点钟了。在一个名叫黄塔镇的地方，王民原本打算简单吃顿饭，然后就上高速。但他在镇街上一家川菜馆里坐下时，却忽然涌起了强烈的想喝酒的冲动。下山近一个月来，他虽然也喝过不少次酒，但却没有畅快地痛饮过一次。默姑的话对王民而言，算不上忠告，但却是提醒。因为王民很清楚，自己现在是内心埋着一颗威力无比的地雷的人，如果像往常那样肆意地饮酒，极有可能在醉酒的状态下将其引爆，将自己在外人眼里平静而幸福的生活炸得粉碎。"即便决意放弃甚至摧毁现有的生活，也应该在清醒理智的状态下完成，而不是靠着酒壮尿人胆的蛮勇。"这段时间里，每逢酒局，他都这样提醒自己，而且确实做到了浅尝辄止。但这是理性操控的结果，而并非王民内心直观的选择。他从下山那天起，几乎天天希望把自己灌得醉醺醺的，因为似乎只有那样，他才会让无时无刻不在折磨自己的思虑停止下来。

一个小矮个的男服务员上来招呼他点菜，王民问道："镇上有条件好点的宾馆吗？"服务员说："镇上最贵的宾馆是黄塔饭店，是镇政府办的。但最受客人欢迎的是比家美宾馆。"王民说:"哪家离这里近?"服务员说:"比家美宾馆就在隔壁。是我们老板的弟弟开的,停车场都是可以共用的。"王民笑道:"怪不得你推荐比家美,原来是给自己老板拉生意啊。那车子停在院里就不动了,我踏踏实实喝点酒。"

王民点了一瓶高度白酒和几个下酒的菜肴,有些迫不及待地喝了起来。这顿饭从一点半开始,他一直吃到了将近五点,将一瓶白酒喝得一滴不剩,后来又不知道喝了多少瓶啤酒。矮个服务员见他已经有了明显的醉意,便殷勤地上前道:"大哥,您是接着在这里吃晚饭呢,还是先去比家美开房睡一会儿,晚上再过来吃消夜?"王民怔怔地看着他,嘴里忽然含混不清地说:"妈的,我就是想杀人。"

王民的记忆就终止在了此刻。当再次恢复意识的时候,他发现自己正赤身裸体地躺在一张被褥凌乱的床上。屋里窗帘紧闭,头顶上的吊灯开着,明晃晃地发出刺眼的亮光。王民想看看时间,却发现手表不在腕上。他吓了一跳,赶紧起身四处寻找,但找遍了床头柜、桌子、洗漱台等一切可能的地方,却没有看见手表的影子。

"你他妈的真是个傻×!"看着镜子里赤身裸体的自己,王民沮丧地骂了一句。手表的丢失让他忽然想起什么似的赶紧去翻看自己的提包,好在车钥匙、手机、钱包等一样不少,他的心才多少放下了一些。

宿醉让王民头疼欲裂。他洗了个热水澡,然后拿出一套新的内衣穿上。给早已经断电的手机充上了电,这才发现时间已经是第二天上午十一点了。王民努力回想昨天的事,但他清晰的记忆停留在了和川菜馆那个矮个服务员对话的开始,而其后都是模糊而混乱的片段,根本分不清是梦境,还是曾经真实发生过的事情。在这些无法分辨真伪的场景中，似乎始终若隐若现地存在着一个陌生的女人。王民无法确切地想起她的面容，似乎她容颜的所有细节，都被一张猩红的性感嘴唇遮蔽了。在这些混乱不堪、相互交叠的记忆片段中，那个有着一张醒目的性感嘴唇的年轻女人，一会儿是一个身着旗袍的少妇，一会儿又是一个穿着学生装的少女，一会儿在梨花带雨地跟自己诉说委屈，一会儿又轻佻地嬉笑着挑逗自己……王民昨天喝酒喝到断片，他虽然无法确认这些飘忽不定的画面的真实性，但却高度怀疑自己做了醉酒招嫖的勾当，而自己的手表极有可能被那个女人顺手牵羊了。

这个怀疑让王民极为沮丧。他收拾好手提包，去前台结账退房。一个年轻的值班女人正趴在台面上昏昏欲睡。王民叫醒她，见四周没有别人，有些心虚地低声问道："你们宾馆有三陪小姐吗？"女人脸上似乎掠过一丝暗笑："我们比家美可是正经宾馆，从来都不提供乱七八糟的服务。"

结完账出来，王民又去了隔壁那家川菜馆。昨天一直招呼自己的那个矮个男服务员见他进来，赶忙迎上前来，满脸堆笑地说："大哥，昨天住得还满意吗？"王民说："满意个屁！我手表丢了，正考虑要不要报警呢。"矮子吃了一惊道："昨天我扶着大哥进房时，您手表还戴在手腕上的，怎么就会丢了呢？"王民四周看了看，压低声音问："你介绍比家美给我，就是因为有小姐对吗？"矮子却说："我一个服务员，哪里知道这些。老板让我们给吃饭的客人推荐，也只说他家宾馆住着舒服，也没说别的啊。"王民厌烦地摆摆手："行了行了！赶紧上一份重庆小面，我吃了好赶路。"

报警的事，王民确实也想过。但刚一闪念，就被自己否决了。在一个人生地不熟的外乡，何况丢表一事还貌似发生在自己招嫖过程之中，报警不但不太可能找回手表，甚至还会给自己找来意想不到的麻烦。"可是,"王民一边味同嚼蜡地吃着面条,一边不甘地想,"放着钱包里的钱不偷,你狗日的干吗非得偷走一块旧表?"但很快他对那个有着猩红嘴唇的女人的咒骂,又都变成了对自己的抱怨。因为他并不能肯定是别人顺手牵羊,自己情迷一时当作纪念品送了出去也不是没有可能。

说真心话,虽然丢失的手表只是一只价值只有数千元的西铁城光动能手表,而且已经使用了二十来年,但王民觉得比丢失了几万块钱还心疼。因为那是骆小丹用自己上班后所攒的三个月工资买给自己的礼物。这么多年来,尽管自己有多只远比它名贵的手表,但却从来都没有换戴过。王民并不是害怕见到骆小丹后不好交代,他完全可以在二手市场上买一块同款之物蒙混过关。真正让他伤感的是,他们曾经一想起来就动情不已的纯爱时代的信物,此时很可能作为一次肮脏交易的意外收获,在一个卖淫女的手上被随意地把玩着……但这种沮丧很快就被更深刻的刺痛遮盖了:王民不知道自己到底是如何找来卖淫女的,也无法确定究竟有没有实质性的性行为,但仅酒后招嫖的嫌疑,已经让他对自己产生了深深的厌恶和绝望。

开车离开黄塔镇的时候,不知道是宿醉未醒的缘故,还是一种情绪化的错觉,王民觉得自己的身子轻飘飘的,像个没有重量的鬼魂。王民心里明白,他在这个陌生的小镇上,丢失的绝对不只是一块用于怀旧的手表。

8

王民北京的房子在位于北四环附近的一个小区里,是个商住两用的loft。房子锁了半年多,王民打开房门的那一瞬间,觉得有什么东西从自己身边夺门而出。这东西像一阵风，可感却不可见。房子所有的窗户都紧闭着，所以开门的瞬间原理上不可能会形成对流，这股明显掠过自己的风让王民觉得蹊跷。他是一个从农村考学进城的人，童年在乡下的经历，让他对诸如神鬼仙怪等超自然的神秘现象，有着不同于同龄人的理解。瞎眼的奶奶曾说，之所以老屋存怪，是因为游魂孤鬼也需要栖身之所，而那些长久没有人居住的空屋，自然就成了它们的临时住所……想起奶奶的话，王民更觉得刚才拂面而过的那阵风，一定是这段时间借住在自己家里的一个鬼魂。

"鬼比人好啊。"王民这么想着，不由得咧嘴笑了一下。这是他的真实想法。当他和骆小丹还住在先前那套两居室的时候，有一年两人回王民的老家过春节，骆小丹的一个闺蜜说正和老公闹离婚，想借住他们的房子几天。等两人过完年回来，家里不仅被搞得像猪窝一样脏乱，而且王民存的洋酒也被喝空了好几瓶……王民信鬼，但却从来不怕鬼。在他看来，无论是人与人、鬼与鬼，还是人与鬼之间，历来都是冤有头债有主，为人不做亏心事，不怕半夜鬼敲门，没有哪个鬼会去找一个毫无恩怨的人捣乱的。事实上，认识王民的人，都觉得他是个胆子大得出奇的人。以至于当年老段跟人打赌，说谁敢到刚上吊死去的某同事的空家里住上一夜，他愿意出价两千。王民听到消息后立即去应赌，却被老段断然拒绝了："两百块钱都不跟你玩，你跟死人搂着睡一晚上我都相信。"王民的大胆，当然是骆小丹体会最深。骆小丹胆小如鼠，却喜欢看恐怖片。她常常拉来王民陪着自己一起看，当她被吓得尖声怪叫的时候，总会让在一旁早已经昏昏欲睡的王民猛地惊醒过来，一脸蒙圈地说："什么恐怖片，一点也不吓人，催眠倒是挺有效果。"

王民回到家时是下午四点。他拿掉罩在沙发、家具和床上的苫布，认认真真地打扫了卫生，这套蒙尘已久的复式公寓恢复了温馨舒适、让人赏心悦目的居家状态。王民洗了个热水澡，然后下了楼，打算去附近那家卤煮火烧店吃晚饭。

"王民！王民！"刚走出小区大门，王民听见身后有人叫他的名字，回头看时，却是刘楠。刘楠是同一小区的住户，是骆小丹不知在什么场合下认识的朋友，因为两人关系亲密，自然也变得和王民非常熟稔。

"还真是你啊！"刘楠咋咋呼呼地叫道，"什么时候回来的？你家老婆呢？"

"是你啊。我下午刚到。小丹她妈去巨石镇了，她留下照顾，我有事一个人回来的。"王民说，"你穿得这么花枝招展，这是要去约会吗？"

"约会？你还真以为女为悦己者容？穿漂亮点，自己不是也觉得舒服点嘛。"刘楠大大咧咧地说，"你是不是出来吃饭？我也是，凑一起吧，算我给你接风。"

"怕是凑不到一起。我要去吃卤煮，出去半年，就想这一口。你可曾亲口奚落过我，说吃一次卤煮，身上的臭味能持续一周。"

刘楠笑道："你又不是不知道，我这人就是周期性偏激而已。这段时间，我也没少去吃卤煮。走吧，一个人吃饭比一个人睡觉还寂寞。"

两人走进卤煮店，刚刚落座，刘楠就拿出手机，一边拨号，一边给王民做了个嘘的手势。王民并没有想到，她的电话是打给老婆骆小丹的。电话拨通后，刘楠压低声音说："小丹啊，咱们是好姐们儿，有个事儿我犹豫半天了，还是觉得该给你说一声。"骆小丹问："什么事？搞得这么严肃。"刘楠说："我现在就在咱们小区边上的卤煮店，意外看见你老公带着一个女人也来吃饭。那女的打扮得花枝招展，一看就不是什么正经货色。王民跟她举止亲密，是不是找了小三啊？"电话那头骆小丹一听就笑了："你就别自我糟践了。王民如果在卤煮店和一个花枝招展的女人吃饭，除了你没别人。"刘楠不忿地叫了起来："太过分了！你为什么对自己老公这么自信，主席也是人嘛，何况一个王民？"骆小丹说："等你找了男人，一起生活几十年，他能出多大圈，你早就心里有数了。"由于刘楠摁下了免提键，骆小丹的话王民也听得一清二楚，他揶揄道："这次只是你蒙对了，我怎么就不能有小三？"骆小丹说："哈哈哈，尽情找吧，只要别找我姐儿们就行。"刘楠闻言说："反正你不在，你老公闲着也是闲着，就借我用一段时间吧。"说完，两人都没心没肺地哈哈大笑起来。

骆小丹和刘楠开这样的玩笑已经不是第一次了。有一次刘楠来他们家喝酒，喝到后半夜，骆小丹困得不行，表示自己先要去睡了。刘楠说："没劲，你要敢去睡觉，晚上你老公就归我了。"骆小丹当时说："只要他同意，我没意见。"王民记得当时自己心里很有几分怀疑：老婆这是因为自信而故作大度，还是真的不在乎自己和她的好友间有点什么？而刚才骆小丹在电话里那句"尽情找吧，别找我姐儿们就行"，表明她还是非常在意的。这让王民不由得又想起了老段酒后给自己打的那通电话，一股充满杀机的恨意便又一次在胸腔中膨胀起来。

"我要真愿意借给你用，你敢吗？"王民虽然是开玩笑的口吻，但他觉得自己说这句话时，内心充满阴险的感觉。

"王民！"刘楠闻言却正色道，"这种玩笑只能是当着小丹的面开，咱俩私下可不能胡说八道啊。你知道我是个性开放主义者，只要是自己喜欢的男人，皆有上床的可能。但不管我怎么喜欢你，咱俩都绝无可能。因为，小丹是我的好朋友，负疚感会让我无地自容。"

"假如……"王民犹豫了片刻，还是继续说道，"既然聊到这个话题，我倒真想问问你，如果我的哥们儿和我老婆出了这样的事，我该怎么办？"

"不可能！"刘楠说，"你有没有这样缺德的哥们儿我不知道，但小丹不是能出这种事的人。这方面我对她的了解不比你差，因为有些话，女人只会跟女人说。"

王民没想到刘楠会这样毫无保留地相信骆小丹，他有些尴尬地笑了笑："你们俩还真是死党，不是说假如嘛。好了好了，别光说话误了正事，点菜吧。"刘楠接着说："你好久没回北京了，吃卤煮火烧，点两个凉菜，喝点二锅头吧。"王民推让道："我路上大醉一场，现在闻着白酒味儿都想吐。我喝茶，你随便吧。"刘楠说："真是太阳从西边出来了。你见酒不动心，简直就是男人坐怀不乱啊。我再问最后一遍，真不喝？"王民说："我不是不想喝，其实我是不愿意单独和女人喝酒。算了吧，为了证明我并非一个坐怀不乱的男人，那就听你的吧，喝点二锅头。"刘楠闻言哈哈大笑起来："放心吧，我在你跟前，只是哥们儿，不是女人。"

要是放在平时，王民确实不会单独和刘楠喝酒，因为他一直不喜欢这个女人。在王民的眼里，刘楠就是那种在乡下被称为骚货的女人。刘楠是北漂，来北京之前，她是一家地方电台的主持人。她曾说自己之所以放弃优渥的小城生活而选择北漂，是因为当地人观念保守、思想封建，无法接受她过于现代的生活理念。当时王民有些挑衅地问："你觉得北京这样的大城市接受了吗？"刘楠并没有听出其中的讥讽之意，神情颇为得意地说："当然了，起码个人私生活不会成为朋友圈中被指指点点的道德污点。"王民还想反驳，但看到一旁的骆小丹向他投来怨愤的白眼，便识趣地住了口……今天刘楠这番关于友情和偷情的态度，却让王民对她有些刮目相看，生出了从未有过的好感。

虽然同意喝白酒，但王民知道自己是个酒后无德的人，便提议叫两瓶二两装的小二，喝完后视情况再说。但刘楠说："叫一大瓶，能喝多少算多少。你还真怕咱俩喝醉了出事啊？"说完便自作主张地点了一大瓶二锅头。

王民不敢再提关于骆小丹出轨的假设，而是漫不经心地聊起了刘楠对于婚姻生活的看法。王民说："人们常说婚姻是围城，里面的想出去，外面的想进来。你真的想进来吗？"刘楠说："那你真的想出去吗？"王民点点头"嗯"了一声。刘楠说："我要想进去，早进去了，还能等到年将四十？其实对于婚姻，每个人最好的状态就是能掌握围城大门的钥匙，可以随心所欲地出进围城，既能保证安全，又能享有自由。可惜除了那些没有责任感和道德感的骗子，一般人都处在鱼和熊掌不可兼得的遗憾中。"王民问："你活得潇洒自由，对不婚有什么可遗憾的？"刘楠表情中掠过一丝黯然，喝了一口白酒，沉默了片刻才说："遗憾的事多了去了，我有多少潇洒自由，就有多少相应的代价。"

两人正喝酒聊天，刘楠的电话忽然响了。她拿起来瞥了一眼，就按下了拒接键。王民说："别耽误正事，咱俩随时可以再聚。"刘楠说："一个傻×最近在我这里发骚，被我拒绝多次，却还是贼心不死。"正说着，电话却又响了起来，刘楠接通后，不对对方说话，忽然有些气急败坏地高声骂了起来："傻×！不找骂你是不痛快啊？别再给老娘打电话，再打立马拉黑你这个杂种。"

刘楠的忽然失态，引得周围的食客纷纷朝这边观望。

"我操！"王民忍不住笑了，"你哪里像个来自江南水乡的弱女子，简直就是一枚北方泼妇啊。来来来，喝酒。"

9

接到刘楠电话的时候，骆小丹正在做晚饭。此时已经快七点半了，坐在沙发上的母亲在神情专注地看着《新闻联播》。在骆小丹的记忆中，自从家里有了一台黑白电视机起，收看《新闻联播》就是母亲雷打不动的必做之事。她记得小时候父母最厉害的一次打架，就是因为有人送了父亲一副猪肝，母亲在做爆炒猪肝时，炉火正旺，一看表却到了七点，便急忙跑到客厅去开电视机，慌忙之中居然忘了关火。结果《新闻联播》刚看到一半，厨房里冒出的黑烟和焦煳味让父亲惊叫着跑了进去。当看到满锅的猪肝变成了焦炭时，平日对母亲一向唯唯诺诺的父亲，终于暴躁地骂出了一句恶毒的脏话。由此夫妻两人爆发大战，差点到了离婚的地步。

"谁来的电话？"《新闻联播》结束了，吕淑贞关掉电视，顺口问道。

"刘楠！她正在和王民一起吃饭。"骆小丹说。

"刚回家就约你姐们儿吃饭？"吕淑贞看了一眼女儿，大概预感到自己的话会不招待见，便刻意缓了缓口气道，"你别嫌妈啰唆，我这次来，真觉得你和王民之间的关系有了些奇怪的变化。你想想看，他回到北京，那么多朋友不见，干吗迫不及待地约刘楠吃饭？刘楠我又不是没见过，完全就是一个混男人圈子的交际花，你真的就一点都不担心吗？"

"有什么好担心的啊！"骆小丹脸上果然有了一丝不耐烦的神情，她将最后一道菜出锅端上桌，"来吃饭吧！您真是皇帝不急太监急，王民最看不上的女人，就是刘楠了。他怎么可能主动约她吃饭？那家卤煮店就在小区旁边，肯定是碰巧撞上了而已。"

"唉，也许是人老了爱瞎琢磨，我总是有些替你担心。"吕淑贞一边在饭桌旁坐下来，一边说，"一到中年，女人再捯饬，也掩饰不住老相。而男人不一样，往往从中年才开始显现魅力。所以，婚姻中的女人，一定要有中年危机意识，这就叫防患于未然啊。"

"可一辈子都没见您有过任何危机意识啊。"骆小丹给母亲盘子里一边布菜，一边说道，"这不过是您的差别意识罢了。在您和我爸的婚姻中，您有优越感，而我和王民，您觉得王民有优越感，所以我必须有危机意识。其实在我看来，婚姻能否维持稳定和和谐，最重要的恰恰是双方在彼此眼中的平等感。"

"你觉得你和王民能平等吗？"吕淑贞说。

"有什么不平等的？"骆小丹说，"王民现在貌似有点名气，画价也开始逐年攀升。但他和我刚认识时的状况您又不是不知道，穷得连吃饭都时不时要靠我接济。"

"问题就在这里。人家一直在进步，而你却放弃事业，成了一名家庭主妇。"吕淑贞的口气不由得变得语重心长，"你会说正是你放弃事业，才成全了王民。这当然没错，但包括当事人在内，往往只看结果而不想过程。你和王民的差距越来越大，这正是我担心的原因。"

"妈哎，我的妈呀。"骆小丹不由得苦笑了起来，"您告诉我，我都四十了，现在怎么才能缩小和王民的差距？成名成家我肯定没有那个天赋，创业挣钱把自己变成富婆也不是我的长项。再说了，王民是个搞艺术的，他本来就看不惯有钱的女人，即便我能发财，也不意味着就会缩小和他的差距啊。"

"说话总是不着调！"吕淑贞说，"我说这些，只是希望你对自己的婚姻留点心，别总是这么大大咧咧，一副什么都不在乎的样子。"

"您说我该怎么留心？把王民拴在裤腰带上，不让他有独处的机会，还是每天三堂会审，让他交代和任何女人交往的细节？"骆小丹说，"您难道没听过这句话：手里的沙子攥得越紧，越容易流失。维持夫妻感情的，是爱和信任。没有了这些，即便有办法让婚姻续存，也没有什么意义。"

"不能管得太死，也不能放任不管。"吕淑贞说，"很多破裂的婚姻，都是因为女方对男方过于信任，才让小三钻了空子。"

"老妈啊，好好吃饭，咱们不聊这些了。我太了解王民了。我俩要是有人出轨，那也是我，而不会是他。"骆小丹说完，看见母亲瞪圆了眼睛，赶紧又说道，"您别瞪眼啊！又不是我真的出轨了，只不过是打个比方而已。"

吕淑贞没有再说话，但女儿的这个比方，却让她心里生出了更大的担忧和怀疑。她低头吃了两口饭，有意为避免尴尬而转移了话题道："巨石镇还不如北京清静，天都黑了，知了还叫得这么凶。"

骆小丹说："没错儿，今年蝉鸣确实比往年都厉害。您是不知道，巨石镇有个叫默姑的巫婆，到处散布蝉声大噪必是灾年的谬论，搞得镇上一些老人惶惶不可终日。我觉得唯一的可能就是气候适宜，蝉类过度繁殖罢了。"

吕淑贞问道："都什么年代了，巨石镇怎么还有巫婆？"

骆小丹笑道："巫婆是我乱叫的，就是一个疯疯癫癫的女人。镇上老人听信她的话不足为奇，您猜怎么着，也算是见多识广的王民，居然对她的话也信以为真，您说怪不怪？"

吕淑贞沉默了片刻，若有所思地说："王民比你有心眼多了，他要信，多少总会有道理的。"

两人正一边吃饭一边说话，院子里却忽然传来了尼采一阵高昂的吠声。刚才还此起彼伏地唱着歌儿的夏蝉，一下子都噤声了，外面猛然安静得让人有些无所适从。骆小丹以为有客来访，她出门打开院灯，却发现蝉儿们像枣子般落满院子，个个扑腾挣扎，奄奄一息。而尼采正在独享这顿丰盛的蝉宴，像吃蚕豆一般大快朵颐。

"尼采!"骆小丹见状吓了一跳，她赶紧跑过去，一边扳起狗头，一边忍不住骂道，"你这傻狗，炖肉喂你都不吃，怎么忽然吃起了这玩意儿?"尼采却嘴里兴奋地发出一串呜噜不清的叫声，奋力试图摆脱主人的控制。骆小丹愤怒地踢了这只疯狗一脚，连扯带拽地将它关进了厨房旁的狗笼里。

"真是怪事!"随后出门来的吕淑贞见状，一脸惊诧地说，"我活了半辈子，从来不知道狗居然会吃知了。"

"那是您没养过狗而已。"骆小丹说，"狗吃知了一点都不奇怪，奇怪的是尼采，放着炖肉不吃，却偏偏喜欢这一口。另外，好端端的，知了忽然死了一地，也让人不明就里。"

这个夏天里几乎没黑没明聒噪一片的蝉声，在这一夜忽然彻底销声匿迹了。吕淑贞睡得分外香甜，但骆小丹却失眠了。一方面是这没有蝉鸣的夏夜，寂静得让人心里总感到一丝莫名的空落和担忧;二来被她关进笼子里的尼采，不时发出一阵呜呜咽咽的叫声，不知是在抗议还是自叹自怨。这声音在静寂无声的夜里被成倍放大，一直搅扰得骆小丹心神不宁。到了后半夜，忍无可忍的她终于将尼采从笼子里放出来，让它进了卧室。从院子里走过时，骆小丹每一步都会踩上死蝉，脚下发出一片令人心惊的蝉尸的爆裂声。

骆小丹翻来覆去地折腾到凌晨，方才迷迷糊糊地有了点睡意。但刚睡去没多久，却又被母亲叫醒了。吕淑贞说："快起来吃早点，我买好了老汤宽面。"骆小丹说："您吃吧，我再睡会儿。"吕淑贞说："还有心思睡觉? 巨石镇要出大事了!"这话让骆小丹顿时睡意全无，她一下子从床上坐了起来："向来风平浪静的巨石镇，能出什么大事？"

消息是吕淑贞去买早点时，从众食客议论纷纷的聊天中听来的。说是昨天下午有人上神湖山打山鸡时，无意中发现五王峰那眼早已干涸了不知多少年的养命泉，居然不知在何时复活了。只是它复活的方式有些让人感到心惊：从泉眼的遗迹处，冒出来的不是汩汩流淌的泉水，而是冲天而起的一道水柱，足足有七八米之高。水柱从高处落下时，不但所发出的巨大响声在山谷间久久回荡，而且整个五王峰被它散发出来的浓浓的雾气所笼罩，到处变得影影绰绰，几乎像是到了一个从未到过的陌生之地……

"这有什么可大惊小怪的。"骆小丹打断了母亲的话，"神湖山一带本来地热资源就非常丰富，看一点过去的史料就知道，像这种地下水喷发的现象，历史上没少出现过。"

"关键是喷泉水中可能含有致命毒药！"吕淑贞说，"昨天一夜，整个巨石镇的知了几乎死绝了。大街小巷，院坝田埂，到处都是密密麻麻的蝉尸，大家都怀疑是因为那眼忽然出现的喷泉中含有毒素。"

"不可能！"骆小丹说，"要是那样，就不光是知了的事了，小到所有昆虫鸟儿，大到牲畜野兽以及人类，还不都得死绝，让巨石镇变成一个任何动物都无法生存的死城？"

吕淑贞说："这正是人们所担心的。我刚才听到不少人在说默姑预言，人心惶惶，仿佛末日将至。好在咱们还有退路，不行就赶紧回北京吧。"

尽管骆小丹根本就不相信这些毫无根据的猜测，但她懒得再和母亲掰扯，而是出了房间去上厕所。母亲大概怕狗再吃死知了，已经早早地清扫了院子。此时尼采正在葡萄架下一圈又一圈地走路，像个一边散步一边低头思考的哲人。骆小丹特意挡住尼采的去路，捏着狗下巴仔细地观察了半天，发现它精神饱满，狗眼中依然流露着天生对任何事都不屑一顾的冷峻。"尼采吃了那么多所谓毒死的知了，而且过了整整一夜，一点事情都没有，岂不充分说明巨石镇的人都是杞人忧天？"骆小丹这么想着，觉得一丝困倦感又明显地袭上了心头。

曾昼夜喧嚣的蝉歌消失了，这个安静的清晨让骆小丹总觉得有些古怪。

10

养命泉突然喷涌和夏蝉大量死亡之间的因果关系，在巨石镇引发了不小的惶恐。尽管镇政府通过广播辟谣、张贴宣传广告、发放科普资料等方式安抚镇民情绪，努力证明这两种自然现象虽然同时发生，但并无任何关联。尽管目前关于夏蝉大量死亡的原因有待进一步考证，但对于突然喷涌而出的养命泉水质，省上有关部门在闻讯后已及时派出专家进行了取样。分析结果显示，这种泉水是一种富含多种矿物质的优质天然矿泉水，水体本身并不含有任何有害物质。但从地下夹杂在泉水中喷涌而出的，有一种名为一氧化二氮的气体。这是一种被俗称为笑气的物质，无色但带有甜味，有轻微的麻醉作用，吸入后会让人感到精神愉悦，甚至不由自主地笑出声来。对于这种气体，专家认为其含量完全在安全的范围内，对人体不会造成任何伤害……

镇政府的这些努力，并不足以消除巨石镇广大镇民的忧虑。这段时间里，作为一个特殊的存在，默姑的一举一动、一言一行都受到了人们前所未有的关注。夏蝉突然无故大量死亡，之所以在巨石镇引发了巨大的惶恐，最大的原因是在那段时间里，默姑无缘无故地消失在了人们的视线中。对未来充满忧惧的巨石镇民，当时最迫切的愿望，就是能亲耳聆听默姑对这一异象的解释，从而确认这是不是她曾经预言的末日来临的先兆。人们几乎找遍了默姑可能栖身的任何地方：废弃的五王寺、昔日用来求雨的龙王庙、先民居住过的洞窟、猎人临时居住的狩猎小屋……在到处寻找默姑而不遇的情况下，有不少老人甚至在默姑经常会去沐浴的九龙潭坐守了三天三夜，但也没能见到她的身影。默姑对巨石镇重大事件的临时缺席，更加剧了人们的不安和惶恐。尽管镇政府为安抚民心做了很大的努力，但流言蜚语依然充斥着巨石镇。也有人猜测，长年穿梭游荡在神湖山中的默姑，可能因为最先接触到有毒的泉水，没准儿已经悄无声息地死在了山里的某个角落。

十多天后，就在人们六神无主、巨石镇的生活陷入了空前慌乱的时候，默姑却出现在了清水客栈。当时已经暮色四起，许多镇民饭后正聚集在镇街的中心广场上，忧心忡忡地议论着巨石镇眼下的危机和将来的命运。一个十几岁的少年飞步跑了过来，老远就高声喊叫起来："默姑回来了，默姑回来了！"众人闻言立即聚拢过来，将他团团围在中间细问情况。少年喘着粗气说："我刚刚亲眼看见的，默姑和那个外地的老太太一同进了客栈的大门。"

在确信少年并非诳言后，众人立即蜂拥去了清水客栈，顷刻间客栈走廊、大门口就围满了神情焦虑的人群。闻讯从客栈房间里走出来的默姑，对大众发表了简短的讲话。她说自己关于灾难的预言有准确时间，是在数年后的岁末而非今年的夏季，养命泉喷涌与此毫无关联。大家应该听信政府发布的科学结论，而不必杞人忧天。默姑当天的情绪看上去轻松愉快，她甚至一反过去不苟言笑的常态，对站在前排的棺材铺的任老板说："都十来天了，如果水汽有毒，你早忙着卖棺材去了，还有时间跟众人搅在一起扯闲篇？"

默姑一句话，让政府多日的努力不经意间就落到了实处。据说镇长裘成山在听说此事后，无限感慨地说："我说什么来着？要宽容待人，对任何持异见者都不要一棍子打死。默姑虽然抱有迷信思想，但她是巨石镇许多人的精神领袖，关键时刻说一句话，顶咱们磨破嘴皮啊。"

人心回稳，大家的注意力又转向了默姑近期失联一事。众人对这件事的好奇，是因为它与最近一直住在客栈的那个外地老妇人有关。作为清水客栈住客的老妇人，是在其丈夫走失事件发生后，才被巨石镇人所关注并渐渐熟悉的。她复姓欧阳，和丈夫老满都是北京某大学的退休教授。自从那天老满失踪之后，欧阳就改变了他们原本的日程安排，一直滞留在了巨石镇。派出所曾多次组织当地人赴神湖山寻找老满的下落，但却始终活不见人，死不见尸，好好一个大男人，就像忽然人间蒸发了似的，连一点蛛丝马迹都没有留下。刚开始时，伤心过度的欧阳梵音整日哭哭啼啼的，除了不断唠叨丈夫"不是走失，而是故意弃我而去"这句话外，人们很难知道老夫妻的关系和失联的具体细节。由于老太太表示自己会一直守候在巨石镇，必须做到"活要见人，死要见尸"，人们才渐渐从她的叙述中，得知了他们之间的更多信息。

欧阳梵音说，她和丈夫是大学同班同学，后来又一起攻读了硕士学位，然后共同留校任教。两人从本科一年级就开始恋爱，刚参加工作就登记结婚了，一同从助教到讲师，从讲师到副教授，直至从副教授到教授，不仅在一起厮守了半个世纪，而且人生的每一个台阶，都是共同跨越的。两人育有一子，儿子在四十四岁那年，为奖励自己刚考上名牌大学的女儿，便和妻子带她去国外旅行。不料却因为一场意外的惨烈车祸，一家三口殒命他乡，让刚刚退休一年的老两口一下子失去了一切希望……"形影不离，我俩一辈子都可谓形影不离啊！"欧阳梵音讲到这里，总会忍不住又开始哭哭啼啼。她说："老满眼下生死不明，我除了守在巨石镇等待苍天开眼，还能有什么别的办法？"听客们既为她拥有如此完美的爱情而羡慕，又为她人到老年丧子又丢夫的遭遇而唏嘘。大家除了不时到客栈嘘寒问暖，给老太太送上自家的美食外，也会一有空就组织人手进入神湖山，试图能让老太太知道老伴儿的确切下落。但转眼一个月的时间过去了，众人的一切努力似乎都是徒劳。

"她大概只能一直在巨石镇待下去了，唉，可怜见的。"想到老太太困守异乡，望眼欲穿地等待失联丈夫的消息的样子，巨石镇的好心人们无不感到一阵阵心酸。

据说默姑就是在听到众人关于欧阳老人的议论后，主动去清水客栈找她的。就在巨石镇发生养命泉喷水、夏蝉大量死亡的那几日，人们之所以遍寻默姑而不遇，就是因为她带着老太太进山去了。大家听说后都纳闷不已：镇上许多大男人成群结队进山搜寻都一无所获，两个上了年纪的女人上山能干什么？但结果却明白无误地摆在那里，不由得不让人大感神奇：出事以来一直以泪洗面的欧阳梵音，自从和默姑进了一趟山后，情绪忽然拨云见日般变得豁然开朗起来。一直压在她心上的一块巨石不知何故被彻底放了下来，让她的神情看上去轻松愉快，仿佛恩爱丈夫失联的事不过是一个噩梦，现在终于梦醒，才发现天下太平、一切如旧。老太太甚至重新规划了旅游路线和日程，打算继续游览巨石镇尚未到过的景点，尽享本地风味独特的各色美食，圆满结束之后再回北京。当有人疑惑地问她说："你和丈夫两人出来，回去却只剩下了自己，谈何圆满啊？"欧阳梵音却一脸喜色地说："其实是我多虑了，巨石镇山青水绿,这里无疑是我们家老满最好的归宿,我应该感到欣慰才对。"

人们不知道默姑到底施了什么魔法,让这个原本濒临崩溃的老妇人重新恢复了对生活的热情和信心。但因为这件事,默姑在巨石镇的声望无疑又有了很大的提升。"不管默姑用了什么手段,这都是对一个绝望老人的拯救,是一桩度人于苦厄的善举啊。"不少镇民由衷地这样感叹着,更觉得默姑的确不是凡人,内心对她的敬佩自然又多了几分。

欧阳梵音情绪的巨大变化,让同样客居异乡的吕淑贞内心受到了巨大震撼。第一次在汪记羊肉铺见到欧阳后,可能是同为北京人的缘故,老太太的遭遇让她倍感揪心。吕淑贞曾多次去客栈找欧阳聊天,尽可能地给予她安慰。在吕淑贞看来,虽然欧阳遭遇了老来丧子、晚年又与丈夫失联的人生悲剧,但她起码拥有过近乎完美的爱情和婚姻,这却是来自上苍珍贵的恩赐。但她的开导丝毫不起任何作用,欧阳甚至心灰意冷地表示,她或许会卖掉北京的房子,彻底移居巨石镇。因为老满如果已经死去,他的孤魂也会游荡在巨石镇,这样即便通过托梦,她也要弄明白究竟在老满身上发生了什么。

关于欧阳情绪彻底走出阴霾的事,起初吕淑贞从别人嘴里听说时,几乎不能相信。但这天上午,她在镇街上目睹了变得神采奕奕的欧阳,不得不为之感到震惊。一回到家,她就忍不住对女儿说:"怪不得王民信服,默姑身上确实有不同凡响之处。"

由于这段时间尼采新添了昼睡夜醒的毛病,搅得人总睡不好觉,骆小丹正手持一根木棍,让昏昏欲睡的尼采站立在自己面前,试图用熬鹰的方式改变它的生物钟。她听见母亲的话,有点不屑地说:"不就是巫婆拯救欧阳老太的事嘛,这都是人们添油加醋的结果罢了。"吕淑贞说:"那么多人日夜相劝,一点作用都没有,只是跟默姑进了趟山，却突然像变了个人，这是我刚才亲眼看到的。"骆小丹说："您要信您尽管信，反正我是不信。"吕淑贞说："你得讲道理啊。就拿王民喝酒的事来说，多少人劝他少喝，他听过一句吗？为什么默姑一劝，他立马就言听计从了呢？"骆小丹说："王民是偏远山村长大的，他向来对神神怪怪的事有些迷信，当然会觉得默姑的劝说含有预言性质了。"吕淑贞不服气地说："欧阳老太可是土生土长的北京人，而且是大学教授，你能用迷信的事解释吗？"骆小丹说："只有弄明白事情的原委，我们才能做出客观判断。人们之所以盲信，就是因为只看到了表象而已。"

在母女说话的当儿，尼采又打起盹来。骆小丹用木棍猛地敲打了一下狗头，呵斥道："傻狗，站直了！"

11

魏芸回陕西绥德老家已经有一个多月了，开始时钱永旺给她打过多次电话，她都说"处理完手头的事就回去"。但老家的事似乎一桩接一桩，永远没有完了的时候。钱永旺明知这是她不愿回到巨石镇的托词，但话又不能挑明，干脆不再打电话询问，而是把满肚子的压抑都发泄在了魏芸所养的那六只狗身上。女主人不在家这段时间，大概是六只狗狗生中最水深火热的日子。在物质待遇上，它们除了用男主人定时撒在院子中的狗粮吊命外，诸如肉骨头、羊奶酪、火腿肠、鸡肉干之类打牙祭的零食一概没有。在精神上，不但得不到男主人一丁点的关爱，而且天天不是被他大声呵斥，就是挥舞着大棒吓唬。在这样高压恐怖的环境下，狗子们一个个简直度日如年。贪吃而又胆小的老三是头灰黑色的阿拉斯加，明显出现了抑郁的症状。一看到钱永旺，它就浑身颤抖，小便失禁。看到这群在家里被魏芸惯得趾高气扬的畜生们变得灰头土脸、狼狈不堪，钱永旺虽然也觉得自己内心阴暗，但他确实难以掩饰那份施虐的快感。

当巨石镇发生了养命泉复活喷水、夏蝉大量死亡的非常事件时，面对铺天盖地的各种流言蜚语，几乎全镇人都惶惶不可终日，对未来充满忧患和焦虑。但钱永旺根本无暇顾及这些虚无缥缈的事情，因为对他而言，眼下最大的意外是狗中老二、那条长相威猛的德国牧羊犬有可能怀孕了。

魏芸在家时，养狗的一切事情都由她亲力亲为，钱永旺只是有时会打打下手，所以他对养狗的事可谓一窍不通。魏芸临走前所做的关于养狗的交代，他当时情绪低落，也全然是一个耳朵进一个耳朵出，根本没有真正往心里去。最近这段时间里，钱永旺忽然发现，其他狗子无一例外变得体形消瘦、精神萎靡，唯独那只排行老二、被自己一直按毛色称为小花的德国黑背，却明显开始发胖了。开始时钱永旺并没有在意，但当他后来发现老二诸如呕吐、厌食、乳房增大等情况后，上网查了一下，才知道它有可能是怀孕了。

对于狗子怀孕的事，钱永旺知道老婆魏芸的态度：这个坚定的丁克主义者，对所养的宠物狗，也抱有与自己人生完全相同的态度，在每一只狗发情前就对其实施了绝育手术。老二的貌似怀孕，让钱永旺原本就低落的情绪变得更加萎靡不振。一方面，他不知道该如何对魏芸交代此事。他上次打电话时，曾试探性地咨询魏芸，说老二最近有点发胖，是否存在怀孕的可能。魏芸说："不可能！老二转手到咱家时，我特意问过当时收留它的人，说是做了绝育手术的。再说了，家里的公狗都是我亲自带去做的手术，没有公狗，怎么可能怀孕？"钱永旺心里想，家里没有能致孕的公狗，不代表外面没有啊。但魏芸临走时曾再三叮嘱，不许他让家里的狗与其他同类接触，遛狗时都必须戴上狗绳。如果老二真的怀孕，显然是自己这段时间放养的结果。而另一方面，老二的意外怀孕，对在这方面特别敏感的钱永旺而言，则是命运之神对他的一个充满强烈隐喻的嘲讽。

自己不过是个冒牌的丁克一族，这是钱永旺永远都不可能示人的秘密。他在为此几乎与父亲走向决裂的情况下，依然没有亮出自己真正的底牌。钱永旺的父亲钱有道是河北省某市身家上亿的富翁。由于三代单传，他对儿子唯一的要求是延续钱家的香火。但没想到儿子偏偏选择了做丁克一族，说自己这辈子都不会要孩子。老钱不管是巨金利诱还是恫吓威胁，儿子都不为所动，气急败坏的老钱甚至说："你们他妈的都脑子有病！你要是连睡女人都嫌累，取精后找人代孕总可以吧？"不料钱永旺斩钉截铁地说："丁克一族不是不做爱，而是不生子。"

钱永旺虽然嘴硬，但说这话时，心里其实在滴血。"老爸啊，为儿我不是脑子有病，而是身体有病啊。要是我有这能力，还用得着您跟我废话？！"他每次为此事和老爸吵完架，都想找个没人的地方大哭一场。通过第一段婚姻，钱永旺就得知了命运之神对自己终生无后的残酷判决。第一段婚姻是他人生的高光时刻。作为富豪之子，他家几乎被媒婆踩断了门槛。最后经过千挑万选，他迎娶了一位貌若天仙的京剧演员。婚礼隆重而盛大，婚后根据女方要求，老钱更是不惜一掷千金，给儿子儿媳在北京购买了一套豪宅，一心一意就等着抱孙子了。但这桩婚姻只维持了不到两年就解体了。老钱问小钱离婚是因为什么原因，小钱说："她想要孩子，而我暂时还不想要。"老钱急得直跺脚："生了孩子又不让你操心，你这是要急死我呀。"

正是第一次婚姻，让钱永旺知道了自己并不是一个健全的男人。结婚第一年，身为京剧演员的妻子还说要趁年轻多将精力放在事业上，以后再考虑孩子的事。但一年后，事业上注定不会有什么大起色的她，却开始一门心思想成为一名专职妈妈。钱永旺早就想当爹了，可不管他如何努力，老婆的肚子却始终不见动静。他私下去医院做了多次检查，最终结果让他如同五雷轰顶：自己患有非梗阻性无精子症，注定一生膝下空虚。也就是说，自己那家伙事儿就像一把没有子弹的枪，无论怎么扣扳机，放的都是空炮……在京剧演员越来越对自己能力起疑的时候，钱永旺果断地选择了离婚。他的理由很简单：我不想这么早要孩子，你想当妈，干脆另找别人去吧。

离婚之后，绝望的钱永旺也曾想过，自己再与别的女人结婚，对人家也是一种祸害，莫不如干脆一直单身下去，做一只狂蜂浪蝶，潇洒又快乐地度过一生。但钱永旺是个敏感、孤独、情感需要存放之所的人，再加上来自家庭的压力，两年之后他又选择了重新进入婚姻。第二任妻子闫娜是土生土长的北京人，外院法语专业毕业后，曾在政府外事部门短暂工作过一段时间，由于忍受不了早八晚五的刻板生活，很快就选择了辞职。闫娜平日除了翻译法文书稿和充当一些活动的临时口译外，最大的爱好就是旅行。钱永旺是在一个朋友聚会上认识她的。两人彼此都有好感，很快便成了恋人。钱永旺有一次问闫娜道："如果你和我结婚，打算几年之内要孩子？"闫娜说："我不知道。说实话，我不喜欢孩子，我正在怀疑自己是否会成为丁克一族。"这让钱永旺当时就做出了和闫娜结婚的决定。

和闫娜的五年婚姻，是钱永旺婚姻生活里最为快乐的时光。夫妻二人财务自由，又没有来自对方要孩子的压力，国内国外到处旅行游玩，尽享轻松快乐的二人世界。在这段婚姻中，钱永旺对父亲老钱急于抱孙子的强烈要求，能拖则拖，能骗则骗。他知道父亲断然不可能接受钱家香火要断的结果，所以只能让他一直在心中存留一份幻想。但到了结婚的第五个年头，刚进入姗姗来迟的春天，闫娜在毫无征兆的情况下，忽然对钱永旺说："咱们离婚吧。"毫无防备的钱永旺被这当头一棒彻底打蒙了："为什么啊？总得有个理由吧。"闫娜说："是我对不起你，我怀孕了，对方是去年搞活动时认识的一个法国人，我打算随他一同去法国生活了。"

这么多年来，尽管钱永旺绝少提起那段婚姻里的任何事，但闫娜却一直是他心中的一个刺痛。他一直小心翼翼地让这段往事尘封起来，以免又一次勾起自己饱受屈辱的记忆。但狗老二小花貌似的意外怀孕，却不可遏止地让他又一次想起了闫娜，想起了自己曾经一直视为真爱的女人和一个法国男人暗度陈仓的往事。

"妈的！"联想到闫娜也是在自己毫无察觉的情况下怀的孕，钱永旺不由得愤愤地骂出声来，"命运之神闲得蛋疼，又拿我逗回闷子。老子活得确实不如人啊。"

除了感到羞愤，钱永旺还面临着另一个棘手的问题：这件事如何给魏芸交代？尤其在两人关系微妙的现阶段，如果处理不妥，说不定就会成为压垮骆驼的最后一根稻草。这主要基于魏芸不仅是一个极端虔诚的丁克主义者，而且她对怀孕生子这样的事，怀有接近病态的厌恶和痛恨。

在结束和闫娜的婚姻多年后，钱永旺于一个偶然的机会认识了陕北女孩魏芸。当他得知魏芸是一个死心塌地的丁克主义者后，便对她展开了猛烈的追求。魏芸问："你明知我是个丁克主义者，追我的理由何在？"钱永旺说："因为我也是不折不扣的丁克一族。"魏芸不解地说："我了解你的身世，身为富家子弟，又三代单传，你做丁克，充其量是在盲目地表达个性。"钱永旺说："我和前妻结婚，是因为我们两人都说自己是丁克。我和她离婚，则是因为她怀了别人的孩子。"三天后魏芸答应了他的求婚，她笑眯眯地说："你的话给了我启示，人都是会变的。如果日后我们对生活的态度发生了变化，大不了离婚而已。"

"我变了吗？"想起当年魏芸的话，钱永旺不由得苦笑了一声，"在获得生育能力之前，丁克是我唯一的选择。"

巨石镇上的夏蝉因为不明的原因几乎一夜间死得所剩无几。夏初开始曾日夜聒噪的蝉歌，从大合唱变成了偶然入耳的低吟。在这段时间里，钱永旺被小花怀孕的事烦得寝食难安，零星的蝉鸣总让他心里泛起一丝同病相怜的哀伤。

12

沉寂了据说有上百年的养命泉突然复活所带给巨石镇的惶恐和不安，随着专家对水质出具的鉴定结果和默姑的一锤定音，很快就烟消云散了。喷射而出的柱状泉水，让五王峰被浓重的水汽所缭绕，如梦如幻，宛若仙境。凡遇晴日，周遭多见彩虹，重重叠叠，五光十色。接着，五王峰成了神湖山一处最热门的新景点，不仅吸引着巨石镇本地人前来游玩，随着名气渐大，越来越多的外地人也专程驱车而来。往日一直寂寥落寞的五王峰，因养命泉的复活而变得游人络绎不绝。对于这眼突然复活的养命泉，坊间不仅将它过去各种延年益寿、救人性命的传奇悉数挖掘了出来，而且为它新增了更为神奇的功效。巨石镇镇民大概是受了省城专家对泉水水质鉴定意见的诱导，放出风声说，养命泉的泉水中因为含有天然笑气，人们吸入了它所蒸腾出来的水汽，会立即一扫烦闷，变得心情舒畅愉悦，甚至会情不自禁地笑出声来。不知是泉水真的有此功效，还是只不过受了心理暗示，越来越多的人在去过五王峰后对此深信不疑，以至于养命泉的原名渐渐被人淡忘，代之而声名鹊起的则是它的新名字——忘忧泉。

这个让巨石镇人扬眉吐气、兴奋异常的意外收获，在钱永旺心中却没有掀起一丝波动。"忘忧泉？笑话！老子现在被人挠胳肢窝都笑不出来。"他心里被一堆烦心事搅扰着，别说亲自去五王峰凑热闹，别人一聊起忘忧泉这个热点话题，他扭头就走。在诸多烦心事中，眼下让钱永旺最感到头疼和紧迫的，就是如何处置怀孕的狗老二小花。回到老家的魏芸，一直就没有主动打过一个电话。每次他打电话回去，对方关心的也只是六只狗的状况。但在上次钱永旺打电话问及小花是否有可能怀孕的问题后，没过几天魏芸就主动打来了电话，让钱永旺发几张小花的近照。钱永旺心里有鬼，所拍的几张照片有意避开了小花的腹部和乳房的细节，呈现出来的是一只身体虚胖、精神萎靡的病狗的样子。看过照片后，魏芸发来一段充满责备和不满情绪的文字，抱怨钱永旺没有精心照顾好宝贝们，遥控指示他赶紧送小花去就医，并随时向她报告情况。魏芸在短信最后写道：我在老家的事一时还处理不完，希望你能照顾好狗狗们，为我分忧，以免我不得不提前回到巨石镇……魏芸如能提前回来，当然是钱永旺求之不得的事。但小花怀孕一事，却又让他对魏芸的回来充满畏惧。他不敢想象魏芸在得知真相后的反应，尤其是在两人婚姻出现了明显危机的当下。

焦头烂额的钱永旺思来想去，觉得唯一妥善的解决之道，就是一边告诉魏芸小花病情不容乐观，一边私下让这条添乱的德国黑背彻底消失，等心急火燎的魏芸赶回巨石镇时，再告诉她已经痛失老二的噩耗。到那时不但可以遮掩自己的过错，而且可以借安慰伤心的魏芸之机，修复两人出现裂痕的感情。但想是一回事，做起来却是另一回事。像许多敏感的人一样，钱永旺其实是一个非常有爱心的人。他爱孩子，也喜欢性情温顺的动物。他对家里六只狗的精神虐待，其实并非出于本愿，而只是对魏芸独断专行的报复。

可以说，魏芸的独断专行是造成他们夫妻关系日渐疏远的最大原因。对于这场持续了数年的婚姻，钱永旺起初是怀有私心的。他之所以看中魏芸，就是因为魏芸是一个始终如一的丁克主义者，能让这段婚姻有可能做到善始善终。尽管几无可能，但随着医学水平的发展，如果有一天自己有幸拥有了生育能力，完全可以与别的女人另结姻缘。丁克女人难找，但想生孩子当母亲的女人多如牛毛。但令钱永旺没有想到的是，魏芸对孩子的反感到了病态的程度：朋友喜得贵子，钱永旺不能随份子钱，不能参加满月宴；钱永旺如果对任何小孩子表现出喜爱之情，都会遭到魏芸的挖苦和嘲讽，甚至电视画面上出现的小孩子也不例外；每次夫妻生活，魏芸都要千叮咛、万嘱咐地让钱永旺戴避孕套，而且整个过程都看不出有丝毫的喜悦和快感，总是充满了对意外怀孕的焦虑和担忧……面对魏芸这些几乎病态的行为，钱永旺对他和魏芸的婚姻生活虽然时有不悦，但魏芸作为一个性格独立且颇具个性的女人，却和喜欢读书的钱永旺在思想上有着许多高度契合之处，是一个难得的精神伴侣。另外，钱永旺深知造成魏芸如此性格的原因，所以对她不可理喻的言行总是给予了最大程度的理解和忍让。

魏芸之所以成为一个虔诚的丁克主义者，完全是因为原生家庭之故。她出生在陕北绥德一个偏僻的乡村。父母都是没有多少文化的农民。不知是养儿防老的观念过于根深蒂固，还只是出于动物繁衍的本能，这对夫妻自从结婚后，造人的事业就一直没有停过。前后共生育了六女二男八个孩子。夫妻俩本来就靠着几亩薄田度日，加上孩子众多，日子过得异常艰难。在这样的环境下，魏芸的童年可想而知。"父母之爱？我连家里一只鸡都不如。父母稍不如意就会打骂我们，他们挂在嘴边的话就是，养只鸡还知道下蛋，养你有什么用？"魏芸一想起自己的童年，就对父母、对那块土地充满了挥之不去的仇恨，这也是她发誓终生不要孩子的原因。钱永旺曾试图改变她过于偏执的观念，他说："那是经济条件不好所致，家境良好的父母，当然会给孩子一个美好快乐的童年。"不料魏芸惊讶地瞪着钱永旺，怔了一会儿才斩钉截铁地说："人生苦海无边，把孩子带到这个世上纯属作孽。"

看着小花日渐隆起的肚子，钱永旺的焦虑也日益加重。如何处理这条准狗妈成了他眼下最迫切和最棘手的事情。送人吧，一条养了多年的成年狗没人愿意收养。卖到狗肉店吧，一来一尸多命，太过残忍，二来魏芸也认识狗肉店老板，日后容易露馅。杀了它吧，钱永旺是个胆小且善良的人，杀生的事对于他几乎等同自杀。"怎么办？到底该怎么办？"束手无策的钱永旺这段日子寝食不安，人明显地瘦了一圈。如坐针毡的他本来想找王民给自己出出主意，不料有一天在街上碰到骆小丹和她母亲出来散步，他问及王民，骆小丹却说王民有事回北京去了，近期大概还回不来。骆小丹看着钱永旺，惊讶地说："赶紧打电话让魏芸回来吧。你太不适合一个人生活了。你看看，你和家里的六条狗，都瘦成什么德行了。"

就在这天晚上，魏芸短信询问狗老二的情况，钱永旺从上次照片中又挑出一张，连同自己的近照一同发了过去，短信告诉她说：情况不容乐观，我也都快急病了。魏芸过了一阵回复道：我尽快处理完手边的事后就回去……

正是这次联系，让钱永旺终于下了决心。他给怀孕的小花做了一顿丰盛的晚餐。虚弱的小花对主人突然表现出来的慷慨和友善大感疑惑，以至在食盆前扭捏半天都不敢伸嘴。钱永旺抚摸着它的头，有些伤感地说："吃吧，吃吧，吃饱了好上路。"

等小花吃完，钱永旺用一块黑布蒙住狗头，然后拿起手电，套上狗绳牵它出了门。此时天早已大黑，他避开镇街，直接穿过草滩，从神湖山南端向山上走去。神湖山南峰远比北峰陡峭难行，钱永旺借着微弱的手电光，深一脚、浅一脚地一边向山谷深处走去，一边喃喃自语地对小花说："我也是迫不得已。你不要怪我啊，要怪就怪自己的命不好。我也和你一样，天生的一副苦命。"被蒙住了眼睛的小花不反抗，也不出声，一直顺从地跟在主人身后，这却更让钱永旺增添了几分伤感。

走到人迹罕至的深山野岭时，时辰已经到了后半夜。钱永旺卸下狗绳，拿掉蒙眼的黑布，有些哽咽地对小花说："你去自寻一条生路吧，这样兴许还能保住你肚子里的孩子。"小花打量了一下四周陌生的山野，似乎明白了主人的意图。令钱永旺感到疑惑的是，小花不但没有表现出他曾设想的抗议和纠缠，反倒表现得如同一个刚出狱的囚犯一样，表情中充满重获自由的兴奋和快乐。它冲着钱永旺汪汪地叫了两声，不知道是在告别还是有其他的寓意，然后好像生怕主人反悔似的，一溜烟儿就蹿到前面的草丛里去了……小花如此表现，让钱永旺的负疚感消解了不少。他在原地等了一会儿，确定小花不可能重回自己身边后，便转身下山去了。

这本来是一起不容辩解的遗弃行为，但小花令人意外的表现，让钱永旺总算有理由将其视为放生。他回到草滩的家里时，天已经快放亮了。五条狗看见主人独自回来，都躲在远处，默不作声地看着他。钱永旺从狗脸上看出了许多复杂的表情，他本来想自言自语地说句什么，但顿了顿，却一言未发地回屋睡觉去了。

醒来已经是下午三点了。钱永旺胡乱地吃了点东西，给狗子们撒了狗粮，然后抄起铁锹去了草滩南边的杨树林里。他挖了个坑，将标有"小花"字样的狗绳、狗衣及玩物等所有小花的用品，一概埋进了坑里。然后堆起一个小坟头，并在附近捡来一根木棍插在了上面。

钱永旺深深地吸了一口气，感到五体通透，愉悦无比。他望了望云雾缭绕的五王峰，想起人们近日关于忘忧泉的传闻，喃喃自语："巨石镇的空气确实有几分神奇。"

13

王民自6月中旬回到北京，转眼已经过去了半月。在这段时间里，他除请老妙吃了顿饭外，几乎没有再主动约任何别的朋友。其实王民并不想和老妙吃饭，因为他既没有任何兴趣参展，也没有情绪聊画家圈里的破事。那天的饭局很沉闷，以至于老妙说："兄弟，你是不是摊上什么事了？没见过你这样深沉啊。"王民尴尬地说："你还不了解我？我喝多了话才多，不喝酒基本上不会说话。"老妙说："那就痛痛快快喝啊。"王民说："问题就出在了酒上，我最近不知怎么了，一喝酒就胃痛。"老妙眼神中闪过一丝担忧，关切地说："那你可得去医院好好查查原因了。人到中年，身体很容易出问题的。"

其实王民的话纯属胡说八道。他喝酒不是胃痛，而是心痛。这段时间里，他绝少出门，连吃饭几乎都是叫的外卖。王民心情极度郁闷，他像个老酒鬼一样随时对酒充满了渴望，但理性却一次又一次让他伸向酒瓶的手缩了回来。回北京途中在黄塔镇的那场大酒，让他至今心有余悸。他知道眼下自己的状态，既不适合和任何人聚饮，也不适合在家独酌，任何一种情况都有可能因情绪失控而发生无法预测的严重后果。

王民给骆小丹发自己和老妙吃饭的照片时，才意识到他主动约老妙的动机，居然就是为了向她证明自己这次回京的目的。这一做法让王民自己都感到不可思议：他和骆小丹之间一向相互信任，轻松坦然，像这样刻意汇报的事，似乎从来都没有发生过。"心里有鬼，心里有鬼啊。"王民这样感慨时，心里多少有些悲伤的感觉。骆小丹很快给他发来了语音，她并没有在意那张照片，而是语气有些大惊小怪地说，巨石镇最近出大事了，就在养命泉忽然开始喷水的当日，附近的夏蝉大量死亡，据说是泉水中含有剧毒所致……骆小丹说："我觉得这完全是杞人忧天，但我妈被流言蜚语吓得魂不守舍，正嚷嚷着要我一道回北京呢。"王民说："一个比一个活得痛苦，却都谈死色变，人生真他妈的奇怪。"骆小丹闻言道："好死不如赖活着嘛，你这种想法才奇怪。最近打电话时你老是情绪低落，是遇到什么烦心事了吗？"王民赶紧说："我能有什么烦心事？就是情绪周期到了而已。"

最让王民感到困扰的，并非哥儿们程悦到底是否和妻子曾经有染，而是自己对这件事模棱两可的感受和举棋不定的态度。那天在山上接到老段的电话时，王民瞬间就感到自己气炸了。他当时并没有想到如何处置骆小丹，但对程悦的下场明白无误地表达在了他对老段所说的那句话里："这傻×终于确定了自己的死刑！"当时他浑身热血沸腾，满脑子都是自己手持砍刀，让那个猪狗不如的男人身首分离、鲜血飞溅的酣畅淋漓的画面。他甚至一刻也无法忍受，以至于连夜匆匆下山赶回了巨石镇。王民原本打算是将老段的话告诉骆小丹，用各种手法让她承认这一事实，然后再去北京找程悦算账。但在下山的过程中，王民的狂热却在不断降温。他开始对自己找老婆摊牌的冲动变得怀疑，他无法确定即便真有其事，即便自己软硬兼施，老婆会不会依然铁嘴钢牙地予以否认……这样的想法让王民在回到巨石镇之后，最终忍住了和骆小丹摊牌的冲动，而是决定弄明白这件事的前因后果、拿到不容辩驳的确凿证据之后，再师出有名地展开复仇行动。

王民回到北京的这段时间里，几乎把所有的精力都花费在了对自己和骆小丹婚姻生活的回顾和梳理中。二十多年的共同时光，除了一些让人难以忘怀的重大事件，几乎都沉没在了浑浊不堪的记忆之河中，只能看到偶然随波浪翻滚而涌现出来的一些零星的残片。十多年前对骆小丹和程悦关系的怀疑，算得上是件曾一度让王民耿耿于怀的大事。但这样的怀疑在持续一段时间后，被他自己强制否定了。他将一切归因于自己的敏感和多疑，归因于机缘凑巧，在没有做任何声张的情况下，将这件事深深地埋在了心底……十多年过去了，这件突然被人重新挖掘出来的往事，尽管瞬间唤醒并大为强化了王民当年的怀疑，但有关这件事的具体细节，却已经在他的记忆里变得模糊不清了。

十多年前，这件事的起因是因为一个绿玛瑙的生肖挂坠。

在王民的记忆中，十五年前的那个冬天，北京的天气出奇地寒冷。那年临到春节，他带着六岁的儿子回甘肃老家过年。过去回老家过年，从来都是一家三口。那一年骆小丹没有同行，王民一时想不起来具体原因。过完正月十五回到北京后，有一天晚上他去刷牙时，洗面台上骆小丹的化妆盒敞开着，他从各种各样叫不上名字的瓶瓶罐罐中，不经意间瞥见了一头绿玛瑙雕成的小羊。还不等王民细瞧，从卫生间出来的骆小丹便拿走了化妆盒。那段时间里，不知是因为婚姻在遭遇七年之痒，还是因为王民的绘画事业一地鸡毛而脾气烦躁，争吵和冷战在两口子之间频繁发生。当天晚上，骆小丹拿走化妆盒后，开始王民并没有在意。但不知为何，那个玛瑙小羊总在他脑海里盘旋。他总觉得似曾相识，却又想不起来到底在哪里见过。这本来只是生活中一个不经意的闪念，但几天之后，程悦请他们一家三口吃告别饭时，这件事却演变成了王民的一块心病。

程悦是个北漂作家，按他本人的话说，在北京这座冷漠的城市里，王民是唯一可以等同亲人的朋友。王民已经记不得是在什么场合认识程悦的，但估计是在某个酒局。不记得初次会面的细节，说明程悦对于王民而言，不是一见如故的那种类型。他是靠自己的热情坦诚、豪爽大气而渐渐赢得对方喜欢的。王民说："你颠覆了我对南方人的印象，不仅生得高大威猛，而且做事大胆，一点都不畏手畏脚。"程悦说："我这些在别人眼里的缺点，全北京就民哥你一人点赞。"程悦在北京混了三年多，原以为凭借自己的文学天赋，就算不能扬名立万，但闯出一片立足之地应该绰绰有余。但现实送给他的，永远都是迎头痛击。他除了偶然在一些算不得正经文学杂志的小刊物上发表了数篇散文和短篇小说，自己认为部部都是杰作的三部长篇小说，却屡遭刊物和出版社退稿，连一丝出版的希望都看不到。王民曾将其中程悦最看好的一部推荐给了自己认识的一个书商，也很快被退了回来。书商对王民说："你劝劝你那哥儿们，改行干别的吧，他不是这块料儿。"王民当然不会把原话转告程悦，只是委婉地说："书商说你的作品纯文学味儿太足了，而他们需要能卖钱的畅销书。"

在北京混得捉襟见肘的程悦，自从认识王民两年来，确实得到了他切实的接济和关照。王民说："没饭吃的时候来我家，多一双筷子的事。"王民是这么说的，也是这么做的。甚至有一次程悦因一夜情而致女方意外怀孕的风流债，也是王民拿钱给他解围的。对程悦风流成性的毛病，从农村长大、观念保守的王民虽然看不惯，但他一直认为，每个人的生活态度不同，没有必要拿自己的标准去衡量别人。当然作为程悦的大哥，他也曾提醒这个总是管不住自己下半身的兄弟说："奸出人命赌出贼。能流传下来的古人之言，一定是有道理的。你小子小心点。"程悦闻言，总是一脸委屈地说："民哥，这一点上，你对我的误解比谁都深。我程某人好歹也是个作家，难道会没有道德感？我不是花花公子，我的每一份情感都是真挚的。"王民说："情感泛滥，就像酒里注入了太多的水，那还能有味道吗？"

程悦总是抱怨北漂太难，他想回南方去了。但说归说，却一直也不见他下定决心。在这件事上，程悦征求意见时，王民不拿主意，他说："去留的事只有你明白，千万别听别人的。"王民觉得他不会舍得离开北京，但没有想到，这次程悦居然动了真格的。

告别的聚会选在一家西北风味的小馆子里。程悦说："别人都一勺烩了，民哥我必须单请。"那段时间王民处在低潮期，和骆小丹的日子过得也总是磕磕绊绊，不像昔日一起喝酒时那样闹腾咋呼，所以酒局的气氛有些冷清。也就是在喝酒的当儿，王民在和程悦碰杯时，看着他的脖子，忽然又想起了老婆化妆盒中的那块玛瑙小羊：程悦是属羊的，他一直戴着一条项链，上面的吊坠似乎就是一个绿色的生肖吊坠。当时王民看到程悦空空荡荡的脖子时，一下子起了疑心……过去王民和程悦喝酒，基本上都会喝大。但这顿离别酒只喝了一瓶白酒，当程悦伸手再叫酒时，却被王民坚决制止了。程悦也没有像平日那样坚持，而只是若有所失地说："不续也好，离别酒喝起来总是有些伤感。"

程悦回了南方。在那段时间里，心中的疑团一直让王民如鲠在喉，各种各样的联想和猜测几乎让他走向崩溃。他曾在饭局的当晚第一次偷偷查看了骆小丹的化妆盒，却没有看见那块绿色的玛瑙吊坠。随着他和骆小丹关系周期性的缓和，王民内心的怀疑虽然无法消除，但他还是强制性地选择了忘却。他自己给出的理由是：老婆化妆盒里的那块玛瑙，不太可能是程悦的吊坠。因为程悦是自己情同手足的兄弟，不可能做出禽兽不如的事来。他甚至觉得，老婆包里的所谓生肖吊坠，有可能不过是自己对某件化妆品一时眼花的错觉。

14

这件被刻意掩埋在记忆深处的往事，王民虽然从来都没有忘记过，但由于历时久远，许多细节都已经变得模糊不清。除了努力像修复古籍善本一样小心翼翼地拼凑和复原之外，唯一能提供帮助的，就是王民的日记。

王民自从上初中起，就养成了写日记的习惯，一直坚持到现在，已经足足有数百万字之巨。王民日记没有情感情绪记录，没有对生活的感慨和领悟，就是简单的流水账。当初开始写日记是受了王二狗的启发。王二狗是个漆匠，是王庄一带有名的能人。他在农闲时节走村串户，靠给人家描画和油漆家具、棺木而赚取外快，日子过得远比一般人富足。由于王民从小学习就不尽人意，其父觉得通过高考让他跳出农门几乎是痴心妄想，于是便将他送到王二狗处去当学徒，指望他以后也能靠手艺把日子过得红火一些。王二狗没有儿子，只有两个女儿。他没有打算收徒，原本想让自己绘图油漆的祖传手艺在自己这一代就此失传。王民父亲和王二狗素有交情，在他的再三恳求下，碍于情面，王二狗抱着试试看的想法，勉强做了王民的师傅。令他大感意外的是，王民这个呆头呆脑、学习永远跟不上趟的家伙，居然在绘画方面有着令人惊叹的灵性和天赋。王二狗就是在这样的情况下，跟王民说："你会成大才的，从现在开始，你除了认真学画，还要坚持每天写日记。"王民不解其故，王二狗说："你悟性好，但记性不好。等你日后万一成了大师，写回忆录的时候靠的只能是日记。"

王民最初写日记是因为师傅的鞭策和逼迫，后来渐渐则成了一种习惯。他偶然回翻过去的日记时，发现许多往事，如果没有这些文字的提醒，早已经被忘得干干净净。

这段时间里，王民将自己关在家中，除了苦苦回想绿玛瑙之惑的所有细节，唯一能做的，就是翻出那段时间的日记，从字里行间寻找能够将整个事情串联起来的蛛丝马迹。但令王民感到遗憾的是，那段时间可能因为正处在人生低潮，和骆小丹的关系也时好时坏。日记要么写得太短，以寥寥几字敷衍了事；要么就是多日不写，事后一并补记，日记本身也成了内容缺失的残本，这让王民对当时细节的梳理很难找到一条明晰的线条。整个事件不完整的细节像一堆被撕碎的老照片的碎片，杂乱地堆在自己的眼前，要想恢复原貌实在是一件让他深感力不从心的浩大工程。

这天，王民正埋头桌案，一边查阅着日记，一边将各种线索写在一张标注着日期和主要事件的记事板上，看上去简直像一个正在梳理案情的侦探。他感到头昏脑涨、心烦意乱，想将这一切推到一边，痛快淋漓地大喝一场的欲望越来越强烈。"死了这份心吧！喝酒只是暂时的自我麻痹，醉过之后还得直面这些问题。"王民在心里恶狠狠地说，就如同在教训别人一样。但他越是这样发狠劲儿，内心对酒的渴望却变得越强烈。

　　就在王民抓耳挠腮之际，手机却突兀地响了起来。他拿起来看时，来电显示是老段。王民一边想着说辞，一边摁下了接听键。不料老段张口就说："哥们儿，啥时回北京的，也不打声招呼。"王民说："回来没几天，瞎忙，还没顾上。咦，你怎么知道我回来了？"老段说："老妙发了朋友圈，你有时间和他喝酒，却连和我见个面的工夫都腾不出，咱们还算老铁吗？"王民笑道："是老铁还挑礼？跟老妙是谈事，不是叙旧。"老段说："别废话，晚上我给你接风，地方和要叫的人都你定。"王民犹豫了一下，说道："别叫其他人了，就咱哥儿俩吧。我最近手边真有事，不想让朋友知道我在北京，否则就被摁在酒缸里出不来了。"

　　其实王民完全可以撒谎，说自己确实因急事回了一趟北京，但没待几天就返回巨石镇了。因为来去匆忙，就没有打扰兄弟们。他没有这样做，因为自从回到北京后，他其实最想见的人就是老段。他迫切地想知道他打来那通电话的当晚，程悦到底在什么样的情境下具体说了什么样的话。王民之所以并没有把自己回北京的消息告诉老段，是因为这些话他真的不知道该怎么开口。不较真随口一问吧，老段肯定会说是酒后玩笑，不值得当真。太较真吧，又会引起对方担心，而且是对奸情，往往会有关于致命后果的担心……今天既然老段自己找上门来了，王民也只好硬着头皮答应前去赴约。

　　"见机行事吧，谁也不是事前的诸葛亮。"放下电话后，王民觉得自己大半天的烦躁和郁闷消失了，代之而来的却是莫名的兴奋和不安。

　　老段本来提议去一家串儿吧，说是自己一个朋友开的，想吃什么也好照应。但王民拒绝了，他说："给人家添乱不说，朋友免不了过来敬酒，没法清静说话。不是听我的嘛，地方我已经选好了。"

当天晚上六点半，老段一走进那家名叫西北情的饭馆，就抱怨不迭地说："这鬼地方也太难找了，绕得我没喝酒就晕菜了。"王民说："酒香不怕巷子深，这家的过油肉拌面我觉得是朝阳区最好吃的。"

好久没见，自然有很多话要说。两人一边喝酒，一边聊着这半年多来各自的所闻所见。王民心里有事，情绪自然没有老段高，酒喝得也不像以前那样痛快。老段察觉到了什么，疑惑地问："民哥，你话不多说，酒不多喝，是摊上什么事了吧？"王民说："也没什么，就是心烦。"老段说："我就知道你有心事，快说出来，兄弟给你排解排解。"王民没接茬，却问老段道："兄弟，你说实话，结婚有劲吗？"老段盯着王民看了半天，才神情诡秘地问："你一个人跑回北京，是和嫂子闹别扭了吧？民哥老实交代，是不是你有外遇了？"王民不置可否地问："为什么有外遇的一定是我，而不是骆小丹呢？"老段闻言脸色有些惊诧起来："看来你和嫂子还真是出问题了，这真让人想不到。"他端起酒杯独自一饮而尽，叹口气说道，"民哥，兄弟说句不该说的话，你别往心里去啊。"王民说："既然知道不该说，还是不说为好。"老段说："不说憋得慌。我知道你现在画价渐高，名气日大，免不了会招蜂惹蝶。你要是像程悦那样一见女人就走不动道的人，我也就不奇怪了。可民哥你是大伙儿公认的专情模范啊，有嫂子这样的女人打底，什么样的女人还能再入你的法眼？我真的好奇，能告诉我是何方仙女吗？"王民忍不住笑了起来："谁告诉你我有外遇了？别瞎操心，没有的事。大概结婚时间太长，只是觉得没劲了。哎，对了，我和程悦好久没联系了，他最近怎么样啊？"老段还是用怀疑的目光看了看王民，这才答非所问地说："要是你和嫂子的婚姻都能出问题，大概就没人愿意结婚了。"

王民主动把话题往程悦身上引，见老段并没有搭茬，于是又说："嫂子长嫂子短的，骆小丹在兄弟们眼中，真的就那么完美无瑕吗？"老段说："世上哪里有完美无瑕的人？但就某方面而言，确实有人堪称极品，嫂子就是人妻的极品。"王民说："别扯淡了！男人不同，人妻的标准自然不同。你觉得是极品的，别人有可能还觉得是次品呢。"老段斩钉截铁地说："我说的就是嫂子作为你的妻子，是天造地设、完美无瑕的绝配。"王民见他总不上道，干脆直接问道："对了，上次你打电话给我，说程悦和我老婆的事，也没说明白，当时到底是个什么情况？他怎么冷不丁就说起了这个话题？"

老段闻言一下子愣在了那里，似乎不明白王民说的是哪档子事。但很快他就想起了自己上次酒后打过的那通电话，眼神中立即闪过一丝慌乱和紧张。他说："嗨，民哥，开玩笑的事，你还真往心里去啊。"

王民觉得自己浑身的血液开始沸腾了般地乱窜起来，太阳穴也开始突突直跳。他极力控制住自己的情绪，故作镇静地说："往不往心里去，得分情况。如果程悦说的是真话，这事换成你老婆，你会往心里去吗？"老段的神情更是紧张起来，他急赤白脸地说："民哥啊，也怪我这张臭嘴乱喷，绝对只是玩笑，我酒后只想逗你玩的。"王民说："告诉我，当时到底是什么情况，我不在场，怎么会聊到我老婆的？"老段看王民的脸色不像是随口一问，知道这不是一句话就能绕过去的，便开口道："你也知道，程悦那小子，酒喝大了总爱吹牛，给我显摆他阅人无数的情史，吹得天花乱坠。那天也是我犯贱，恶心他就知道诱骗无知少女。结果程悦说，老子爱过的女人中，既有大学教授、著名作家，也有女富豪、女明星，这绝不是吹牛。我激他说出一两个我知道其名的，他便说曾上过女影星谢小莹。我说反正吹牛不上税，想说谁说谁呗，反正也没法验证。

那小子喝得太多了，冷不丁地说，能验证的也不是没有。我要说跟骆小丹也曾经有过一腿，你能信吗？"说到这里，老段住了口，他给王民和自己的酒杯中斟满酒，举起酒杯道："来来来，喝酒！在一帮兄弟们的眼中，嫂子一直是我们敬重的女神。程悦满嘴跑火车，只不过是扯虎皮拉大旗，想用一个谎言证实另一个谎言罢了。"

王民和老段碰了碰杯，一饮而尽。老段酒却依然举着，他说："民哥，你不说句话，这酒我喝得不踏实。你说实话，是不是因为我的电话，你才和嫂子生了嫌隙？"王民恢复了以往的大哥做派，喝令道："我都喝了，少废话，赶紧干了。我就是顺嘴一问，我和老婆没生任何嫌隙，不信我现在打电话过去，你和她视频一下。"

老段看着王民，悬着的心总算放了下来。他说："你净吓唬我。喝成这个德行，打什么电话啊。"说罢就把杯中的酒也仰脖灌了下去。

15

一向僻远安静的巨石镇，随着养命泉喷水现象这一奇观的出现，渐渐名声远扬，越来越热闹起来。

刚开始时，人们普遍猜测这可能是地层深处天然气作用的结果，持续不了多久就会销声匿迹。但一个月过去了，两个月过去了，巨大的水柱依然保持着强劲喷发的态势，丝毫没有减弱的迹象。不仅五王峰、神湖山被云雾般的水汽缠绕，就连山谷里的巨石镇，起雾和下雨的日子也明显比以前多了起来。省城专家关于喷泉水质含有笑气成分这一鉴定结果，不但平息了喷泉有毒的流言蜚语，而且使得养命泉被人们易名为忘忧泉，其神奇的功效在方圆百里被传得越来越邪乎。不知道是不是心理暗示在起作用，就连巨石镇的本地居民，也越来越觉得周围的空气成分发生了变化，自己的一呼一吸都充满了莫名的愉悦。

慕名来巨石镇参观游玩的外地人明显地多了起来。镇上所有饭馆、商铺、客栈、酒店的生意变得越来越好。镇街上昔日用来住人的临街房屋，也纷纷被改成了生意场所。原来冷冷清清的巨石镇，从早到晚人来人往，每天热闹得如同逢集一样。

位于镇街中心地段的汪记羊肉铺，本就是出名的老店，加上秘籍烹制的羊肉系列产品味道确实独特而出众，生意自然就更加红火。看着几乎从早到晚都在店门口排着长队等候吃饭的食客，店老板汪福田动了另开一家分店的念头。汪福田扩大生意的想法，并不全是为了赚钱，更多的想法其实是为了分家，为了给儿子汪大枣的日后生活提供一份切实的保障。

汪福田只有汪大枣和汪兰花这一儿一女。目前自己老两口和儿子一家住在老院，女儿则自打结婚后就在草滩另盖了一院新宅。全家人都靠着汪记羊肉铺的生意过活，在巨石镇也算得上是衣食无忧的富裕人家。饭馆目前主要由汪福田经营，跑堂的、算账的都雇有小伙计，儿子和女儿只是给他打打下手而已。在汪福田眼里，儿子汪大枣是个榆木疙瘩，简直比一头牛还老实。他几乎把所有精力和时间用在了饭馆里不说，而且在分账方面从来不知道计较。而女儿汪兰花则完全不同，她不仅好吃懒做，而且自私霸道，无论饭馆生意还是家庭事务，都颐指气使，弄得好像她才是汪记的老板，而他们父子只是两个唯命是从的打工仔一样。

"我活着尚且如此，一旦我蹬了腿，儿子还不被扫地出门？而他除了在饭馆里做事，别的行当几乎一窍不通，一家人最后还不得饿死？"汪福田经常为此忧心不已，但基于女儿的强悍和霸道，他也只能为了保持表面上的和气而忍气吞声。巨石镇因突现喷泉而发生的变化，让汪福田看到了机会：再开一家分店，让他们兄妹各自经营，免得搅和在一起让老实的儿子日后吃亏。

汪福田破天荒地召集了一次家庭会议，将自己的想法说了出来，让大家发表看法。儿子汪大枣低着头没有说话，女儿汪兰花却立即嚷了起来："扩大生意我不反对，但不能搞分店，而应该考虑将隔壁老费家的房子买过来，然后和老店打通，这样面积就能增加不止一倍。"这当然不合老汪的心思，他转头对儿子说："大枣，你也说一说你的想法。"汪大枣看了父亲一眼，又看了看姐姐，唯唯诺诺地说："都听爹的，爹说怎么搞就怎么搞。"

汪福田想骂汪大枣窝囊废却骂不出口，因为作为老子，自己不敢替儿子出头，实在是比他还窝囊。正在这时，平常很少参与媳妇家事的女婿陈关意外地说："我同意爹的主意，扩大店面毕竟不如开两家店好。"还不等别人开口，汪兰花就粗声大气地呵斥道："就你那吊儿郎当的样子，开两家店你是掌勺啊，还是跑堂啊？"陈关说："没事才吊儿郎当，如果开了新店，我指定没黑没明地泡在店里。"汪兰花的脸色明显黑了下来，她嗔道："狗改得了吃屎？到时候还不是把什么事都推在我身上。"陈关见状有点含糊了起来，他说："找个新店面不算难事，但要扩大店面就不那么容易了。人家老费家住得好好的，凭什么就会把房子卖给咱们？"脾气暴躁的汪兰花却彻底怒了，她顺手抄起一个茶杯，劈头盖脸就朝丈夫砸去。好在陈关反应敏捷，他头一偏，茶杯叭的一声在墙上碰得稀碎。汪兰花指着陈关骂道："真是马槽里伸出个驴头，我们汪家的事，什么时候要你多嘴了！"

一家人见状，都面面相觑，不知道说什么才好。陈关当然只能闭嘴，但一紧张他却又犯了老毛病，开始频频放起屁来。众人觉得好笑又无法笑出声来。陈关尴尬，只好借口上厕所赶紧起身开溜了。汪福田知道在自己家，不是胳膊拧不过大腿，而是大腿永远拧不过胳膊，就模棱两可地说："陈关提醒是有道理的，扩大店面固然也行，但恐怕要用老费家房子，并非一件易事。"汪兰花说："主意是我出的，场地的事自然由我出面。那今天就算是定了，先考虑扩大面积的事，如果实在行不通，到时再想别的办法。"汪福田没有再说话，他磕了磕烟锅里的烟灰，这次家庭会议就算是结束了。

陈关从汪兰花家的老屋离开后，心情糟糕的他本来想去茶馆找人打牌，但自己无法控制地频繁放屁，让他羞于去公众场合，只好闷头朝草滩的家里走去。"你个不早死的蠢婆子！我这不是为咱们家好吗？你却当着那么多人的面用茶杯砸我。"陈关刚在心中愤然骂了一句汪兰花，忽然又后悔地往地下啐了口唾沫，觉得自己太乌鸦嘴了。他可以恨汪兰花，但不能诅咒她死，因为这个家如果没有了汪兰花，他和三岁儿子的日子恐怕就没得过了。汪兰花平日对自己的好渐渐代替了陈关心头的愤懑，情绪渐渐平复起来，放屁的频率也明显降低了。

出了镇街往南，当陈关走到离草滩自家小院不远的河边时，却听见有人高声喊他的名字。他转头去看，却见河畔那片稀疏的杨树林中，钱永旺正在朝自己挥手。陈关好奇地走过去看时，只见钱永旺满头大汗地站在一个土坑前面，新鲜的土堆上插着一把铁锹。

"你这是干吗？寻宝吗？"陈关一脸迷惑地问。

"这荒郊野外的，寻个啥子宝。"钱永旺说，"是这么个事：我家那条德国黑背前些日子病死了，我便把它葬在了这里。今天路过，却发现狗坟有被刨过的迹象。我回家拿来铁锹，你看看，死狗果然无影无踪了。"

"看你怪的！"陈关忍不住笑了起来，"死狗还能诈尸了不成？咦，好端端的，小花咋就病死了呢？"

"病死就是病死了，我又不是兽医。我本来就不知道该如何跟魏芸交代，这下倒好，连死狗都没有了。你说，会不会是被野兽刨出来吃了？"钱永旺沮丧地说。

陈关看了看土坑四周，疑惑地说："怎么会，野兽总不可能吃得这么干净啊，连一点皮毛骨头都没有剩下。"

"说得也是啊，我也纳闷。"钱永旺说完，却转移了话题，"管它呢，今年巨石镇的怪事太多了。哎呀陈关，人家叫你放屁虫，你还真是名副其实，这么会儿工夫，你放了多少个屁啊。这也是病，你得去看看。"

"心里有气，有人从上面出，自然话就多，我从底下出，只能是屁多嘛。见怪了。"陈关自嘲地说完，拍了拍钱永旺的肩，"得了，回家吧。一条死狗，不值得你这样劳神。"

陈关和钱永旺结伴回到草滩，相互道别，各自回家。陈关刚给自己沏了壶茶，还没等喝上一口，汪兰花却也后脚跟着进了院子。她进屋后瞅了一眼陈关，问道："不放屁了？"陈关本来就余怒未消，闻言道："你不骂人就不会说话吗？"汪兰花笑了起来："还生气呢？我这不是在关心你嘛。你一生气就爱放屁。心胸要宽点，你这毛病才有望治愈。"陈关说："心再宽，也架不住被你像三孙子似的整来整去。"

汪兰花见状，一边挪过身子坐在陈关的身边，一边关切地说："我是你老婆，会存心整你吗？我老爹说开分店，那是给咱们挖的陷阱，我一眼就看出来了。你想想看，如果开了分店，即便没有我爹帮衬，大枣已经完全掌握了汪记羊肉的祖传秘方，不管是老店还是新店给他，人家都能把生意继续做得风生水起。而咱们呢，就是累死累活，最后也只能落得个关门大吉。放着眼下大爷般的日子不过，非得要出去创业，你说你是不是长了个榆木脑袋？"陈关本来气就消得差不多了，被汪兰花这么贴心地一劝，自然只能借坡下驴。他咧嘴笑了一下道："打一巴掌揉三揉，这一招足够你拿捏我一辈子了。"

两人正说着话，却见钱永旺推开院门走了进来。他手里提着一个手提袋，对迎出门来的陈关说："给你送两瓶酒尝尝。这是订制酒，市面上没有卖的。民酱，就是王民的酱香酒，这标贴画也是王民的作品。"陈关说："谢谢，谢谢钱哥了。王民，就是镇西你那个画家朋友吗？"钱永旺说："对啊，就是他。"陈关邀请钱永旺进屋喝茶，钱永旺却说："家里那群狗弄得人焦头烂额，我得回去了，有空再叙。"说罢就匆匆告辞了。

陈关回到屋，汪兰花从袋子中取出一瓶酒一边看，一边说："钱永旺虽然有钱且大方，但从来没见主动来咱家给你送礼啊，今天这是怎么了？"陈关将自己刚才在杨树林碰见钱永旺的事说了一遍，道："他今天的表现怪兮兮的，我也有些纳闷。"汪兰花听后却陷入了沉思，她说："清水客栈那个欧阳梵音的丈夫失踪一事，你不觉得蹊跷吗？这么久了，人们几乎翻遍了神湖山，却活不见人，死不见尸，甚至连一只鞋、一块衣服的碎片都找不到，我一直就觉得是被什么野兽囫囵吃掉了。所以啊，死狗被野兽刨出来吃掉也不是不可能。"

"神湖山无非有些灰狼狐狸之类，哪里有这样的野兽？"陈关一脸不屑地说。汪兰花没有理会他的质疑，而是喃喃自语道："神湖山我们只知道皮毛，今年出的怪事还少吗？"

16

巨石镇因忘忧泉名声远扬而变得日渐热闹繁荣，尽管一些过惯了清静安闲日子的老镇民感觉生活受到了打扰，但绝大多数巨石镇人为此感到高兴，尤其是年轻人更是欢欣鼓舞。在他们看来，过去的巨石镇简直就是一个封闭的小山窝，与世隔绝，生活单调落后。随着越来越多外地游人的拥入，日新月异的外界与巨石镇开启了一扇沟通交流的大门，各种新事物、新观念让他们着实大开了眼界。镇政府迎合广大镇民的意愿，认为这是巨石镇历史上一次不可多得的发展机遇，为此出台了一系列有利于巨石镇资源开发的优惠政策，旨在吸引外界投资，努力将巨石镇打造成一个与时代接轨的繁荣富足的现代小镇。

就在众人情绪高涨、自信满满地决心大展身手的时候，默姑却向汹涌的舆情泼来了一盆冷水。她不仅在多个场合表达了对这一现象的担忧，而且多次去镇政府请愿，表达对过度开发政策的不满和抗议。镇长裘成山知道默姑在巨石镇潜在的影响力，开始时每次都亲自出面接待。他耐心地向默姑讲解优惠政策将给巨石镇带来的好处，展望人们生活即将发生的巨大变化。镇长讲到高兴处，总是兴奋得唾沫乱飞，他用因到处演讲而变得嘶哑的声音说："您想想啊默姑，等到巨石镇实现了我们规划中的蓝图，那时候最先受益的，就是您这样无儿无女的老人啊。政府会修盖气派的养老院，让孤寡老人都能住进宽敞明亮的楼房，饭来张口，衣来伸手，您想想，那不就是神仙过的日子嘛。"但默姑向来都不为所动，她斩钉截铁地说："人如果过上了神仙的日子，那人还是人吗？巨石镇多年前免于一场山洪的毁灭性冲击，就是因为选择了躲避。眼下一场更可怕的山洪即将来临，而巨石镇人却选择了自掘堤坝。"裘镇长被默姑搞得筋疲力尽，此后一听到默姑来访，便只能慌不择路地躲起来不见。

默姑不合时宜的言论，触碰了绝大多数镇民凿然可期的利益，因而除极少数老派人物外，引起了几乎是一边倒的反感。那些昔日曾视默姑为先知的人，也开始对她怀疑起来。年轻人更是不屑一顾地说："什么先知、预言者，不过是一个固执维持现状的老古董罢了。她最害怕的，就是人们拥有了新思想、新观念，她那套装神弄鬼的把戏自然没有了市场。"对此默姑既不辩解，也不就此放手，而是竭一己之力，依然到处奔走呼号，反对外力对巨石镇的过度介入。只是她微弱的声音不但淹没在一片亢奋的喧嚣之中，连她昔日在巨石镇的非凡声誉也都开始大打折扣。

在默姑处境四面楚歌的时候，义无反顾地支持她主张的人，无疑是外地游客欧阳教授。这个被默姑从丈夫失踪的痛苦中解救出来的老女人，自然对自己的恩人充满信任和感激。作为一个高级知识分子，她从理论和实例的高度，为默姑高瞻远瞩的见解提供了强有力的支持。但已经陷入了狂热状态的巨石镇，不但没人听一个外来者的聒噪，而且固执地认为她站队默姑只是出于单纯的报恩。欧阳的力挺不仅没能帮到默姑，反而给自己惹了一身臊：清水客栈老板裘世忠原本一直对这个可怜的住客充满同情，因而对她除了房价大幅优惠外，在服务方面也始终照顾有加。但随着外地游客的大量拥入，巨石镇所有宾馆、客栈的生意都变得空前红火，到了周末更是一床难求。在这样的状况下，房价自然是水涨船高，且涨幅到了令人咋舌的程度。欧阳梵音多次找到客栈老板，主动要求上调房价。尽管裘世忠明知自己吃了大亏，但他是个忠厚老实又重信誉的人，一直还是按过去长包客房时所谈妥的价格收取房费。裘世忠对欧阳的反感是由默姑引起的。作为一个客栈老板，他巴不得巨石镇被外地游客挤爆才好，政府引进外资、发展旅游的政策自然深得其心。加上本来就对默姑的装神弄鬼非常讨厌，所以当默姑频繁来清水客栈找欧阳时，裘世忠对她的反感没办法表达，自然而然也就转嫁到了欧阳身上，过去在他眼里善良柔弱、可怜无助的老太太，渐渐就成了一个助纣为虐的恶女人。

这天下午，裘世忠终于去找欧阳梵音摊牌了。他不再拐弯抹角，而是直截了当地说："请您走人吧，我店的长包业务结束了。"欧阳是个通情达理的人，她知道老板此话既然能说出口，必然已毫无回旋余地。她说："这么长时间不但给您添了不少麻烦，也让客栈蒙受了损失，请您千万别客气，说个钱数让我稍做弥补。"裘世忠说："钱按说好的结，我不会出尔反尔，只希望您早日退房。"欧阳说："我正好也打算近日购票返京，稍容我数日即可。"

裘世忠走后，欧阳便去了镇中心广场。居无定所、行踪难觅的默姑，近期不时会出现在那里，不顾众人的起哄嘲讽而固执地宣讲自己的理念，试图煽动镇民对抗政府有关巨石镇发展的规划和政策。

此时已是黄昏，血红色的夕阳投射在镇街的石板道上，四处闲逛的行人身后都拖着一个又长又黑的影子，像一个个心怀鬼胎的游魂。中心广场上聚集着一群群饭后来此消遣的闲人。这里是各种各样小道消息的集散地，大到政府换届，小到寡妇偷汉，不管有影没影的事儿，都会从这里流向巨石镇的家家户户。欧阳四处转悠，却没有看到默姑的身影。走到广场西北角时，从围聚在一起的人群中忽然传来一阵起哄声。欧阳心想：默姑还真是越来越被边缘化了，道场居然选在了这么偏的地方。她走过去看时，将十几个青年人吸引在一起的，并非默姑讲道，而是一个外地人在摆摊赌钱。此刻正蹲在摊前的，是汪兰花的老公、外号叫放屁虫的陈关。欧阳经常去汪记羊肉铺吃饭，彼此是认识的。欧阳站在人群中看了一会儿，原来是多年前曾在北京流行过一阵的街头骗术：在一张矮桌上摆有六个红包，标号从1到6。摆摊者声称其中一个红包中装有一百元钱，对赌者出钱十元，可掷骰子五次，每次都可取走数字对应的红包。如果与前面所掷数字相同，可重新投掷，直到确保六选五的结果。十元赌一百元，而且是六分之五的概率，这当然是天大的诱惑……陈关不知已经赌了几次，反正设局者手里攥着厚厚的一沓票子。在别人的起哄声中，陈关反复查看了骰子和红包，又从钱包里拿出一百元拍在桌上，既兴奋又沮丧地喊道："再玩一百元的，我就不信这邪了。"欧阳犹豫了一下，还是过去将桌上的钱拿起来塞进陈关手中，将他拉起来说道："别玩了，你老婆正到处找你呢。"陈关一脸疑惑地说："什么事啊？"欧阳说："火燎屁股的急事。"

等出了人群，欧阳才对他说："我不把你从火坑里拉出来，你今天会输得连条内裤都不剩。那是骗局，北京街头十几年前就玩剩下的。"陈关说："六个红包里确实有一个装有百元大钞，骰子也是普通的骰子，都在明面上，庄家想作弊都不可能，怎么会是骗局？"欧阳说："玄机就在骰子上，骰子里面暗藏了机关，不管你怎么掷，就是不会出现有钱红包的那个数字。"陈关还是不信地说："每次有钱红包的数字也不一样啊。"欧阳说："每次人家重新换了骰子，你哪里看得出。别傻了！电视台曾揭秘此类诈骗，恰好我是看过的。"

陈关这才恍然大悟。他在自己的脑袋上拍了一下，无限感慨地说："差距啊，这就是巨石镇与外界的差距。人家十几年前玩过的东西，也能把我糊弄得像个傻子。"说完，他忽然像想起什么似的说："欧阳老师，您一个大学教授，怎么会赞同默姑这种巫婆的想法？您看看，如果巨石镇不与时俱进，岂不是变得越来越落后？"欧阳说："巨石镇像一个没有免疫力的人，贸然走入早已百毒不侵的现代社会，极有可能沦为一个牺牲品。所以在这点上，默姑不是保守，而是极富远见。对了，我来广场就是找默姑的，晚上你看到她了吗？"陈关说："我来广场前，看见她和王画家的岳母一道往镇西去了，大概是去他家了吧。"

欧阳又好心叮嘱了陈关几句，就往镇西王民的家去了。在得知都是北京人后，吕淑贞曾主动去清水客栈安慰与丈夫失联的欧阳，一来二去，两人已经混得相当熟络了。欧阳敲了敲王民家的院门，听见骆小丹在里面喊道："谁啊？门没关。"欧阳推开门，见骆小丹正戴着口罩，用喷雾器在给葡萄藤上喷药水，院子里弥漫着一股刺鼻的农药味儿。那条叫尼采的拉布拉多犬正懒洋洋地卧在厨房旁的空场上，用漠然的眼神看了一眼来客，连动都没有动一下。

"你妈在吗？"欧阳问。

"她和默姑刚才回来过，因为我当时正在准备给葡萄藤打药，院子里药味儿有些呛人，她们便又出去了。估计两人一道去吃饭了，您去镇上的饭馆找找看吧。"骆小丹又说，"有什么急事吗？要不要我转告？"

欧阳从吕淑贞口里知道，自己的女儿不待见默姑，所以她猜测黄昏给葡萄藤打药不过是骆小丹驱逐默姑的刻意之为。欧阳说："没事，就是找你妈聊聊天，过几天我可能要回北京了。"骆小丹说："我妈也嚷嚷着要回去，没准您俩能就伴儿呢。"

欧阳合上院门出来的时候，尼采冷不丁地汪了一声，不知道是在告别还是自言自语。

17

8月将尽，巨石镇到了一年中最热的时期。往年这个时候，蝉儿们扯着嗓子拼命嘶鸣的声音，几乎覆盖了镇子的每一个角落，让本来就暑热难忍的人们，更添了一份无处可逃的烦躁。但今年的巨石镇，却呈现出一种异样的景象：上月中旬的一天，几乎所有的蝉儿突然一夜之间悉数死亡，满地密密麻麻的蝉尸像被风吹落的黑色的枣子。没有了震耳欲聋的蝉噪，悦耳的鸟鸣声、溪水潺潺的流淌声、夏风在山谷间吹过时所引起的轻柔的松涛声，都变得清晰可闻，让人顿感心情舒爽。复活的养命泉喷射而出的巨大水柱，日夜散发着蒙蒙水汽，不但让五王峰雾气缭绕，甚至改变了整个神湖山的气候，使得巨石镇雾天和雨天明显比往年多了起来，气温变得一直舒润而凉爽。

"真是老天眷顾啊，一眼山泉就让巨石镇变成了避暑天堂。"人们在最炎热的季节感受着如秋的凉爽，内心充满了喜悦和感激。

但吕淑贞却在巨石镇有些待不住了。她跟女儿刚一流露打算近期回京的想法，就被她撑了回来："8月底正是北京热死人的季节，您放着避暑天堂不住，干吗非要回到火炉里去？这段时间王民正好不在，也省得您老怕打扰我们的二人世界。您就踏踏实实住着，等王民回来后再说。"吕淑贞想说："就怕因为我住在这里，王民才不肯回来。"但话到嘴边，她还是咽了回去。

这次来女儿家，吕淑贞原以为女婿在外地写生，没料到王民却因临时有事而回到了巨石镇。住在人家夫妻的大床上，而王民只能在客厅兼画室的那间大屋里睡沙发，这让吕淑贞感到既别扭又内疾。没住几天，就在吕淑贞打算打道回府的时候，王民却说要去洽谈有关画展的事而回了北京，这让她又安心住了下来。在巨石镇的这一个多月，是自从骆小丹上大学后吕淑贞和女儿朝夕相处最长的一段时间。尽管女儿依旧尽可能体贴入微地照顾着她的起居，依旧像过去那样亲密无间地陪着她散步聊天、逛街购物，但不知何故，吕淑贞却明显地感到了弥漫在她们母女之间那缕淡雾般若有若无的陌生和隔膜。而这种感觉，是她以前从来都没有感受过的。

在王民回北京之前那短短的几天里，吕淑贞先是觉察到了女儿女婿关系的微妙变化。两口子虽然看上去依然一切如旧。女儿骆小丹依旧口无遮拦，想到什么便说什么，从来都不顾及别人的感受。而女婿王民还是那副难得的好脾气，对任何事都不愠不恼。但吕淑贞却总觉得这貌似平静和谐的表象下面，正涌动着一股令人不安的暗流。尽管她说不清楚自己为何会生出这样的感觉。而在她心里忐忑不安地试图询问女儿的婚姻状况时，记忆中似乎对自己无话不谈的女儿，不是避而不谈，就是轻描淡写地敷衍几句后立马换了话题。问得多了，骆小丹不免会厌烦起来。有一次，吕淑贞几乎是下意识地又聊起了两口子的关系问题，骆小丹没听两句，就满脸不屑地说："能说点别的吗？别老像个婚姻专家似的。您和我爸一辈子都过成了那样，还老想给我传授夫妻之道？"一下子就让吕淑贞噎在了那里。

虽然吕淑贞不再跟女儿唠叨了，但她内心的焦虑却在不断加重。她发现自打女婿回北京后，小两口很少彼此打过电话。甚至王民一路开车回去，都没有给骆小丹打过一个报平安的电话。而是那个叫刘楠的女孩打来电话，说她正和王民在卤煮店吃饭，骆小丹才知道王民已经平安抵京。对于王民好久音讯全无，吕淑贞忍不住问女儿道："你和王民这么长时间不在一起，怎么也不打个电话？"骆小丹一脸奇怪地说："没有事，打电话做什么？"吕淑贞说："夫妻之间，总要彼此关心一下吧。"骆小丹说："王民不喜欢这种假招子。他说情侣在什么年龄做什么事。二十啷当岁的时候，小伙子把恋人架在自行车前梁上招摇过市，众人觉得那是一份浪漫。要是人到中老依然这样，就变成了让人讨厌的腻腻歪歪。"吕淑贞说："你举的例子太极端，夫妻不在一起时打个电话问候一声，是任何年龄都不该淡忘的事。"骆小丹说："这么长时间，也没见你和我爹谁给谁打过一个电话啊。"吕淑贞忍不住斥责道："你想把和王民的日子过成我和你爹一样吗？"

女儿不愿意和自己交流隐藏在岁月静好之后的生活真相，而吕淑贞在巨石镇除女儿之外又举目无亲，所以在汪记羊肉铺偶遇欧阳梵音并得知其不幸遭遇之后，这个和自己岁数相当，又都来自北京的老太太，自然就成了她理想的聊天对象。吕淑贞开始以北京老乡的身份去清水客栈安慰欧阳，到后来两人越来越熟络，变得几乎无话不谈。同为身在异乡的客居者，吕淑贞和欧阳的不同人生，充满了互补性的缺憾。在吕淑贞的眼里，欧阳虽然遭遇了独子一家三口命丧海外、丈夫老满眼下又生死不明的巨大不幸，但她有机会上大学并成为一名高级知识分子，她拥有甜蜜浪漫的恋爱和相濡以沫的婚姻，而这些都是命运对自己的亏欠。

"谁也别羡慕谁了，咱俩都是苦命的女人。"每当吕淑贞有此感慨时，欧阳都会喟然长叹一声，"你的人生是漫长的隐痛，而我的人生是一次次要命的剧痛啊。"

尽管和欧阳有一见如故之感，但吕淑贞却很少和她谈及自己内心对女儿婚姻的焦虑。欧阳是个一生拥有完美婚姻的人，她的经验不足为别的有问题的夫妻关系提供诊断。吕淑贞之所以频频去清水客栈，除了探望欧阳，她明白自己其实还有别的期待，那就是能偶遇默姑。虽然女儿对这个被她称为巫婆的女人颇有微词，但第一次从王民口中听到有关默姑的传奇时，吕淑贞就对这个拥有先知先觉能力的神秘女人充满了好奇。尤其当她轻松地让欧阳从丈夫走失的痛苦中解脱出来之后，吕淑贞对通过她缓解自己的焦虑便有了更高的期待。

在巨石镇居无定所、神出鬼没的默姑，大概是出于对欧阳的同情，那段时间里经常出现在清水客栈。吕淑贞惊讶地发现，作为一个她曾经以为的布道者，默姑其实很少长篇大论地发表自己的见解。大多数时间里，她更像是一个聆听者，倾听当时还沉溺于巨大痛苦无法自拔的欧阳喋喋不休的絮叨，长时间都默不作声。当倾诉者出现情绪难以自遏的状况时，她也不会施以动作或语言上的抚慰，而是会用非常简短却具有扭转思路的言辞，让对方立即重新恢复镇静。对于欧阳而言，走失的丈夫是死是活，是她当时最大的忧惧。每次谈及老满有可能已经身故，她都会情绪失控乃至大放悲声。第一次，默姑见状说："生死是命数，哭不管用，要改变自己对生死的认知。"欧阳当然也知道哭不管用，但下一次见面聊天时，她还是会忍不住哭了起来。默姑说："我能掐算出老满的生死，问题是你信吗？"欧阳说："我当然不信，你这句话还不如上次那句管用。"到第三次见面时，看到欧阳一提起丈夫依然哭哭啼啼，默姑说："明天我带你上山一趟，问题保准就解决了。"欧阳和默姑这几次见面的情形，吕淑贞只有最后一次在场，其余几次都是从欧阳嘴里得知的。她特别好奇两人上山的具体经过，但欧阳却闭口不谈，她一脸喜色地说："秘密，这是不可向外人透露的秘密。"

因为有求于人，吕淑贞几次见到默姑，都在她面前显得恭恭敬敬，像一个觐见圣人的信徒。默姑说："任何事做过头了，便失去了原本的意义。你我平等，方可长处。"吕淑贞也明白这个道理，因为她和丈夫骆保堂的婚姻出了问题，根子上的原因就是双方不平等，但她依然无法做到对默姑视若常人。由于欧阳在场，几次见面，吕淑贞都没好意思将自己对女儿婚姻的隐忧说出来。她觉得还是找个机会，单独和默姑好好聊聊。但默姑自打让欧阳从痛苦中解脱出来后，却像一个完成了某种使命的人，很少再出现在清水客栈了。而她又是一个居无定所的人，吕淑贞多次寻访无果后，想见到默姑的心情就愈加地强烈和急迫了。

看到母亲对默姑心心所念的样子，骆小丹觉得既可笑又可气。她说："妈，看来您真是被王民的话洗脑了，居然也成了那个巫婆的信徒。"吕淑贞说："王民的话我本来半信半疑，但镇上多少人安慰欧阳梵音都毫无用处，而默姑带她上山一趟，就让她从要死要活的痛苦中解脱了出来，这可是公认的事实啊。"骆小丹不屑地笑了。她招手喊来正卧在葡萄架下貌似正在苦思冥想的尼采，对它说道："尼采，你帮我掐算一下，那个在神湖山失踪的外地人还活着吗？"尼采立即点了点头，那双忧郁的狗眼看上去非常真诚。骆小丹笑道："巫婆所有的把戏，原理都如出一辙，就是用人们意料之外的现象，证明自己有通灵的神力罢了。妈，您现在也该承认尼采是预言大师了吧？哈哈。"吕淑贞说："狗会点头只是你们训练出来的习惯，我再笨，也不可能相信尼采有预测能力。"骆小丹说："尼采，我妈想找默姑解决自己的心事，这是一件靠谱的事吗？"令吕淑贞颇感惊奇的是，尼采居然像骆小丹的附和者一样认真地摇了摇头。

但这丝毫没能动摇吕淑贞急于和默姑促膝长谈的渴望。8月底的一天，吕淑贞在中心广场终于等来了机会：因为反对镇政府有关巨石镇开发计划而遭人厌弃的默姑，终于答应和她好好聊聊。可两人回到女儿家的小院，骆小丹却说："妈，我要给葡萄架打药，您让默姑下次再来做客吧。"默姑见状道:"事不凑巧,往往是机缘不到,咱们下次再聊吧。"吕淑贞知道女儿这是在有意嫌弃默姑,心里有些动气,便坚决地对默姑说:"机缘到与不到,也在人为。也好,快到晚饭时间了,我们找个地方边吃边聊。"

吕淑贞颇有怨气地看了一眼女儿,扭头就和默姑一道出门去了。

18

吕淑贞和默姑商量后,去了离家不远的一家专营鱼肉菜肴的小饭馆。点完菜,吕淑贞就迫不及待地对默姑说:"您相信梦是一种神秘的暗示吗?"默姑说:"不全是,视不同人、不同情况而定。"吕淑贞说:"这事搅得我越来越心慌,不找您说说,我觉得自己快要发疯了。"默姑淡然一笑道:"我是一个闲人,又好信口开河。你权当聊天,切不可寄予厚望。"吕淑贞说:"无所顾忌,才有可能让我茅塞顿开。"默姑说:"你是否并非为自己而找我,而是女儿遇到了什么麻烦?"吕淑贞惊喜地说:"行家一出手,就知有没有。您果然慧眼独具,实情确实如此。"

菜依次上桌,吕淑贞一边招呼着动筷子,一边将自己内心的焦虑和盘托了出来。吕淑贞说,她之所以怀疑女儿和女婿之间出了问题,除了他们两口子似乎在刻意维持昔日的那种和谐和恩爱外,最重要的是她曾在夜里多次听见了王民令人不安的梦话。

吕淑贞说,刚到巨石镇的当天,女儿执意要自己和她住卧室的大床,而让王民住在外间的客厅兼画室里。由于已经不习惯有人睡在身旁,加上刚到了一个陌生的环境,吕淑贞很晚都无法入睡。她怕自己辗转反侧会影响女儿休息,只好大睁眼睛、一动不动地躺在黑暗中。那时日夜回响在巨石镇此起彼伏的蝉声，混淆了吕淑贞对白天和黑夜的感觉界限，所以时间如同停止了一般漫长而沉闷。也不知道是几点钟时，她听见睡在外间沙发上的王民发出了几声沉重的叹息声。吕淑贞以为女婿有什么心事也没有睡着，还在考虑要不要干脆起来和他一起聊天，就在这时，却听见王民突然咆哮道："杀人！杀人！老子要杀人！"那咆哮虽然音量不高，却威严而阴沉，充满让人心惊的怨愤。吕淑贞吓了一跳，她蹑手蹑脚地下了床，轻轻打开门缝往外看时，却只见在昏暗的夜灯光中，宽敞得有些空旷的外间一派朦胧。那张沙发床静置在靠墙的一侧，像一口黑色的棺材。王民正一动不动地躺着，原来刚才只是在说梦话……吕淑贞虽然被吓了一跳，但并没有放在心上。但在随后的几天时间里，她几乎每夜都被外间王民的梦话惊醒。而每次王民在梦中不是咬牙切齿地大叫着诸如"报仇""杀人""我让你活不过今日"之类的恨话，就是不堪入耳的骂人脏话。一次两次可视为偶然，但每次做梦都是这种打打杀杀的内容，就不免让吕淑贞开始紧张起来。联想到女儿和女婿之间微妙的变化，她越来越怀疑他们的婚姻出现了什么问题。

"人常说，日有所思，夜有所梦。您说说，一个人心里如果没有深仇大恨，梦里怎么会总是喊打喊杀的？"吕淑贞说，"再说了，我以前也去女儿北京的家里住过，甚至从来都没有听见过王民说梦话。"

"说实话，我认同你的怀疑。"默姑放下筷子，端起茶杯喝了一口，"王民回巨石镇的当天，天还没大亮，我在半山腰曾看到他下山，就觉得他急火攻心，神乱气躁，一副要和什么人鱼死网破的架势。那天中午，我放心不下，特意跑到他家里去蹭饭。王民虽然看上去不动声色，礼貌如旧，但还是未能让我打消疑虑。我唯一能做的，就是劝他近期不要喝酒，很多不良情绪都是因为酒精而酿成了悲剧。"

"在巨石镇，他们两口子是外乡人，在这里买房子时间又短，不太可能与本地人结什么梁子，他内心的仇怨会不会是冲着我女儿呢？"吕淑贞这样说完，又自言自语道，"也不太可能啊，如果两口子积怨如此，肯定连表面上的和谐也没有必要维持了。"

"原因莫问我，只有天知道。"默姑又说，"但有一点我觉得你尽可放心，平日沉默寡言的王民如此频繁地在梦中打打杀杀，也算是一条有效的发泄途径。即便和谁结有仇怨，也会慢慢随着时间流逝而化解。会叫的狗不咬人，就是因为心中的愤怒在吼叫中已经发泄了。"

默姑的话虽然无法彻底揭开吕淑贞心中的疑虑，但还是让她稍微变得宽心起来。她感叹道："我真是生就的苦命人。按说女儿都四十多了，她的生活我早就该放手不管，可偏偏就是有操不完的心啊。"默姑一笑道："那是你对自己的婚姻不满，总想在女儿的身上重现自己应有的样子。"

两人正在边吃边聊，欧阳却从门外走了进来。一看到她们，老太太就叫了起来："我几乎把镇上的饭馆转遍了，没想到你们却在这一家。默姑啊默姑，上次一起吃饭时，你不是说你不吃鱼吗？"默姑笑道："那家餐馆主营西北风味，清蒸鲈鱼味道不行，价格却是这一家的三倍，我点鱼不是替店主宰你吗？"吕淑贞赶紧让欧阳坐下来，又让店小二拿来一套餐具。她将菜谱递了过去，道："喜欢什么，随便点。"欧阳却说："我已经吃过了，就喝杯茶。"

欧阳没有提客栈老板驱逐的事，而是说自己在巨石镇待的时间已经够久，这几日就要回北京了。吕淑贞闻言道："哎呀真巧，我也想回去了，咱俩可以结伴而行。"欧阳道："你女婿不在巨石镇，你不好好陪女儿，回北京干吗？"吕淑贞说："儿女们都有自己的生活，在一起待久了就是打扰啊。我怀疑王民忽然回北京，没准儿就是在躲我。"欧阳大概忽然想起了儿子一家的祸事，神情瞬间变得有些落寞起来。

默姑见状，赶紧转移话题道："你们俩都要离开巨石镇了，咱们叫些酒来喝吧。这家店卖一种黄酒，是店主亲戚私人酿造的，虽然没有牌子，但非常好喝。"吕淑贞和欧阳立即附和道："好啊好啊。"默姑说："今天我结账，算我给你们俩饯行。"吕淑贞张嘴欲言，但被默姑摆手制止了："谁也别争，不要让聚会看上去像我们最后的告别。"这么一说，吕淑贞敏感的内心忽然觉得有一种预言宿命的意味，到嘴边的话便只好咽了回去。

几杯酒下肚，三个女人的话都多了起来，气氛也变得轻松了许多。欧阳似乎这才想起了自己寻找默姑的真正意图，她说："默姑，我郑重其事地跟你说件事，希望你能认真考虑。"默姑说："不就是邀请我去北京和你同住吗？我早就说过了，我过不了在那种地方的生活。"欧阳说："我是说过，但那时只是顺嘴一提，并没有坚持和强调。但现在情况不同了，你在巨石镇不再只是一个另类，而变成了大众利益的妨害者。照此趋势发展下去，你不仅无法再继续吃百家饭、穿百家衣的自由生活，而且会遭遇驱逐甚至迫害，没准儿保全性命都是奢侈。"吕淑贞说："您说得太夸张了，巨石镇又不是野蛮部落，怎么可能无法无天？再说了，默姑是什么人，她对自己未来的选择还需要我们担心？回到北京，您一人孤单时，随时给我打电话，我过去陪您聊天。反正我也退休了，有的是时间。"欧阳却还在固执于默姑的表态，她说："不是我夸张，越是平静的地方越禁不起风暴，巨石镇要乱起来，什么样的事情都可能发生。默姑啊，请您认真考虑考虑我的建议。其实，我觉得在思想开放、观念前卫的现代社会，您的认知反倒会获得更多的共鸣。"默姑淡然地笑了笑，举起酒杯说："来来，喝酒，如果真到了那一天，我再去北京找你也不迟。"欧阳知道自己的游说不会奏效，眼中掠过一丝失望的神色，忧心忡忡地说："真正动心的时候，就怕已经来不及了。"

　　三个女人分手时，夜色已经很深了。昔日每当时间过了九点，镇街上除了路灯，其余店铺基本上已经熄灯打烊了。但这个夏天里巨石镇明显地热闹了起来，此刻许多店铺依旧灯火通明，镇街上到处依然有许多行人在四处游逛。吕淑贞回到镇西的小院时，只见院灯亮着，尼采正低着头围着那张石桌在一圈又一圈地踱步，像个正在考虑重大问题的思想家。见吕淑贞推门进来，它只是抬头看了一眼，甚至连尾巴都没有摇一下。院子里弥漫着一股淡淡的农药的气味，竟然让吕淑贞感到一阵莫名的亲切，仿佛回到了年轻时避难的东北乡下。灯是女儿刻意给自己留的，而她真的给葡萄架打了农药，也只是为了证明那并非只是她不欢迎默姑上门的托词。吕淑贞笑了一下，她觉得大家都说她过于敏感皆属谬谈，而实情是自己太细心、太明察秋毫了。

　　骆小丹正坐在客厅的沙发上打电话。看见母亲推门进来，她一边说："姥姥正好回来了，她老是念叨你，你和姥姥说句话。"一边将话筒递了过来。电话是正在留学的外孙王岳从东京打来的。他和姥姥寒暄了几句，就话锋一转，声音有些焦急地说："姥姥，我爸妈是否干仗了？我下午打电话给他，才几点他就喝得酩酊大醉，满嘴脏话，语无伦次。我刚才问我妈，她说没有吵架，我爸只是回北京弄画展的事了，这是真的吗？"吕淑贞赶紧安慰了外孙一通，再三向他保证父母关系融洽，连拌嘴都没有，说他父亲可能和什么人喝酒闹了情绪，让他别往心里去。听见外孙的口气安静了下来，吕淑贞才想起什么似的问道:"岳岳,你暑假没回国,你妈说你在打工?他们给你的钱不够花吗?"王岳闻言笑了:"钱有多少都不够花。不过,我除了赚点外快,更是为了早点适应以后的工作。"吕淑贞说:"跟你说过多少次了,你毕业后可要回来啊,千万别留在日本,你爸妈可就你一个独子啊。"但还没等外孙说话,女儿却在一旁摁掉了电话,又气又笑道:"您这不是故意找不自在嘛。他们这些年轻人,连父母都觉得是老古董,能听进去您的话?"

吕淑贞若有所失地在沙发上坐了下来。她想跟女儿说自己打算近期回京的决定,但想想还是等哪天两人都高高兴兴的时候再说,免得女儿疑心慢待了自己,于是换了话题道:"尼采这狗奇怪得很,绕着石桌一圈又一圈地走个不停,八成上辈子是头拉磨的驴。"骆小丹闻言道:"王民说了,它上辈子是个伟大的哲学家。"

外面院子里的尼采忽然汪地叫了一声,也不知是对谁的看法表示赞同。母女两人互看一眼,都忍不住笑了起来。

19

魏芸在陕北娘家待了两个多月后,终于又回到了巨石镇。

这是9月初的一个周末,大雨从昨天夜里开始就一直下个不停。钱永旺在魏芸乘坐的高铁到达之前,早早就开车到了龙寿站。前天在接到魏芸通知他日期和车次的电话后,他已经连续两天两夜没合眼了。站在冷清的车站出口前,眼睛中布满血丝的钱永旺依然紧张得不时会产生一阵阵的尿意。尽管他知道自己的膀胱早已空空如也,每次去厕所连一滴都尿不出来。

"真他妈的没出息,一个相貌平平的魏芸,何至于把你吓成这个尿样?"钱永旺一遍又一遍地嘲笑自己。但这种语言强心剂丝毫不见效果,他内心的忐忑不安依然让他既急切地盼望见到魏芸,又对即将的见面充满畏惧。

钱永旺的畏惧主要来自对如何给魏芸交差的担心。两个月前,魏芸回老家时,对六条即将与自己离别的狗子显得忧心不已,她再三叮嘱钱永旺说:"我父母穷惯了,根本容不得我把钱花在狗身上,否则我就把它们都带回去了。我知道你其实也不待见狗子,但看在夫妻的分儿上,请你千万多上心,替我照顾好它们。"钱永旺当时对魏芸执意回去本来就满腹怨言,一听更是气不打一处来。他心里愤然想道:对一群畜生百般惦记,对我这个老公却视同空气,这算他妈的什么夫妻情分?但他只能一边点头,一边言不由衷地应诺道:"放心,我饲养技巧虽有待长进,但会尽心尽力的。"

一阵风忽然刮过,冰凉的水汽让钱永旺打了个寒战。他想起今天从家里出来时,那五条瘦骨嶙峋的狗站在屋檐下躲雨的样子,心里的凉意又浓了一分。这帮畜生,真是在刻意报复我啊。钱永旺沮丧地想。在狠心处理了意外怀孕的小花后,听到电话中魏芸对狗子们越来越担忧的语气,钱永旺知道她已经起了回家的念头。在这段时间里,他一改之前对狗子们变相惩罚的做法,网购了不少饲养宠物的书籍,变着法儿地为它们改善伙食。钱永旺知道自己并非忽然善心大发,而只是希望狗子们能尽快地恢复到以前的状态,好让自己给它们真正的主人交差。如果其余五条狗个个毛色发亮、健壮活泼,小花患病而死自然会让魏芸相信只是一个意外。但让钱永旺没有想到的是,其余五条狗子不知是因为加深了与自己的敌意,还是因自己前段时间的做法而真的患上了厌食症。对于他费力烹饪的各类美味,狗子们集体性地选择了拒食。几条狗全部食欲不振且只吃狗粮,一天比一天变得消瘦和无精打采,这让钱永旺心急如焚却又束手无策。有时看着狗们睥睨摆放在眼前美食时那种不屑的眼神，钱永旺就气得咬牙切齿地骂道："这帮狗日的！要不是看在魏芸的面子上，老子早把你们做成了红焖狗肉。"

十点零二分，高铁准时到站。当魏芸随着人流走出来时，分别两个多月的夫妻看见彼此，都有些愣住了：钱永旺几乎瘦了一圈，满眼血丝，神情憔悴。而魏芸却变得皮肤黝黑，不修边幅，活脱脱像个刚下田干活回来的村姑。魏芸说："你病了吗？怎么瘦成这样。"钱永旺为了缓和自己的紧张，开玩笑道："你还没见你的宝贝们呢，它们比我还瘦。你不在，我和狗子们都茶饭不思。"魏芸看了他一眼，张了张嘴但欲言又止。

在回去的路上，钱永旺一边开车，一边不停地跟魏芸说这两个月来巨石镇发生的诸多怪事。但魏芸却一直沉默着，很少接他的话茬。比起责怪或抱怨，钱永旺其实更惧怕魏芸的沉默。因为她许多决绝的决定，并不是在和自己争吵之后，而往往是在持续的沉默之后做出的。

车到巨石镇时，已经十一点多了。钱永旺说："先吃饭吧，离开两个多月了，你最想吃哪家？"魏芸说："先回家，我想看孩子们。"钱永旺说："我特意买了养狗的书，变着花样做好吃的给它们，但不知道什么原因，它们就是不吃。我也请兽医来家看过了，他也说不出个子丑寅卯。"

魏芸一进院子，卧在房檐下躲雨的五条狗在愣了几秒钟之后，忽然猛地站起身来，一边既兴奋又委屈地狂吠着，一边冲到了她的身边，一个个又蹿又跳，又是舔手又是抵腿，简直就如同刚从监狱里放出来的囚犯终于见到了日思夜想的亲人。魏芸顾不得大雨依旧在瓢泼而下，她蹲在院子中，不断地搂抱和抚摸着她的爱犬们。雨水浇透了她的全身，也将那五条大小不一、品种不同的狗子们淋得精湿，让它们看上去更加瘦骨嶙峋。钱永旺站在房檐下，看着满脸分不清是雨水还是泪水的老婆，想起刚才夫妻在车站重逢时的情景，禁不住咧嘴笑了一下，心里涌上一缕说不清道不明的复杂情绪。

"洗个澡换换衣服，赶紧去吃饭吧。"钱永旺终于有些看不下去了。

"宝贝们一个个都饿得皮包骨头了，我还有心思吃饭?!"魏芸终于冲他大声嚷嚷了起来，"你赶紧去骨汤馆买三份大棒骨回来，一定要挑肉多一点的。"钱永旺知道这是老婆给狗点的午餐，他有些尴尬地说："点什么它们都不吃，我怀疑这是集体性厌食症。"魏芸说："你要是不愿意，我去买就是了。"钱永旺赶紧说："我去，我这就去。你想吃点什么，我顺便也买回来得了。"魏芸说："随便。"

令钱永旺没有想到的是，自己也曾给狗子们买过大棒骨，但它们都摆出一副不屑和厌恶的嘴脸，而今天他冒雨买回来的三份，经魏芸之手倒入食盆后，五条狗竟然个个表现得跟饿狼一般，立即开动了一场夸张的饕餮盛宴。它们一边摇着尾巴欢快地进食，一边发出响亮的咀嚼和吞咽声。魏芸看着狗子们，眼神慈祥得像个看着自己一群孩子的母亲。钱永旺说："你也洗洗准备吃饭吧，买回来的菜都快凉了。"魏芸闻言转过头来看了他一眼，那意味深长的眼神分明在说：你不是说狗子们得了厌食症吗？钱永旺又气又恨，他讪讪地说："怪事！我上次也是从骨汤馆买回来的大棒骨，它们闻都不闻一下。"

夫妻两在吃饭的过程中，魏芸的表情终于变得轻松了一点。她询问那条德牧在"最后的日子"里的所有细节，然后不容置疑地说："吃完饭你带我去它的墓地看看。"钱永旺说："大雨天的，到处泥泞不堪，等天晴了不行吗？"魏芸说："害死它的不是疾病，而是我监护责任的缺失。为了弥补愧疚，我要选择一个地方，给它迁坟并补办一个像样的葬礼。"钱永旺终于有些忍无可忍了，他冷冷地说："你不觉得这样有些过分了吗？再说了，连狗尸都没有了，还迁什么坟！"魏芸惊诧地说："啊！为什么？"钱永旺说："我怕你心里难受，就没有告诉你。小花埋掉没几天，就被什么野兽刨开吃掉了，甚至连皮毛骨头都没剩。不信你可以去问陈关，我重新填坑那天他正好路过。"

魏芸闻言放下了筷子。她愣怔了半天，一直在眼眶里打转的眼泪终于顺脸颊流了下来。钱永旺见状，赶紧挪过去坐到她身边，轻轻地搂住她的肩膀劝慰道："别难过了，死亡并非都是悲剧，有时更是一种解脱，小花或许是去了它更向往的地方。"魏芸没有挣脱丈夫的搂抱，她像个小女人一样开始肩膀一抖一抖地抽泣着说道："小花是我最喜欢的，谁料却会以这样绝情的方式和我告别。"

刚才魏芸对小花有关细节不厌其烦的询问，让钱永旺既心烦又紧张，一看到老婆开始哭泣，他这半天来一直紧绷的情绪一下子松弛了下来。在他们两人的夫妻关系中，魏芸极少出现的软弱和无助的时刻，就如同一场演出中主配角身份的互换，总会让钱永旺找到虽短暂却真实的身为人夫的存在感。钱永旺使尽浑身解数，对魏芸又是宽慰又是爱抚。看着老婆渐渐变得释然和松弛的神色，他知道事关小花问题的这道让他一直惴惴不安的难关，总算是有惊无险地过去了。

这天晚上不到九点，魏芸还在客厅看电视，连续两天没有合眼的钱永旺就早早地上了床，很快就进入了沉沉梦乡。也不知过了多长时间，当他睡得正香的时候，却被魏芸摇醒了。魏芸说："你快听，是小花回来了。"懵懵懂懂的钱永旺一听此话，立即吓了一个激灵，顿时睡意全无。他侧耳听了听，院子里传来一片犬吠声，他并不能分辨出哪个叫声是小花所发出的。

"怎么可能?"钱永旺看了看墙上的挂钟，表针已经指向凌晨三点。尽管内心紧张，但钱永旺只能故作镇静地说，"不都是其他狗在叫嘛，八成是因为你对小花的念想太重，而出现了幻听。"

"错不了，我听得真真的，小花就在院门外。就是因为它叫，其他狗子才跟着叫起来的。"魏芸一边说，一边披了件衣服就跳下床，开了门向屋外跑去。钱永旺的心突突地跳着，也赶紧起身跟了出去。

雨不知何时已经停了。一轮皎洁的月亮高悬于天，乳白色的月光洒满大地，朦朦胧胧的让人如在梦境。钱永旺跑出敞开的院门时，魏芸正一边踉踉跄跄地在空场上朝前跑着，一边不断地向远处喊道："小花! 小花! 别跑，是妈妈，赶紧回来啊。"钱永旺见状，赶紧跑上前拉住她道："你这是落下心病了。哪里有小花啊，它早就死了。"但魏芸指着远处说："你看，你快看啊，那不是小花是什么?"

钱永旺睁大眼睛朝远处望去，在一片朦胧的月光之下，他似乎真的看到一个似狗又似狼的身影。但几乎一眨眼的工夫，它就消失在了山脚下的丛林之中。

20

魏芸回到巨石镇后，不到半个月的时间，家里的五只狗就从一蹶不振的状态中恢复了过来，一个个变得生龙活虎。魏芸总喜欢坐在屋门口的竹椅上，看狗子们满院子追逐嬉戏，撒欢打闹。她满目慈祥，如同一个看着自己亲生儿女的母亲。钱永旺对此总是大惑不解：一个如此爱心丰盈的女人，缘何会成为一个如此坚定的丁克主义者？魏芸因家境贫困、父母多子而遭遇的童年苦难，固然是一个原因，但这种家庭出身的人，大多数在日后的生活中会呈现出因为缺爱而多见的诸如自卑、狭隘、偏私和贪婪的秉性。他们只会弥补性地索取，基本上属于无利不起早的人。但魏芸却绝对是个例外。当初钱永旺之所以有缘和她认识，就是因为她志愿者的身份。那是前妻闫娜去了法国的那年冬天，钱永旺从网上看到一个为贫困山区捐助衣物的倡议，便将闫娜留下来的衣服彻底清理出来，并按网上所留的电话与那个公益组织取得了联系。魏芸就是上门来取衣服的两名志愿者之一……在钱永旺看来，前两任妻子和自己的结合，都与父亲对自己的财富加持有关。否则无论以相貌、性格还是学历，自己都不足以吸引美貌如花的女演员和潇洒奔放的女翻译。当初钱永旺在决定追求表明自己丁克身份的魏芸时，曾认为以自身的经济条件，对这个出身于贫困乡村的女孩子注定手到擒来。令他没有想到的是，富家子弟的身份不但没有给他加分，反而成了魏芸长时间拒绝他的最大障碍。在钱永旺不懈的努力下，终于答应了和他确定恋人关系的魏芸说："喜爱读书的习惯和温良谦恭的性格，让你看上去不像一个总是令人厌恶的富家子弟。"

魏芸看狗的神情，总让钱永旺对那群狗充满嫉妒甚至仇恨。要是放在过去，他肯定会阴阳怪气地开些暗含讥讽的玩笑，但眼下他不但必须学会闭嘴，而且要时刻迎合妻子的情绪。随着五条被魏芸称为幸存者的狗子们日渐恢复活力和生机，魏芸刚回巨石镇时终日笼罩在脸上的那团乌云正逐渐散去，这让钱永旺一颗忐忑不安的心终于放了下来。他的言行必须时刻谨小慎微，努力让他们夫妻之间持续了近半年的这场危机最终安全化解。

这天起床后，两口子洗漱完毕，钱永旺对魏芸说："今天去老汤宽面吃早点吧，这段时间都是我买回来吃，你应该多出去转转。"魏芸却没头没脑地问他道："你说小花会不会是冤死的？比如被人投了毒什么的。"钱永旺说："昨晚又做梦了？别瞎琢磨，小花是病死的，六只狗成天在一起，要投毒怎么可能只死它一个？"魏芸说："可我晚上老是听见小花在院子外面叫，像是有满腹的话要对我说。"钱永旺说："过度思念很容易让人幻视幻听，过些日子慢慢就消失了。"魏芸若有所思地说："也许你说得对，最近我在夜里听见小花叫唤的次数，与以前相比，确实越来越少了。"

魏芸回巨石镇当天夜里，钱永旺被她从梦中叫醒，说是德牧小花回来了，正在院子外面叫唤。这着实把钱永旺吓了一大跳。他跟随老婆出门看时，在一片朦胧的月光之下，似乎确实也看到一条似狗又似狼的影子在远处一闪而过。尽管他一次又一次地对魏芸说，那不过是她的幻觉，而且在他的不断重复下，魏芸也相信了这一说法。但这件事，却让钱永旺自己心中真正有了阴影。他其实比魏芸更怀疑那条出现在月夜中的影子真的就是小花，而这个怀疑让他既感到不可思议又惶恐不安。怀孕后被自己狠心抛弃在神湖山腹地的小花，克服重重困难活了下来不是不可能，它凭借灵敏的嗅觉找到回家之路的概率也客观存在。但令钱永旺感到不可思议的是，它居然能准确知道真正主人魏芸回到巨石镇的时间。更令人难以理解的是，被自己私下抛弃多日的小花，既然已经回到了院门外，为何不与出门迎接的魏芸快乐重逢，而是选择了飞身逃离？

"这狗莫非真的成精了？"钱永旺猜不出其中的缘由，也无法猜测事情的后续发展，但魏芸每次一提起小花，他心里就隐隐约约会泛起一丝不安的预感。今天魏芸说她听到小花叫声的次数越来越少，钱永旺心里多少算是松了口气。他想，如果真的是小花，它大概已经适应并喜欢上了野山里无拘无束的自由生活，而只是出于对女主人的牵挂，偶尔下山来做了几次最后的告别吧。

这天又逢大雾，巨石镇如同飘浮在云海之上，让人觉得如临幻境。钱永旺和魏芸一同去老汤宽面吃早点，本来就人气很旺的这家老店，因为游客暴增而更是一座难求。钱永旺买好面，正在找地方，却听见有人喊自己。转身看时，陈关正在角落的一张桌前朝自己招手。钱永旺和魏芸过去坐了下来，问道："怪了，你这个从来都是太阳不晒到屁股不起床的夜猫子，今天居然起得这么早？"陈关说："羊肉铺隔壁老费的老婆又犯病了，这次比较厉害，兰花让我一大早送去了县医院。"钱永旺好奇地说："虽说费家儿子不在身边，可镇上又不是没有亲戚，这事怎么会轮到你头上？"陈关这才叹息一声，说出了其中的原委：岳父汪福田欲扩大羊肉铺的规模，原本打算再盘一个铺子开家分店，但老婆汪兰花执意要买下隔壁老费的房子，让羊肉铺的营业面积增加一倍。为了游说老费把房子卖给自己，汪兰花这段时间简直成了老费夫妻的亲闺女，极尽嘘寒问暖之能事。自己本来就是老婆大人的马前卒，一切苦差事可不就落在了自己头上。

"这事恐怕难以达成。"钱永旺闻言摇了摇头道，"老费卖了房子，到哪里去住？"

"我原来也是这么想的，但我家汪兰花还是有主意。"陈关一边吸溜吸溜地吃着面，一边说，"镇政府不是在规划养老院吗？别说免费，就算收费，这笔卖房款钱也足够两口子养老了。而且兰花承诺买下房子并翻修后，如果养老院的事没有下文，就给老两口在二楼留一间房，直至他们住到去世，并答应尽可能地照顾老两口的生活。你还别说，老费基本上已经被说动心了。"

"老费在城里工作的儿子，以后回巨石镇上坟，总不能连个落脚的地方都没有吧？"钱永旺还是觉得这事不太靠谱。

"嗨，别提老费儿子了，那个不成器的东西，把年迈的父母丢在巨石镇，三年多来，不仅没有回过一次家，甚至连电话都没有打过一个。按老费的话说，他就当那个逆子早已经死在外面了。"陈关说完，忽然想起什么似的道，"对了钱哥，还真有个事要问你。你上次送我的那个民酱酒，汪兰花特别有兴趣，让我问问你能不能也专门给羊肉铺贴标订制一款，名字就叫汪记酱酒，也印上肉铺的广告。等生意扩大后，店里的白酒就专门卖它了。"钱永旺说："这当然是好事，我朋友就是做这种订制酒的。"

两人正在边吃边聊，旁边一直没有作声的魏芸却叫了起来："小丹姐！"钱永旺抬头看时，见骆小丹手里端着一碗宽面，正在四处张望地寻找位子。她回头看见魏芸等人，惊讶地道："咦，是魏芸啊！你什么时候回来的？"魏芸说："回来都十来天了。我听老钱说阿姨来了，一直说过去看看老人，最近家里一堆乱事，还没顾上。"钱永旺问："你怎么自己来吃早点？阿姨呢？"骆小丹找个凳子在桌子旁挤着坐下来，说道："我妈前天已经回北京了。和欧阳阿姨结伴，坐的同一趟高铁。"魏芸一边连连说着遗憾，一边又疑惑地问："欧阳阿姨是谁啊？"众人便又开始七嘴八舌地给她讲欧阳梵音丈夫失踪的事。魏芸听后，不无感慨地说："我回陕北也就两个月时间，巨石镇居然发生了这么多奇奇怪怪的事，真是有些匪夷所思啊。"

邻桌也在吃面的一个中年食客搭腔说："可不是，今年巨石镇就是怪事连连。你们听说了吗？南山最近出了一种可怕的野兽，山上不少户人家所养的猪羊被吃掉不说，连一些护院的狗也被咬死了。一些在山上生活了几代人的山民，都纷纷动了搬家下山的念头。"骆小丹说："神湖山本来就有野兽，遭遇兽害的事每年都有，这有什么可怪的?"那中年汉子说:"往年出没的不过就是山狼野狐之类,今年可不一样。据说那头野兽身上的长毛可以变色,像穿了隐身衣一样,根本就无法察觉。山民多次组织围猎,都是一无所获。"陈关闻言,一脸不屑地说道:"怎么可能!这只能说明巨石镇太偏僻闭塞,多少年来人们只习惯四平八稳的生活,所以屁大一点事儿,都会大惊小怪,最后就会传成离谱的怪事。"他像想起什么似的一指钱永旺,"钱大哥前段时间将家里一条病死的狗埋在了杨树林,结果被什么动物挖出来吃掉了,而且连一点皮毛骨头都没有剩下。当时钱大哥告诉我,我也吓了一跳。如果我不问青红皂白就将这个消息传出去,众人还不得说神湖山有怪兽下山,嘴巴大到能将一只死狗囫囵吞下? 其实存在各种可能,比如野兽并没有当场吃掉死狗,而是将其拖向了别处。又比如死狗是被收狗皮的外地贩子挖走的,根本就不是野兽所为。甚至有可能只是钱大哥记错了埋狗的准确地点。"钱永旺闻言赶紧说:"记错地点是不可能的,因为我在坟头上插了木棍。"陈关笑道:"我就是打个比方而已。"

那个中年汉子刚想和陈关继续掰扯,但钱永旺却站起身道:"回家喽,这顿早饭吃的时间也太长了。"他想起什么似的对骆小丹道:"哎,对了,嫂子,民哥什么时候回来啊? 第一批民酱酒寄到了,哪天我给你送家去。"

21

那天和老段在西北情喝酒,虽然王民自始至终都努力让自己的情绪保持着克制和冷静,但老段从他的谈话中,还是察觉到了上次自己乱打电话所造成的严重后果。他努力向王民表示,程悦说自己和骆小丹有一腿，不过就是酒后乱吹牛而已。为了力证这个判断，他甚至列出程悦吹嘘自己曾睡过女明星谢小莹的事，以证明程悦所言不过是"小鬼吹牛操了阎王爷"的鬼话。但老段从来都不会想到，自己所举的这个例子，不但对消除王民的疑心没起半点作用，反而更让他确信程悦的话并非空穴来风。

那天分手时，老段有些喝高了，但他还是没有忘记这个话题。他拍着王民的肩膀，舌头拌蒜地说："民哥，我都喝成……这样了，你却一点事都没有。你晚上就是有心事。民哥，听……听兄弟一句……一句劝，世上本无事，庸人自扰之啊。"王民说："还是那句话，这个话题就此打住，以后烂在肚子里，任何时候，对任何人都不要再提起。"老段说："明白民哥，你也不要再瞎琢磨了啊。"

在坐地铁回家的路上，王民不断地想象着程悦在老段面前说自己和骆小丹有一腿时的样子。是又捕获了新猎物的炫耀，是对一段隐秘私情的缅怀，是对逢场作戏式风流韵事的调侃，还是对一桩不该发生的旧情的悔罪……王民无法确定，因为他不知道这个昔日情同手足的兄弟，和自己老婆之间发生的有待解明的事情，到底是一种什么样的具体情形。真相虽然有待解明，但晚上和老段的小聚，让王民对自己的怀疑变得更加确定。

"看来狗日的确实是说了掏心窝子的真话啊。"王民在心里这样感叹时，只觉得一阵阵黑血上涌，那种操刀杀人的欲望又变得不可遏止。可能看到他浑身酒气又咬牙切齿的样子而受了惊吓，坐在王民对面的一对小情侣，表情紧张地对视了一下，然后站起身来走开了。

在老段看来，无名小卒程悦和大红大紫的女明星谢小莹，一个癞蛤蟆，一个天鹅，别说肌肤之亲，就连认识的可能性都微乎其微。但王民却知道这并非程悦在吹牛，而是真实发生过的事情。当年，程悦在讲述这段往事时，是将自己视为唯一可信任的大哥而说的掏心窝子的真话。那时谢小莹还不像现在这样大红大紫，刚刚因为一部收视率颇高的电视剧而开始走红。有一次王民带程悦去见过一个在杂志社工作的朋友后，晚上程悦非得请他喝顿小酒以示感谢。两人在一家苍蝇小馆酒至半酣时，恰逢饭馆的电视上在播放那部电视剧。程悦看了一眼，忽然对王民说："草姑是我的昔日情人啊。"王民不明就里地说："谁是草姑？"程悦指了一下悬在上方的电视机："就她，草姑的扮演者谢小莹。"王民看了一眼，笑起来道："你才喝多少就醉成这个德行了？"程悦说："好看吧？"王民说："好看个屁！长得跟三陪似的。"不料程悦说："民哥，你以为我说酒话吗？谢小莹真的是我曾经的情人。我是把你当作唯一可信任的大哥，才告诉你这个一直埋在心里的秘密的。"王民向来对此类床上破事没有兴趣，但看到程悦一副急切倾诉的样子，便假装吃惊地说："啊，真的啊？我刚才是吃不到葡萄说葡萄酸。这个长得跟天仙一样的女人，真的跟老弟有过故事啊？"

程悦在给王民讲那段情爱故事时，除了平日里不可或缺的炫耀，更多的是一种夹杂了伤感、惋惜和遗憾的复杂情绪。据他说，几年前自己是在为一家影视公司修改剧本时认识谢小莹的。那时她刚出道，几乎没有什么名气。程悦说自己对这个姑娘一见钟情时，王民笑了："直接说重点，你对哪个有点姿色的女人不是一见钟情？"程悦说："民哥，你不了解我这种多情男人的心思，这次的一见钟情不同于任何过去的一见钟情。"后面的故事其实很落俗套：在程悦各种既个性张扬又温柔体贴的追求之下，谢小莹在矜持一段时间之后，终于缴械了。她成了程悦的同居女友。但这样的状况持续了不到一个月，她转身就和一个中年导演结了婚……

"我不能怪人家。"程悦当时叹了口气，"人往高处走，水往低处流。当初她要是真跟了我，也不可能有今天啊。"

王民忍了忍，但还是说出了口："先不说高低的事，人家跟中年导演毕竟有名分，一个小姑娘，干吗要做你的情人呢？老弟，不是我说你，你要么回老家把婚离了，要么安分守己些。奸出人命赌出贼，你这么整，总有一天会给自己惹来杀身之祸的。"

当时王民说这句话时，做梦也没有想到，程悦的杀身之祸，竟然会是因为惹到了自己的头上。对于如果真的坐实了他和骆小丹的丑闻，自己会不会真动杀念一事，王民不知已经想过多少次了，而答案每次都是肯定的。"我要亲手剁了他，看着狗日的身首分离，血流一地！"每次王民都会黑血翻涌，咬牙切齿地发下毒誓。除了快意恩仇的解决之道，王民想不出别的任何折中方案。

回到家时，才十点刚过。王民拿出一瓶威士忌，一边独饮，一边又拿出十几年前的日记翻看起来。尽管他知道某条线索就隐藏在那段特殊时间的日记里，但要通过琐碎的小事将其串联起来，如同用一堆碎片拼凑和复原一件瓷器一样困难重重。王民仔细地翻阅着日记中的每一行文字，如同一个怀疑家里进过贼的人在小心翼翼地查找对方留下的任何一点蛛丝马迹。加了冰块的威士忌在他的口腔中逡巡一周，随后顺食道奔流而下，冰凉的感觉瞬间消失，如同一条火龙游荡在体内，让他浑身燥热无比。王民不但没有平日酒后容易产生的困倦感，反而感到自己像一个面临决斗的刀客一样，兴奋紧张和腾腾的杀气让他浑身充满无限的精力。

十五年前的日记，王民不知已经看过多少遍了。生肖吊坠第一次出现在日记中，并非他在家里梳妆台上无意中发现那次，而是在有关程悦于一家西北风味餐馆设宴告别的记录中。这则短短的文字，王民早就已经一字不落地刻在了心里：

2007年3月11日，周日，小雨。昨天程悦请客，喝多了，没有精力也没有心情写日记，今天补之。程悦脖子上总挂着的那个吊坠没有看到，这让我又一次疑窦顿生……不要胡思乱想，我知道自己是个过于敏感多疑的人。今天下雨一天，想靠读书打发时间，可换了多本，皆读不进去。下午儿子忽然发烧，和小丹一道带他去医院。说是流感，开了些药就回来了。

这段文字就像一个索引，本身没有任何参考价值，唯一的作用是将王民的记忆指向一个特定的日子。王民努力回想那天夜里自己一家三口和程悦聚餐的过程，尤其是程悦和骆小丹当时的对话、表情、眼神等细微的情节，希望能从中一窥端倪。但由于过去的时间太久，加之当时他并没有对内心的怀疑过分在意，所以一切细节早已经被后来许多更值得记忆的事情彻底掩埋了。

那年3月中旬，程悦离开北京回到南方之后，他似乎也从日记中彻底消失了。程悦的名字再次出现，是在第二年秋天。那是程悦在回老家待了一年多之后，再次杀回了北京。这次日记的日期是2008年8月17日，在拉拉杂杂的日常生活记录中，夹杂着"程悦今天打来电话，说他又杀回北京了"这么一句，既没有任何评价，也没有表达对此事的情绪，就像是在说一个与己无关的外人。作为一个与自己情同手足的兄弟，在长达一年多的时间里，怎么可能没有任何联系？刚开始翻阅当年日记时，王民对这一情况深感疑惑，但他很快就给自己找出了合理的解释：一来有可能是因为吊坠一事让自己对程悦心生嫌隙，即便他和自己有过联系，也让自己在日记中忽略了。二来也不能排除他因为心里有鬼而减少了与自己的沟通，而是改为背地里与骆小丹私下联系……王民一边在那段程悦缺席的日记中寻找可能的线索，一边努力回想那些有可能被自己漏记的关于程悦的往事。一瓶新开的威士忌已经下去了大半，可他苦苦寻找的那条线索不但依然毫无头绪，反而所有模糊的往事像一团乱麻一样混乱地塞满了脑子，分不清到底是曾经真实地发生过，还只是出于自己的想象。

"妈的，反正老子要杀了你这个杂种！"王民头昏脑涨，除了在胸腔里越来越熊熊燃烧的怒火，他已经失去了思辨的能力。可怕的冲动再一次像从笼子里逃脱而出的野兽一样，瞪着通红的眼睛，龇着满嘴可怕的獠牙，逼迫着他走向万劫不复的毁灭之路。王民又猛灌了两大口烈酒，几乎下意识地抄起了手机。他忍着没有跟骆小丹翻脸，但他今天必须跟程悦摊牌了。这种想法让王民浑身亢奋，拿着电话的手竟抖个不停。

王民从手机通讯录中刚翻到程悦的号码，还没来得及拨通，电话却忽然响了起来，冷不丁吓了他一跳。仔细看时，却是儿子王岳发起的视频请求。王民看了一下墙上的闹钟，已经是凌晨一点了。"儿子这个点儿打来电话，该不会是出了什么事吧?"这么想着，王民觉得自己的醉意立即清醒了大半。

视频中的王岳正走在一条黑黢黢的小巷里，远处的路灯昏暗不清，像一点点的鬼火。他打电话给父亲，说今日自己第一天打工，此刻刚下班，正走在回租屋的路上。王民闻言放下心来，但随后和儿子没聊上几句，酗酒让他不可避免地呈现出来的情绪化表现，很快就让儿子明显厌烦起来："怎么又喝成了这样? 我还迫不及待地想让你分享我的快乐，算了算了!"随即便不容分说地结束了视频通话。

"妈的，对老子居然这个态度。"王民嘟囔了一句，呆坐在沙发上发起愣来。他的意识变得越来越恍惚起来，那些纠缠了自己半宿的往事，渐渐地都消散开来，只剩下了一片什么也没有的空白……

22

进入9月份，北京虽然依旧偶有高温天气，但总体而言已经明显开始凉爽了起来。王民回京的这段时间里，他和骆小丹还像过去那样，除了有事之外，很少打电话互致问候。这种习惯是在王民的影响下形成的。两人刚结婚时，骆小丹每次因出差或其他事由与丈夫短暂分别，总是会时不时打电话表达关怀和问候。不仅如此，如遇季节交替或风霜雨雪等气候变化，她也会给母亲打去电话，叮嘱及时添加衣物，免得感染风寒。她的做法屡屡遭到王民的嘲笑："你这不都是废话嘛，好像人家都是傻子似的，只有你才知冷知热。"开始时骆小丹还会反驳说："这不是真的提醒她注意穿衣，而是在表达爱与关怀。"王民说："这只是虚伪的礼数，真正的爱从来都不需要表达，只需要默默去做实事。"骆小丹知道王民所言非虚，他是这么说的，也是这么做的。两人生活久了，这种礼节性的电话自然就变得越来越少。这也渐渐被骆小丹视为夫妻互信、相处默契的结果。

9月初的一天，骆小丹打来电话，跟王民说了两件事：一是有自称是老枪的人下山来找过王民两趟，看上去满腹心事，神色焦虑。问他有什么事需要转告，他又不说。二是到处风传像他们这样在巨石镇定居的外地人，所买的院子并不具备合法性，镇政府在这件事上很有可能大做文章。王民听后说道："不过又是镇政府借机敛财罢了，大不了再交些钱，不用这样紧张兮兮的。老枪下山来找我，倒是件令人费解的怪事。下次再来，你让他给我打电话。"骆小丹说："我知道他没有电话，让他用我的手机联系你，但他说得见你面聊，电话里说不清楚。"王民说："那只能等我回去了。不过我最近一直在家里画画，状态很好，出了不少满意的东西。所以估计一时半会儿还回不去。"骆小丹说："状态好就多待一段时间，这边不用操心。对了，再过几天就是我爸的生日，你代我回去和大家吃顿饭啊。"王民说："忘不了，每年蛋糕不都是我订嘛。对了，代我问阿姨好啊。"骆小丹说："我忘记跟你说了，我妈回北京已经有一周多了。"王民也没有说诸如"干吗不多住一阵"之类明显出于礼节的套话，只是"哦"了一声。

尽管王民眼下不回巨石镇是因为有别的打算，但他关于画画的事却也并非欺骗骆小丹的谎言。这段时间里，日记里三言两语所记载的各种往事，其细节在记忆中都已经变得模糊不清。对它们的梳理，几乎让王民陷入了沮丧和绝望。他满腔的怒火无处宣泄时，几乎下意识地就会想到饮酒。但王民是个相对理性的人，每次饮酒后的情绪失控都让他为之后怕。尤其上次与老段聚会之后回到家中，他一边翻看日记，一边又喝下了将近整整一瓶威士忌。如果不是儿子恰逢其时地发起了视频聊天，自己可能早已经在凌晨时分醉醺醺地给程悦打去了电话，在一切都还没有搞清楚的情况下和他彻底摊牌。在沙发上和衣睡到第二天中午的王民，醒来后第一个浮上脑海的人，居然是默姑。他想起默姑那次突兀地来自己家吃饭，并再三劝他不要喝酒的事，便对昨天晚上的自我放纵后悔不已。

从那天开始，王民即便在极度郁闷和烦躁的情况下，也会努力克制内心强烈的饮酒欲望。他尝试通过喝茶、跑步、到河边长时间静坐等方法与之对抗，但收效甚微，心中一团戾气如同困在笼中的猛兽，一直在冲撞奔突，让他根本无法安静下来。就是在这种百爪挠心的状态下，有一天他忽然拿起了久违的画笔，像个疯子一样在宣纸上涂抹起来。那些浓淡不同的墨块和线条，那些相互纠缠、相互覆盖的各色颜料，像是他心中已经不堪其重的淤积物，顺着笔端畅快淋漓地倾泻了出来……画完这张六尺整张的大画后，王民浑身大汗，筋疲力尽，像是刚刚跑完了一场马拉松比赛。王民终于平静了下来。他看着眼前这张画作，那些杂乱无章的色块和线条，在他眼里渐渐地变得舒展和协调起来。他将画儿钉在墙板上，在远处仔细揣摩，居然越来越被画面上暗藏在混乱中的秩序和隐含在躁动中的宁静所触动。这是王民对自己画作一种全新的观感，他虽然无法给这张意外收获准确命名，但却在画技上有了一种豁然开朗的感觉，而这种感觉是他多年来一直在苦苦摸索而不得的。王民当下将画儿用手机拍下来发给了老妙，老妙也几乎是秒回道：这张牛×！不过这不像是你画的啊。

从那天开始，在狂喝烂醉时操起画笔，成了王民排遣苦闷和愤怒的替代方式。一段时间下来，他手边这些与过去作品风格不同的画作，数量渐渐也变得可观起来。

9月7日是岳父骆保堂六十九岁生日。因为并非周末，两个小舅子都要上班，所以王民提前一天和他们沟通后，在岳父家附近的全聚德分店订了包间，然后打电话通知了岳父。不料岳父说："赶紧退订吧。今年生日不过了。"王民说："生日过九不过十，明年七十岁生日可以不过，今年必须过啊。"骆保堂说："那你们回家来吃顿饭得了，我腿摔断了，动不得。"王民吃了一惊，细问才得知，前几天岳父下楼时从楼梯上摔下去，胯骨骨折，最近一直在卧床静养。王民赶紧说："抱歉啊，我最近一堆乱事，也没有顾上回家。那这样吧，我明天让饭店将菜送过去，咱们就在家里给您庆生吧。"

生日当天，考虑到怎么也得喝几杯，而岳父家地处偏僻，叫代驾又不太方便，王民买好蛋糕后，干脆打车前往。到岳父家时，时

112

间还不到六点。刚下班回家的小舅子骆小毛正忙着摆放桌椅。平日里杂乱拥挤的客厅明显被收拾过，天花板上拉起了两条交叉的彩带，屋角挂上了几只颜色不同的气球，电视柜上那架老旧的CD机里正播放着音乐，确实是有了点过生日的气氛。王民进卧室和卧床的岳父打过招呼后，出来问小毛道："阿姨呢？"小毛说："出去看朋友了，已经说好六点以前回来吃饭。"王民"哦"了一声，便一边帮小毛给桌上摆放碗筷，一边和他说着闲话。

"这是谁弄的？"王民指了指头顶的彩带，"你今天没去上班吗？"

"我昨天晚上弄的。"小毛笑了笑道，"生日改在家里过，怎么也要弄得稍微像个样子，否则都对不起你叫的一桌好菜。"

"这音乐也好听，特别能烘托气氛。"王民顺口问，"这是葫芦丝吧？"

小毛说："不是，叫什么巴乌。咦，你忘了？这套CD还是你给我的。我很少听，倒是我姐回家无事时，有时候会拿出来听。"

"我送你的？"王民一头雾水，"我怎么一点印象都没有了？我很少买CD，更是不会买民乐CD啊。"

小毛调侃道："十几年前的事了，时间太久，你又贵人多忘事，记不得很正常。那年你和我姐回家过端午，除了别人送你的肉粽子，还有这套CD，你说不喜欢就转送给我了。"

两人正说话间，岳母吕淑贞打开门走了进来。看见王民，一脸喜色地说："没想到，你倒比我先到家。"王民说："喝酒的事，我总是比谁都积极。我前几天和小丹通电话，才知道您已经从巨石镇回来了。干吗不多住些日子，就是为了给我叔过生日吗？"吕淑贞说："每年有你给他张罗，我不过是个蹭吃蹭喝的闲人。"她说话的语气听上去貌似平静，但王民从她的脸上明显看出来一丝不屑甚至怨愤的表情。他知道这老两口一辈子都不太对付，便没有再继续这个话题，而是问她道："听小毛说，您是和一个老太太一起从巨石镇回来的，该不会是默姑来北京了吧？"吕淑贞说："她一辈子都不会离开巨石镇。是欧阳老师。我今天也是去她家聊天了。"

　　说话间就到了六点。从烤鸭店订的饭菜送到了，大毛一家三口和去幼儿园接女儿的小毛媳妇也陆续回到了家里。由于寿星卧床不起，小毛每样菜给父亲夹了一些，端进卧室让他独自享用。众人则围坐在客厅的圆桌旁，吃饭喝酒，吹牛聊天。老大骆大毛因为不和父母住在一起，自然要趁机表现自己的孝顺，不是给母亲布菜，就是不时到卧室里去照看一下父亲。王民向来不喜欢这个油头滑脑的家伙，他几乎都是在和岳母或小毛聊天，很少和大毛搭话。寿宴的酒是一瓶茅台和一瓶竹叶青。竹叶青是大毛带来的，茅台是小毛的私藏。开宴时，小毛说："老人生日过九不过十，今天就算是父亲七十大寿的日子。这瓶酒我藏了多年，今天开了它。"王民说："叔叔卧床，你痛风又不能喝酒，打开竹叶青喝几口象征一下得了，茅台还是留着吧。"小毛还没说话，大毛却接过茅台，一边拧瓶盖一边说："先喝好的，竹叶青留着当替补。"吕淑贞说："大毛，桌上就你能喝点，好好陪陪你姐夫。"王民说："我最近很少喝酒了。"吕淑贞想起外孙从日本打电话来的事，嘴角动了一下，但却没有再说什么。

　　大毛平时并不怎么喝酒，但他是个见了好酒好菜就忍不住要吃光喝尽的人。面对他频频干杯的提议，王民都说："我慢点儿喝，最近真的喝不动酒。"大毛劝了几次，干脆不再理会别人，痛快地自斟自饮起来。饭吃到八点钟，王民推说怕太晚出租车不好打，提议切蛋糕。众人便给蛋糕上插好蜡烛，由大毛上小学的儿子端着，一同走进了卧室。卧床的骆保堂闭眼许了愿，然后侧身吹灭了蜡烛。小毛开玩笑道："爸，您许的什么愿啊？该不会还是买彩票中五百万吧?"骆保堂说:"我降低金额了,只许了五万的愿。"众人哈哈大笑了起来。

王民象征性地吃了块蛋糕,然后起身告辞。临出屋时,他看见岳母正独自坐在客厅的沙发上一脸喜色地打着电话。她朝示意离去的王民挥了挥手,表情瞬间又恢复了平日里挥之不去的抑郁。

<h1 style="text-align:center">23</h1>

骆保堂生日当天下午,吕淑贞第一次应邀去欧阳梵音的家里做客。

那次和默姑、欧阳在巨石镇一同吃饭,默姑的一席话,让吕淑贞对女儿婚姻的担心总算稍微放心了些。加上在与女儿相处的这段时间里,不知是自己多心,还是情况确实发生了变化,她觉得与女儿的关系已经不像过去那样亲密无间。在吕淑贞的心目中,女儿骆小丹是她和骆保堂半生姻缘中唯一的收获和安慰。嫁给骆保堂,是出于条件局限和感恩心理。也许是出身于富贵之家的原因,这个男人身上的粗陋和俗气,一直让吕淑贞的婚姻生活有如鲠在喉之感。她知道自己身上有落魄小姐的毛病,过于注重自我感受,而不是那种能为了丈夫和孩子而甘愿忍辱负重的女人。女儿骆小丹出生时,吕淑贞并没有感受到初为人母的喜悦,而更多的是愈加无法逃离这段婚姻的自怨自艾。她后来之所以视女儿为人生慰藉,还是要拜骆保堂所赐。骆保堂是个有严重重男轻女倾向的人,随着大毛和小毛的降生,他对两个儿子的偏心和对女儿的嫌弃变得日渐明显。这种情形让吕淑贞将女儿划归到了自己的阵营,成了自己对抗这段婚姻的同盟军。丈夫宠两个儿子一分,她就宠女儿十分。正是由于这份庇护和关心，骆小丹从小就与自己亲近。面对人生面临的所有选项，吕淑贞和骆小丹几乎都保持着共同的立场，真正算得上是母女同心。

那次吃饭时默姑曾说："那是你对自己的婚姻不满，总想在女儿的身上重现自己应有的样子。"吕淑贞觉得这话真是触到了自己的痛处。女儿当初和王民交往时，丈夫骆保堂根本就不同意。他说："一个外地农村的穷小子，想在北京混出人样儿，门儿都没有。我养女儿一场，就算不指望报答，总不能接着赔钱吧。"说实话，如果没有骆保堂的反对，吕淑贞可能还会对王民多些考察，正是出于对抗的惯性，她自然义无反顾地站在了女儿一边。看着女儿和王民恋爱、结婚到生子，看着小两口恩爱和睦，经济状况也越来越好，吕淑贞打心眼里感到喜悦和欣慰。这份欣喜既来自女儿的美满幸福，也来自自己在和骆保堂这场对抗中的胜利。正是出于这样的心态，吕淑贞对女儿婚姻中出现的任何隐患，都会感到空前的紧张和不安。

"儿女自有儿女命，我操心也是瞎操心。"考虑到女儿对自己的唠叨已经变得有些厌烦，加上担心有可能正是因为自己住在这里，王民才迟迟不愿意回到巨石镇，吕淑贞最终还是下了决心，和欧阳梵音买了同一趟回北京的高铁车票。在临回的前一天，她和儿子小毛通了电话。在告知他车次和时间的同时，她假装漫不经心地问："你爸还在每天熬那种养生汤吗？"小毛说："喝了半个月，脸都喝浮肿了，还熬什么啊。老头儿现在迷上了吃野菜。"

在回北京的高铁上，和欧阳梵音长达六个多小时的聊天，让吕淑贞对欧阳的羡慕之情更是陡然而增。除了老年丧子的不幸，欧阳的一生几乎是完美的。良好的教育、受人尊敬的职业、纯粹浪漫的爱情、相濡以沫的婚姻，这些在吕淑贞看来都是自己人生欠缺的一切，欧阳梵音一样不缺地拥有了。更让她怨叹命运不公的是，除此之外，欧阳甚至还是一个早就实现了财务自由的老富婆。吕淑贞原来以为欧阳不过是个高校里的普通教授，职业受人尊敬但收入一般，生活体面但也就小康水准而已。不料欧阳无意间透露，她和老伴儿所学的专业都是高分子材料与工程，两人除了在大学教书，其实多年来还分别担任合作企业的顾问或董事，额外收入远远高于薪俸。尤其丈夫满先生更是多项专利的发明人，其收入更是一般教授难以望其项背的。

"可是，"欧阳梵音在不经意间说完这些之后，却长叹一口气道，"这些都是身外之物，没有人，钱财又有什么用呢?"

"这些话都是说来安慰穷人的。"吕淑贞苦笑了一下，道，"有钱总比没钱好吧，要是没有人又没有钱，那才叫真的百无一用呢。"

"我真的不是在说风凉话。"欧阳闻言，神色郁闷地说，"儿子一家没了，老公又没了，钱对我而言，不是有没有用的事，甚至完全成了一桩折磨人的心病。不说别的，就我们老两口给儿子买的房子一项，当时花了近三百万，现在据说已经涨到两千多万了，还有我们的房子、存款和其他财产。我没几年活头了，除了捐出去，就是留给八竿子打不着的亲戚。自己辛辛苦苦一辈子，却是在为别人攒钱，这样的结局能不闹心吗?"

"唉，说得也是，真是家家有本难念的经啊。"吕淑贞嘴上这么说着，但心里却依然羡慕不已。人都说钱不是万能的，但没有钱却是万万不能的。就是因为没有钱，自己已经退休数年，还得和丈夫及小儿子一家挤在那套小三居里，连一个完全属于自己的独立空间都没有。和骆保堂将就着过了一生，现在儿女都成家立业了，吕淑贞最大的愿望，就是能在退休之后将自己从一地鸡毛的家庭生活中剥离出来，拥有完全自主的空间和时间。她也曾想过在外面租房单过，但此念却即起即消。先不说自己那点退休金难以维系京城高昂的房租，这个年龄将家内分居公开化，且不说儿女们内心的感受，就连可能会来自外界的舆论压力，都是她无法承受的。

回到北京后，欧阳曾打过几次电话，说是约了朋友吃饭，问吕淑贞有没有空一起坐坐，但都被她婉拒了。她告诉欧阳说："我不太喜欢热闹，等有空了，咱们约个地方，安安静静地聊聊天吧。"9月7日下午，当欧阳打来电话，希望她来自己家里坐坐时，她稍微犹豫了一下还是同意了："好啊好啊，但晚上六点家里要来客人，晚饭没法一起吃了。"吕淑贞没有说那天是丈夫的生日，她自己也不明白下意识隐瞒的动机究竟是什么。

欧阳的家位于海淀区，离他们夫妇曾任职的大学近在咫尺。吕淑贞两点钟出了约定的地铁站时，欧阳梵音已经等在那里。在巨石镇时，可能是因为丈夫失联而忧心忡忡，欧阳一直显得憔悴、疲倦和邋遢。但这次出现在吕淑贞面前的她，却像完全变了一个人一样：她穿着藕荷色的丝质短袖上衣，铁灰色休闲裤，花白的头发并未刻意梳理，显得自然而随意。吕淑贞赞叹道："你气色真好啊！"欧阳笑了笑说："一辈子都在为别人操心，剩下的时光，咱们也该善待善待自己了。"

在路上，吕淑贞一直在猜想着欧阳家的样子。这样一对身家不菲的高知夫妇，必定是住有豪宅，行有名车，与自己平常琐碎的小市民生活完全是云泥之别。但令她没有想到的是，欧阳的家并非她想象中的别墅或豪华公寓，而是一套普普通通的民居。这套面积一百多平方米的三居室，位于小区一幢塔楼的十二层。房子无论是装修档次还是家具陈设，都看不出这是一对早就实现了财务自由的富人夫妇的住家。但居室布置得简洁、讲究和雅致，却立即与普通市民之家的随便与杂沓形成了鲜明的对比。三居室的客厅宽敞且采光良好，三间房子分别是主卧、书房和客房。"卧室只有我住，老满一直住客房。"大概是怕吕淑贞误解，欧阳笑了笑又说，"老满有打鼾的毛病，为了不影响我休息，我们自从条件允许后就一直分房而睡。"吕淑贞说："据说日本夫妻都是分房睡的，我也觉得这样比较文明。"

欧阳家最让吕淑贞感到不同寻常的，是那间被女主人称为蛙室的书房。书房里书并不多，书桌上、书架上摆得最多的，是一个个大小不等的水族箱。每一个箱子里面，都养着一只癞蛤蟆。它们大小不同，颜色各异，长相也是差别甚大。这些癞蛤蟆或蹲卧，或缓慢爬行，看上去古怪而吓人。吕淑贞惊讶地问："天啊，这么多癞蛤蟆！是用来做实验的吗？"欧阳笑道："是角蛙，做什么实验呀，是老满的宠物。"看吕淑贞一脸好奇，欧阳说："要不要送你几只，据说这玩意儿贵的要好几千一只呢。现在老满没了，我不懂也没兴趣，都是过去的小时工定期来喂。"吕淑贞赶紧摆手道："我可不敢养，看着就浑身起鸡皮疙瘩。"

回到客厅坐下，欧阳沏了壶安吉白茶，拿了些说是朋友所送的日本糕点，两人一边喝茶一边聊天。欧阳说得最多的，依然是丈夫老满的诸多往事，语气表情中流露着无法掩饰的怀念。吕淑贞纠结了一下，还是忍不住问道："老满不是失踪了吗？你怎么老说老满没了，是默姑告诉你什么了吗？"欧阳说："老满十有八九已经不在人世了，其实这一点我也知道。但如果没有默姑告诉实情，我会一直深陷怀疑和焦虑中而无法解脱。"吕淑贞不解地问："什么实情？"欧阳却说："你别问了，我说过这是秘密。"大概看着吕淑贞遗憾的表情有些过意不去，欧阳又说："抱歉，我答应过默姑不对外说起，我得说话算数。"

虽然大多数时间是欧阳在说，吕淑贞在听，但对两个老女人而言，这的确是她们都深感高兴和轻松的下午。转眼间就到了将近五点，吕淑贞起身道："和你聊天太愉快了，可惜我晚上有事，兴致未尽也得告辞了。"欧阳说："反正咱俩都退休了，以后常聚，晚了你就住我家。"吕淑贞笑道："那我可当真了。"欧阳一脸认真地说："确实不是客套，今天还没说到正事。我对财务方面一窍不通，还指望你帮我做一本家庭财产的总账。当然，朋友归朋友，事情归事情，我会付钱给你的。"吕淑贞免不得又客气了一番，两人这才依依惜别。

在去地铁站的途中，吕淑贞在这个陌生的小区里看到多对知识分子模样的老夫妇。他们或在散步，或刚购物回家，看上去琴瑟调和、优雅随意，彰显着幸福晚年的从容与豁达。血红色的夕阳从背后照射过来，将吕淑贞的孤单的身影拉得老长……

24

骆保堂告诉女婿王民，说自己是不小心下楼梯时摔伤的。其实他说了谎话，实情是他在去山上挖野菜时掉到了一个被杂草覆盖的山洞里。

前段时间，在六号楼老乔的推荐下，他从一个游医处买来六神养生汤，每天熬煮，坚持喝了不到两周，自己的高血压症状不但没有任何改善，反而喝得整个脸都浮肿了起来。他去找老乔质问，老乔说："人的体质不同，可能影响了效果。你看看我，一直坚持喝，高血压再也没有犯过。你大概要对症下药，得找别的养生偏方。"于是老乔又给他推荐了一个外号叫"老道"的人，说他掌握着一套非常神奇的养生秘诀。可能是为了打消骆保堂怕再次上当的担心，老乔说："老道分文不收，也很少给他人传授经验。但他是我的连襟，你就说是我介绍的。"

老道梳着油亮的大背头，上身穿短袖丝绸对襟褂子，下身是灯笼裤，脚蹬软底布鞋，从头到脚一身黑，看上去有些不伦不类。老道对骆保堂很热情，他说："你看看我有多少岁？"骆保堂说："也就四十上下。"老道说："老哥，告诉你，我今年已经六十有二了。"看着老道满面红光和细皮嫩肉的样子，骆保堂由衷地啧啧称赞道："这可不是我夸您，任谁也不会相信您过了五十。"老道得意地笑了起来，他凑近骆保堂，"你闻闻我身上，有什么味道？"骆保堂认真地闻了闻，正努力分辨的时候，老道又说，"你有没有一种走进了森林的感觉？"这么一点拨，骆保堂立即说："是的是的，我确实闻到了一股草木的清香。"他当下就决定拜老道为师，跟着他修炼养生之术。

老道自创的养生术可以归入食疗同源的范畴。他自称经过多年研究，从野生植物中筛选出了与五脏六腑相互对应的数十种并进行了编号。老道对所有植物的学名和俗称一律摒弃，而按其功效全部命名为道食N号。譬如：道食1号至道食7号主养肝，道食63号到道食68号主利尿，如此等等，不一而足。老道不厌其烦地带着骆保堂到北京郊外的荒山野岭中四处奔波，教他辨认各种道食材料的形态和变种。骆保堂本来脑子就不好使，这比让他选择了上夜大还困难。好在老道对每一种食材的功效和使用方法等都制作了卡片，而且卡片上附有实物照片，这大大减轻了骆保堂记忆的负担。"人家不但不收一分钱，而且不辞辛苦地陪你翻山越岭，你还有脸叫苦吗？"骆保堂想象着自己日后身上也会散发出老道一样的清香气息，到了那时，虽然不敢指望老婆吕淑贞一向漠然的态度有太大改变，但她起码不应该再嫌弃自己身上的味道了吧。光凭这一小小愿景，就足以让骆保堂像个刻苦的小学生一样，在不到一个月的时间里，对于大半数重要的道食植物已经了然在心。他开始经常自己去周边的山上寻找和采摘，并严格按照老道的方法坚持食用……老道的养生术很快就在骆保堂身上显示出了明显的效果：不但他的血压有所下降，而且腿脚开始变得有力，气色也改善了不少。他给儿子小毛大谈野菜养生法的神奇之处，不料小毛笑道："您这回总算找到对路子的养生法了。不过我觉得效果并不是来自那些野菜野草，而是坚持远足和登山的结果。"

　　8月底的一天，乐此不疲的骆保堂又一次去了位于房山区的棺材山。越是未经开发的野山，越容易找到道食素材。这是师傅老道告诉骆保堂的。这天是个大晴天，来爬野山的人不在少数。骆保堂跟着几个年轻人进了入山口不久，就另辟蹊径地走进了一条隐没在丛生的野草中的小道。8月的太阳透过山林在地上投下一片斑驳的光影。知了焦渴的叫声回荡在远近的山谷间。骆保堂进入密林深处没多远，就找到两株粗大的道食23号。这让他信心满满，预感到今天必然会有丰厚的收获。他离开杂草间隐约可见的小路，干脆朝植被更加茂密的偏僻处走去。兴奋的骆保堂甚至快乐地吹起了口哨，大有老当益壮的豪迈与勇武。可就在他奋力朝草丛深处走去时，不料右脚踏空，还没等他反应过来，整个身子就失去支撑，快速地向下坠去。也就是短短数秒的时间，随着一声沉重的闷响，骆保堂感到一阵锥心的疼痛电击一般传遍了全身……骆保堂能活下来，纯属命大。那天要不是天气好且恰逢周日，棺材山不可能恰好有那么多的登山者。即便登山者较多，如果不是一个姑娘尿急跑到林木深处小解，骆保堂从十几米深的坑洞中发出的呼救声也不可能被人听到。他被专业救援人员救出并送往了市内一家医院。儿子小毛接到消息后赶了过去，见到他后无限感慨地说：

"今天我右眼一直乱跳，看来左眼跳财，右眼跳灾并非迷信啊。"骆保堂龇着牙说："我要是摔死了，你就会跳左眼，因为一大笔死亡保险金要入账了。"小毛说："呸呸呸，真是乌鸦嘴！什么时候了，您还有心思开这种玩笑。"

在骆保堂因盆骨骨折手术住院期间，吕淑贞从巨石镇回到了北京。她第二天便坐着小毛的车去医院看望了丈夫。她既没有问及摔伤的原因，也没有表达任何贴心的慰问，而是一直默不作声地坐在病床旁，看着小毛一边伺候父亲一边和他贫嘴，似乎显得有些不知所措。到了临走时，她才想起什么似的开口道："你就安心养病吧，家里的事不用操心。钱够吗？要不要把我的卡给你留下？"骆保堂赶紧说："够，够，钱足够了。"

住院十来天后，骆保堂回到家中静养。由于只能卧床，他的大小便问题只能用便壶解决，而且全程必须有人伺候才行。按说除了雇请护工，这样的事由配偶担当再合适不过。但让吕淑贞来给自己端屎端尿，骆保堂连想都不敢想。儿子小毛当然也知道母亲的脾性和忌讳，便二话没说地承担起了伺候父亲的一切责任。每次在帮助父亲解决完如厕的问题后，骆小毛都尽可能地及时通风换气，但屋子里难免总会有一缕难闻的气味。虽然吕淑贞没有说任何抱怨的话，但她因胸口憋闷而长长吐气的情形仍时有出现。小毛看着母亲眼睛中偶然掠过的厌恶神情，只能在心里暗暗叫苦道："在我姐家多住些日子该有多好，偏偏在这个尴尬的时候回来，这不是上赶着找别扭嘛。"

按照以往的情形，吕淑贞在某件自己厌恶的事上容忍不了太久，必然会找碴儿大发一通脾气，让家里每个人都栗栗自危。但让一直紧张不安的骆保堂感到惊讶的是，从巨石镇回来的妻子，脾性似乎有了很大的改变。虽然她一如既往地沉默无语，但过去一向寂寥冷漠的表情如同开春的冻土一样有所松动。有一次,小毛烧水时忽然接到电话,下楼去取快递。听到水壶烧开的哨声后,骆保堂正不知如何是好,吕淑贞居然主动从自己的房间里走出来,不但关了火,而且在小卧室门外问道:"小毛烧水干吗用?是沏茶还是冲药啊?"骆保堂说:"你不用管,让小毛回来弄。"骆保堂说这话时,心里甚至泛上一丝受宠若惊的喜悦。除了情绪的缓和,吕淑贞打电话的次数也多了起来。有她拨出的,也有别人打来的。平时在家里很少说话的吕淑贞,打起电话来却变得喋喋不休。她声音轻松愉快,全然没有了过去打电话时只说事、不聊天的风格。起初骆保堂还曾起过一丝疑心,觉得长期闷闷不乐的妻子莫非在晚年忽然有了新欢。但他很快就从电话内容中确认无误,对方也是个已经退休的老女人。尽管骆保堂不知道她是谁,更奇怪一个什么样的女人会有能令千年铁树开了花的本领,让一辈子都冷若冰霜的吕淑贞变得像个快乐的少女。

"不管你是谁,都应该算得上我们家的恩人啊。"骆保堂在充满好奇的同时,涌上心头的更多是感激之情。吕淑贞这团一直笼罩在这个家庭上空的乌云,总算让人看到了云散日出的希望。

有一次趁吕淑贞外出之际,骆保堂和儿子小毛聊起这个话题,小毛说:"是个老太太,说是大学退休教授。和我妈一道从巨石镇回来的,我去接站时见过。"骆保堂说:"什么样的老太太,居然能焐热你妈的心?"小毛说:"不是她焐热我妈,而是我妈在焐热她。老太太和丈夫去巨石镇旅游,丈夫失踪了,到现在都不知道是死是活。"骆保堂狐疑地说:"她们打电话总是嘻嘻哈哈的,不像是遇上了这种事啊。"小毛笑道:"确实,回想那个老太太喜笑颜开的样子,我都怀疑是她把老头儿骗到外地去暗地里害死了。"小毛说完后忽然觉得这个玩笑开得不着调,赶紧找补道:"开玩笑的!对了，据说巨石镇凭空冒出了一个喷泉，水汽中含有笑气成分，闻到后会让人忘掉烦恼，变得非常快乐。我妈和那个老太太都是从巨石镇回来的，我琢磨与那口喷泉有关。忘忧泉嘛，去一遭就忘了所有忧愁。"骆保堂惊讶地说："不会吧？怎么可能有这么神奇的事。要是真的，我伤好后也去你姐家住一段时间。"

这只是骆保堂顺嘴一提的事，说完他就陷入了长久的沉默。自己在鬼门关走了一遭，女儿骆小丹至今连一个问候的电话都没有打来。老婆吕淑贞有可能向女儿隐瞒这件事，但女婿王民就算说漏嘴，女儿也应该知道自己摔伤的事啊。

"唉！"骆保堂叹了口气，不知道再说什么，便若有所失地拿起堆在枕边的道食资料卡翻看起来。小毛见状道："大夫可说了，您这伤就算痊愈，以后也不能剧烈运动了。您就打消了养生的念头吧，对您而言，不刻意养生才是真养生啊。"

25

每年过了9月中旬以后，很多地方依然秋老虎余威不减，处在神湖山南峰和北峰谷口中的巨石镇，却已经在早晚间生出了深秋的寒意。往年到了这个季节，巨石镇便会呈现出季节性的冷清和萧瑟。人们待在户外的时间明显开始减少。即便到了逢五逢十的小市大集，镇街上也是一副稀稀落落的样子。今年或许是五王峰那眼老泉忽然喷水的缘故，改变了神湖山一带的气候，让巨石镇不但变得潮湿多雾，而且气温比往年同期也有了明显下降。但在这个寒意已经开始让人缩手缩脚的季节里，巨石镇却一改常态，在这个天气趋冷的9月里，一天比一天变得热闹和繁荣。

在忘忧泉的神奇功效刚开始流传的时候，一个巨石镇出身、在省电视台工作的女编导刚好回来探亲。女编导叫裴果果，和镇长裴成山有宗亲关系。她在多次亲访神奇复活的山泉之后，兴致勃勃地找到裴成山说："哎哟我的老叔啊，老天真的给咱们巨石镇送来了一只大金碗，您可不能端着它还去要饭啊。"心眼活泛的裴镇长本来就在琢磨怎样以泉搞事，一听此话自然来了兴趣。在裴果果的建议下，镇政府和她签订了拍摄巨石镇宣传片的承包合同。裴果果在收到二十万元的转账后，对裴成山说："我真的是为了宣传家乡，这点钱也就是个成本费。"裴成山说："委屈你了，等咱们巨石镇富裕了，老叔不会亏待你。"

　　裴果果率领电视台一班人马在巨石镇拍摄的纪录片《走进巨石镇》，在省电视台旅游频道播出后，引起了巨大反响，以至于主管旅游的副省长在多次有关会议上反复提及，是因为这部片子拍摄得不但很煽情，更重要的是对养命泉复活为忘忧泉的故事讲得生动、传奇而神秘。既有关于这眼泉的神话故事，又有专家对复活之后泉水成分的科学分析，加上从各种角度、远远近近拍摄的泉水冲天而起的震撼镜头，无一不给观众留下了过目不忘的深刻印象……纪录片在省台一经播出，来巨石镇的外地人明显多了起来。先是带来了餐饮和住宿等行业的兴隆，随着外地小商贩的落户和各种办事处的设立，巨石镇的房地产自然也开始升温。到了9月中旬这个本该冷清的季节，镇街上从早到晚都车水马龙，热闹非凡。每到夜幕降临，街面上的所有店铺依然灯火通明地做着生意。几家由外地人开设的诸如酒吧、洗头房、歌舞厅之类的夜店，更是吸引了巨石镇为数不少的消费者。即便到了后半夜，街头上依然能看到到处游荡的年轻人。

　　"这深更半夜的，咋就不知道瞌睡呢？"起夜的老人们听到街上依旧没有散去的喧闹声，忍不住会莫名其妙地嘟囔一声。

"放屁虫"陈关就是这群夜猫子中的一员。

一向沉迷于耍牌打麻将的陈关，几乎对一切具有赌博性质的游戏或竞技都一见钟情。忘忧泉给巨石镇带来日渐繁荣的同时，也让许多闻所未闻的新鲜事物传了进来。让陈关兴奋莫名的，当然是各种各样的娱乐项目和赌博游戏。他像一个从闭塞之地走进了花花世界的乡巴佬，对一切充满了好奇和兴趣。在巨石镇初次见到的任何赌博游戏，他都禁不住手痒痒地非要一试身手。那天黄昏，他在一个外地人摆设的掷骰子赢红包的小摊前，一会儿工夫就输进去了二百多元。欧阳梵音老太太打着有急事的幌子，拉着他离开小摊后，才告诉了他这种古老骗局的秘密。等欧阳老太太从中心广场离开后，陈关原本打算回去伺机揭穿外地人的骗局，将自己输掉的钱重新拿回来。但当他站在人群中观看的时候，却忽然改变了主意：当众掀了摊子，岂不让所有人知道了其中的奥秘？这么容易赚钱的营生，为何不让其成为自己发家致富的工具？这个想法让陈关激动不已。外地人收摊之后，揣着一大把刚赢来的钞票去了镇街上一家川菜馆。点好的酒肉刚上桌，一路尾随而来的陈关就笑眯眯地坐在了他的对面。

"哎哟，是大哥您哪。"外地人当然一下子就认出了陈关。他知道对方既然能找上门来，往往越是看上去心平气和，越是来者不善。外地人是混江湖的，立即恭敬地拱手道："大哥今天开恩，赏给了小弟一口饭吃，在此有礼了！大哥若不嫌弃，容我请大哥喝一杯？"

"不用，今天的账都算我头上，就看你赏不赏脸了。"陈关盯着对方，依旧一副笑眯眯的模样。

外地人不知道陈关葫芦里卖的什么药，一脸紧张地说："大哥，您有什么话就直说吧。您这一客气，我反倒心虚得不行。"

"算你识相。"陈关的笑容终于收了起来，变脸变色地道，"今天不是我手背，而是你运气太差，偏偏撞到我的头上了。你知道我为什么去你摊上吗？本来我是想当众戳穿你那点骗人的小把戏，但后来我怕巨石镇人当场把你打死，才临时改变了主意。"看着外地人还故作懵懂地望着自己，陈关怒道："还他妈装糊涂是吗？骰子，秘密都在骰子上！"

外地人立即明白对方不是来碰瓷的，而是确实掌握了自己行骗的秘密。他立即从兜里掏出一大沓钞票，满脸惶恐地对陈关说："大哥，今天挣的钱全都孝敬您吧，求你高抬贵手，放小弟一条生路。"陈关见状，脸上又恢复了笑眯眯的表情。他摆了摆手，道："把钱踏踏实实地装回去。来来来，喝酒。我能私下来找你，就不是来找碴儿的。如果有我罩着，你在巨石镇的财路就没人能断得了。"

一顿饭下来，这个自称名叫胡军旗的外地人，死心塌地地拜陈关做了大哥。一来陈关不但没有拿回自己被骗的钱，反而花钱请客，让胡军旗觉得豪爽仗义。二来陈关的夸夸其谈，让人觉得他在巨石镇属于一呼百应的人物，任何麻烦事到了他这里都不叫事。喝得头涨脸红的胡军旗拍着胸脯说："来巨石镇混世界的外地兄弟，各帮的头目跟我都熟，我会说服他们来拜大哥的码头，也算是投靠组织了。"

陈关在巨石镇本来狐朋狗友就多，加上越来越多的外地人纷纷投在门下，成了他的小弟，短短时间里，这个过去一直被人蔑称为放屁虫的家伙，走在镇街上时竟然常常前呼后拥，俨然成了一个人物。巨石镇那些思想封建的老家伙，一看到这种情形，禁不住摇头叹息："世道确实要变，牛鬼蛇神都成精了。"

对于发生在陈关身上的变化，他的老婆汪兰花可谓是喜忧参半。喜的是，过去总被人瞧不上眼的丈夫，居然出人头地，成了巨石镇上的风云人物。这不仅给自己脸上增光不少，而且汪记羊头铺的生意在一帮外地人的加持下，尽管多次涨价，却依旧人满为患，生意变得空前火爆。而令汪兰花感到担忧的，自然是行情见涨的陈关对自己的态度。陈关是个孤儿。以开裁缝店谋生的父母在他十二岁那年，因为一场大火而双双丧生，家里的店铺兼住宅也付之一炬。陈关一夜之间变得一无所有。从小就生得五大三粗、性格风风火火的汪兰花，自打上小学开始，就打心眼儿里喜欢相貌清秀、文文静静的陈关。是这场家庭悲剧给了汪兰花接近陈关的机会。在她的苦苦恳求和撒泼耍赖下，汪福田夫妇最终同意了收留无依无靠的陈关。而在两人都成年后，陈关自然就做了汪兰花的丈夫。不知是寄人篱下的缘故，还是汪兰花的性格过分强势，陈关自从在汪家生活以后，就一直对汪兰花言听计从、百依百顺。可自从他和那帮外地人搅和在一起后，在家里待的时间明显变短不说，汪兰花觉得他对自己的态度也起了微妙的变化。

汪兰花第一次察觉到这一点，是8月底的一天夜里。这天陈关说是有事，一大早就离开了家。下午汪兰花给他打去电话，说老费的老婆又犯病了，让他帮忙送去医院。陈关在电话里说："还真把我当他儿子了？我有事，没工夫。"汪兰花说："咱不是为了人家的房子嘛。"陈关说："挣钱的方法很多，不一定非得累死累活地干肉铺。"汪兰花怒道："放屁！没有我累死累活，你哪里来的逍遥日子？"陈关听完，却破天荒地将电话挂掉了。汪兰花那天下午打了不知多少个电话，陈关的手机却一直关机。她怒气冲冲地跑遍了丈夫常去打牌的地方，却都没有见到人影。

"好啊，敢给老娘尥蹶子，晚上回来非得扒了你的皮！"在从镇街回草滩的路上，走得气喘吁吁的汪兰花，心里一直弄不明白，到底是什么原因，让平日自己让他往东他断然不敢往西的陈关，居然变得如此胆大妄为。

当天夜里陈关回家的时候，天都快亮了。见汪兰花怒目圆睁地坐在客厅里等着自己，一身酒气的陈关像见到了鬼一样，酒猛地被吓醒了一半。他又是求饶又是诉苦，说当时正在和外地人谈一桩生意，没法细聊。后来手机没电了，而自己忙了一天，也没顾得上充电……这是每当陈关犯了错误时的惯常表现，汪兰花乐于享受这样的时刻，等了一晚上的怒气很快就消散了。她故意板着脸盘问一些细枝末节的问题，等着陈关露出破绽后再戏弄刁难他。

"咦，你怎么不放屁了？"汪兰花忽然惊讶地问。

"什么？"陈关一头雾水地问。

"我说你怎么不放屁了！"汪兰花一脸狐疑地说，"过去你一紧张，屁就放个没完，今天怎么忽然就不放了？"

陈关这才意识到，自己在汪兰花发怒时就忍不住放屁连连的毛病，不知何故忽然间似乎痊愈了。

26

天气在一天天转凉，巨石镇大规模开发却搞得热火朝天。镇子四周大片土地上脚手架林立，一幢幢高低错落、造型各异的建筑正在拔地而起。镇街上的老店铺大多数进行了改扩建或重新装修，真可谓日新月异，一天一个样子。巨石镇的规划和开发，是在一个名为巨石镇开发建设管理委员会的领导下进行的。该新建机构是由镇政府和外地一家投资公司共同成立的。主任是投资公司一位洪姓领导，而巨石镇镇长裘成山则担任了副主任，所以坊间戏称该委员会为"浑球（洪袤）管委会"。委员会刚成立时，办公室就设在镇中心广场旁的镇政府大院中。但入冬后不久，随着位于镇北巨石镇行政综合楼的完工，委员会和整个镇政府的人马全部迁了过去。而旧的镇政府大院，居然被以极低的价格卖给了成立没多长时间的巨石镇商贸协会。而这个主要由外地商人筹措成立的协会，会长却是本地人陈关，那个昔日在巨石镇人眼中游手好闲、一无所长的放屁虫。

　　除了大兴土木让巨石镇今年的冬天变得热火朝天，这个原本在冬天应该处于旅游淡季的避暑胜地，却因为忘忧泉的神奇变化，再度吸引了大量外地游客，让巨石镇天天如逢大集，镇街上到处都是摩肩接踵的人流。忘忧泉早已经成了巨石镇旅游业的金字招牌，传说中它能让人忘记烦忧、变得快乐的神奇功效，不但让许多外地人慕名而来，巨石镇镇民更是近水楼台先得月，有事没事就会去五王峰转上一圈，以水汽沐浴全身，用泉水净手洗脸，以求禳灾祈福。在整个夏天里，泉水冰凉清爽，沁人心脾。随着气温一天天转凉，人们惊讶地发现，泉水竟变得温热起来。季节刚进入初冬，喷涌而出的水柱已经开始散发出腾腾蒸汽，大老远就可以感受到一阵阵扑面而来的热浪。

　　"温泉！"巨石镇的人们惊喜地叫了起来，"天啊，忘忧泉居然是一眼温泉啊。"

　　"浑球管委会"成立之初，打出的口号便是"十倍于深圳速度，百倍于蛇口效率"。从决定深度开发忘忧泉的方案制定下来，短短一个多月的时间，不仅依靠蓄积泉水建成了一个温泉浴池和一座温泉游泳馆，而且还在五王峰一处靠近温泉的半山腰上，用拼装式房屋建成了一座温泉酒店。省台编导裘果果跟进拍摄了《走进巨石镇续集》并及时在省台播出，让神奇无比的忘忧泉更是名声远扬。

依托忘忧泉而开发的各种旅游设施在开建之初，陈关便有意拿下了其经营承包权。他与商贸协会几个副会长协商时，大家一致认为这是巨石镇的王牌旅游项目，但管委会对承包者提出的条件过于苛刻，既要收取旱涝保收的承包费，还要根据营业收入进行分成，这样一来油水就不大了。再说了，需要预交的三年承包费数目不菲，摊到每一个会员头上，也是一笔不小的钱。陈关说："要求归要求，但事在人为。镇政府这座院子，如果真按当初他们想象的挂牌拍卖，怎么可能以这么低的价格落在咱们手里？先不要急于否定，等我跟裘镇长沟通完了再说。"

　　那时商贸协会刚搬进镇政府大院没几天，陈关和几名副会长在会议室聊完这件事后，意气风发的他忽然心血来潮，对跟班亲信胡军旗说："哎，把播送通知的广播打开，我来给巨石镇讲几句话。"等胡军旗打开接通全镇广播的开关后，陈关却拿起麦克风放到自己的屁股后面，放了一个声音洪亮的响屁。他示意关掉广播后，神情并不像是在恶作剧，而是一脸庄重地对一帮面面相觑的兄弟们说："平地惊雷一声响，一代新朝换旧朝。巨石镇的人叫我放屁虫多少年了，我这也算是不负众望。"众人闻言都忍不住大笑起来，胡军旗谄媚地说："陈会长高屋建瓴，放个屁都如此饱含深意。"

　　这是个周日的下午，巨石镇到处都是熙熙攘攘的游客。众人从遍布全镇的高音喇叭中，猛然听到了一声古怪的巨响，禁不住吓了一跳。他们四处张望，一头雾水，弄不明白这朗朗晴日里，为何凭空就起了雷声。人们当然不知道这只是一个被扩音器放大了的响屁，更想不到这是从镇政府大院广播里传出的最后一个声音。因为第二天刚一上班，这套全镇的广播系统就被拆除并彻底废弃了。

　　汪兰花听到这声巨响时，正在羊肉铺隔壁的老费家里。不，这幢二层小木楼已经不是老费的家了，老费充其量只能算是借住在这里的前房主。在汪兰花大献殷勤和反复游说下，老费夫妇终于将房子卖给了她。之所以延续了这么长时间，是因为交易过程中曾出现过多次反复。老费人老了，脑子却并不糊涂。镇上的房价一涨再涨不说，各种有关未来的传闻更是让费老爷子拿不定主意。其中最让老费不愿轻易将房子卖掉的传言，是说管委会将高价购买老镇街所有愿意出售的房子，并在新规划中的集中住宅区为其提供单元楼。这使得老费一次又一次地拒绝了汪兰花的提议。但这一传言不但迟迟没有确信，反而又有传言说老镇街要被遗弃，将在草滩一带重新规划一个全新的、规模远比老城要大的新城区。如果真是那样，老镇街的房子将会成为明日黄花，别说高价，出手都将变得极为困难。正是在这样的背景下，老费终于在汪家出价从二十五万涨到四十万的时候，在出售合同上签了字。

这天在装修现场，对于是不是要在一楼增设卫生间一事，汪兰花和父亲汪福田正在争执不休。增设卫生间是汪福田的提议，他认为既然费家老夫妇仍然可能要在此住到终老，二楼原有的卫生间就应该留给他们专用，然后在一楼增设一个客用卫生间。但汪兰花却坚决反对。她说一来老费夫妇已到耄耋之年，没几年活头了。二来既然二楼设有两个雅间，让客人放着二楼现成的厕所不用而要下楼方便，这也不近情理。父女二人正在争论，架在门外电线杆上的高音喇叭里猛然传来砰的一声巨响，把两人都吓了一跳。汪福田一脸惊慌地说："大晴天的，怎么会打雷？"汪兰花看着正对着二楼窗户的那只喇叭，却回过了神来。她忍不住笑了起来，然后斩钉截铁地对父亲说："屁大点事，还用争论！一楼不搞厕所，就这么定了。"汪福田看了一眼这个霸道的女儿，嘀咕道："买房子的钱是我出的，一切倒由你说了算。"但却没有再坚持自己的想法。

这声巨响虽然惊动了整个巨石镇，但真正触动到内心的人只有汪兰花一人。丈夫陈关那声被扩音器放大了不知多少倍的响屁，是一种示威，是向巨石镇宣示自己存在的、充满野心的示威。最近同样的情形不时也发生在家中。已经在巨石镇混得颇有些人五人六的陈关，尽管依然在汪兰花面前保持着百依百顺的姿态，汪兰花还是感受到了发生在他身上的变化。因为在紧张或恐惧的时候就禁不住连连放屁的陈关，在巨石镇被人们取笑地称为放屁虫，但却是一个在自己面前屁都不敢放一个的男人。每当汪兰花因夫妻间的争执而动怒，陈关知道自己一紧张就会放屁，总是立即败下阵来，躲到没人的地方去独自面对不争气的身体所带来的尴尬。但自从上次这一毛病莫名其妙地忽然消失之后，每次遇到汪兰花因为意见不合而开始变得声高气粗时，陈关虽然依然会顺从地闭上自己的臭嘴，但他不但不再从战场上远远地躲开，而且会在汪兰花喋喋不休的当儿，冷不丁地放一个响屁。汪兰花从那个时候开始，就明白这是陈关一种抗议和示威的方式，而且响屁声音的大小，取决于他内心愤怒的程度……今天他居然通过只有裴镇长有权使用的、用来播送重大通知的高音喇叭来示威，可见他的愤怒有多深，野心有多大，尽管汪兰花并不知道丈夫的野心究竟是什么。

汪兰花对装修细节又指指点点了一番，刚出门打算回家时，看见默姑站在门前，正上上下下地打量着原来费家的这幢木楼。汪兰花有些日子没有在镇街上见到过默姑了。听别人说，前段时间默姑四处奔走呼号，公然反对镇政府对古镇唯利是图的过度开发。开始时，鉴于她在巨石镇的特殊存在，不但裴镇长对她以礼相待，十分客气，向来敬仰甚至迷信她的追随者自然是呐喊助威。但到后来，默姑的固执和蚍蜉撼树的效果，让裴镇长和追随者都渐渐对她敬而远之。对巨石镇千载一逢的发展机遇充满幻想的绝大多数镇民，更是视她为奔向幸福之路上的绊脚石，过去对她不以为然的变得厌恶，过去就厌恶的则升格为了仇恨。默姑在巨石镇的存在感日渐下降，本来靠食百家饭、穿百家衣的她，生活自然明显地艰难了起来。

"是默姑啊！您是在帮我家看风水吗？"汪兰花向来就看不得这些装神弄鬼的人，见状笑道，"您说说看，如果说得靠谱，我请您在我家羊肉铺大吃一顿。"

对于汪兰花明显带有挑衅意味的讥讽，默姑表情并无任何变化。她平静地说："听说你家要买这幢木楼？如果愿意听劝，最好还是及时罢手。否则恐怕不会招财，而只会招灾啊。"

汪兰花心道：果真是狗嘴里吐不出象牙啊。但她并没有发作，而是拿腔拿调地说："啊呀，这顿羊肉跟您真是无缘啊。我倒不怕您说妨人的丧气话，关键您这是马后炮啊。不是我们汪家想买这幢房子，而是已经买下了。是招财还是招灾，得走着看了。不过巨石镇越来越不是过去的巨石镇了，您以后的日子该怎么过，我倒是劝您给自己算上一卦。"

默姑没有再言语，而是默默地转身走开了。天气已经很冷了。镇街上川流不息的游人，大多穿起了深色的冬装。身穿月白色复古式夹袍、满头白发的默姑的背影，在人群中显得单薄而孤单。

"活该！"汪兰花恨恨地骂了一声，扭头回草滩的家去了。

27

这段时间里，钱永旺总是半宿半宿地睡不着觉。

在魏芸回巨石镇之前，他也曾有过一段时间严重的失眠。那是因为他担心无法将德牧小花的事给魏芸解释清楚，让原本就已经处在崩溃边缘的夫妻关系变得更加岌岌可危。好不容易将这件棘手的事对付过去之后，钱永旺失眠的症状刚刚得到了一点缓解，另一件令他提心吊胆的事却又接踵而至：就在魏芸回到巨石镇家中的当天夜里，极度困乏的钱永旺在酣睡中被魏芸推醒，说是听见了小花在院外的吠声。迷迷瞪瞪地跟着她跑出大门后，在一轮惨白的月光下，他虽然恍惚间看见一只似狼又似狗的身影在远方一闪而逝，但他根本不信那会是小花。钱永旺觉得那要么是自己于半醒状态下受魏芸诱导而产生的幻觉，要么是一只夜间下山的野狼。一条怀有身孕且健康状态欠佳的宠物狗，在荒山野岭之中基本上没有存活的可能。即便小花因各种原因侥幸活了下来，它既然能找到家门，却一直徘徊在院外，不愿意再与主人重逢，也说明它已经习惯了自由世界的生活，不会在某一天突兀地再次出现在自己的生活中。随着魏芸渐渐不再提及小花的事，钱永旺一颗忐忑不安的心也总算放了下来。但关于神湖山出现了凶残猛兽的传言，却让钱永旺再一次陷入了不安和忧虑，以至于刚刚有所缓解的失眠症再度袭来，让心事重重的他总是半宿半宿地难以入睡。

第一次关于怪兽的传言，是钱永旺带魏芸去老汤宽面吃早点时，听一个中年食客随口说起的。钱永旺对巨石镇常年传播的各种流言蜚语向来充耳不闻。那天中年汉子关于怪兽的传闻，他之所以打岔让大家散伙，是因为在同桌吃饭的陈关由此又说起了自己掩埋小花的事，他怕再勾起魏芸的心事而已。但从那天开始，有关神湖山南岭怪兽的传言不但越来越多，而且越来越离奇和恐怖：原来只是偷袭农畜的那条被人们唤作影狼的猛兽，竟然开始袭击人类！刚开始时，南岭一带陆续发生了两起独自外出的山民离奇失踪事件，人们并没有意识到他们是被影狼所害。但第三起失踪事件的发生，才让人们彻底地惊慌了起来：初冬的一天，南岭半山腰霍家寨一个中年汉子，早饭后带着十四岁的儿子下山去了巨石镇。但直到黄昏时仍没有回家。汉子的媳妇等得心焦，便顺着山路去迎父子二人。走到半道，却看见儿子一人坐在路边一块石头上，一边胡乱地挥动着手里的一根木棍，一边嘴里嘟嘟囔囔地念叨着什么。妇人大吃一惊，快步跑到儿子跟前问道："你爸呢？咋把你一个人扔在了这里？"儿子却好像没有听见一样，依然重复着刚才的动作。妇人仔细看时，才发现儿子口歪眼斜，表情痴呆，完全一副中了邪的样子。妇人再三询问，死活问不出一句完整的话来。她在四周搜寻一番，也丝毫没有丈夫的身影。看看天色渐黑，妇人只好先带着儿子回了霍家寨……当天夜里，霍家寨组织数名男子搜寻了一夜，也没有找见失踪汉子的任何蛛丝马迹。第二天在土医治疗下恢复了部分意识和说话能力的霍家儿子，在众人追问其父亲的去向时，才口齿不清地说："被……被狗叼走了。"众人疑惑地问："是狼吧？狗怎么会把一个大活人叼走？"那孩子说："是狗，就是狗，汪汪地叫。"由于当时早已经传出那只怪兽会模仿包括狗在内许多动物的叫声，人们这才恍然大悟："啊！是影狼！影狼居然开始吃人了。"

在此之前的多例影狼为害事件，因为都发生在夜间，没有人能够清楚地看到过影狼的真实模样，于是它在人们的传说中就成了一只来无影、去无踪的神秘怪兽，甚至具有隐身或幻化的惊人魔力。这次山民的儿子在白天目睹了影狼的尊容。虽然因为受到过度惊吓而引起的应激性心理障碍尚未完全消除，但他已经能比较准确地描述自己所见影狼的具体细节：那是一头似狼非狼、似狗又非狗的动物，具有狼一样凶残的眼神和拖地的长尾巴，同时却又能发出像狗一样汪汪汪的叫声。男孩说，当天他和父亲去巨石镇主要是买菜籽油和调料，顺便割了一块猪肉。在回家的山路上，父子两人正在说说笑笑，忽然一道黑影从旁边的树丛中一闪而出，少年只听见父亲发出一声沉闷的叫声，还没等弄明白发生了什么事，就看见父亲似乎被什么东西拖着，四肢绵软地被拖进了树丛。惊慌失措的少年随手抄起一根树杈，追过去打算营救父亲，却发现在茂密的灌木丛中正有一个野兽站在那里，一边盯着他，一边发出低沉而极具威慑感的咆哮。少年看着那双流露着凶相的兽眼，看着它沾满鲜血的獠牙，顿时就瘫坐在了路边……在少年的描述中，"似狼非狼、似狗非狗"这样的词句都过于抽象模糊，唯一能让人记住其特征的，是影狼"长着像大熊猫一样的白眼圈"。

这起事件之后，又发生了几宗人口失踪案。受害人同样在案发地消失得无影无踪，包括血迹、衣物及随身携带品在内的任何东西，一样都没有留下。这让人们联想起了夏初那对外地游客丈夫失踪一事，大家几乎不约而同地恍然大悟道："老教授原来是被影狼吃掉了，怪不得连根头发都没有留下。"

有关影狼越来越多的传言，让钱永旺起初对自家小花与其关联的否定开始发生了动摇。因为第一次听到有人对影狼细节所做的描述时，有两点让他闻之心头一紧：一是影狼长着像大熊猫一样的白眼圈，二是据称少年在回忆影狼类似于狗叫的声音时，说它"带着一种说不清是哭还是笑的拖腔"。这两点之所以让钱永旺隐隐感到担心，是因为德牧小花不但长着白眼圈，而且在魏芸离开巨石镇的那些日子里，不知何故养成了那种似哭又似笑的奇特叫声。尤其是在钱永旺将小花遗弃深山的那天晚上，它毫无留恋地转身跑开时，叫声中那种拖腔拉得很长，不知是在表达对男主人的愤怒，还是在抒发对脱离苦海的喜悦。

莫非小花真的活了下来，而且变成了如此凶残的猛兽？钱永旺这样想时，内心曾经怕穿帮后被魏芸责骂的担忧，开始变成了对自己当初后患未绝的隐隐的恐惧。如果影狼真的是野性复苏的小花，它对别人都能如此残忍，对自己这个曾用饥饿和冷眼折磨并最终抛弃了它的仇人，会采取怎样的复仇手段？这让钱永旺想一想都后脊发凉。开始时他还心存一丝侥幸，因为传说中的影狼据称双眼都是白眼圈，而小花只有右眼是白眼圈。另外，众人都确信欧阳教授失踪的丈夫老满是被影狼所吃，而那个时候，小花还和他一道生活在草滩自家的院子中。

这种侥幸心理存续了一段时间后，钱永旺内心的疑虑不但没有消除，反而渐渐加重起来。首先，关于影狼白眼圈之说，既存在那个被吓傻的少年记忆错误的可能，也有可能是小花在反差极大的自然环境中发生了变异；其次，欧阳梵音的丈夫被影狼所吃，只不过是众人无端的猜疑，并不能证明他失踪时影狼就已经存在。以上两点，还是无法排除影狼就是小花的可能。而更让钱永旺感到不安的是，10月下旬的一天夜里，钱永旺做了一个梦，梦中衣衫单薄的自己掉进了一个深深的雪坑，任凭他怎么挣扎也爬不出来。就在绝望之时，一只手从上面伸了下来，钱永旺大喜过望地握住它时，却感到它毛茸茸的像是动物的爪子。就在他惊疑之际，洞口上方赫然显出了一张长着白眼圈的狼脸，它眼睛死勾勾地盯着自己，一脸不屑和挑衅的表情……钱永旺猛地从梦中惊醒过来，才发现自己的被子滑落到了床下，浑身正被冻得瑟瑟发抖。他将被子重新盖好，却再也无法入睡。刚才梦中的一幕，反复在脑海中闪现，让心有余悸的他生出百般的胡思乱想。就在这时，钱永旺在午夜的一派寂静之中，忽然听见院外传来几声犬吠。那吠声虽然低沉而微弱，却让他浑身为之一震：那是他再熟悉不过的犬吠，因为它带着充满不明寓意的长长的拖腔。

是小花！它果然还活着。这个想法刚一浮现，钱永旺头上就冒出了冷汗。想起刚才梦境中那恐怖的一幕，想起有关影狼的种种传说，他蜷缩在被子里，甚至连到院子外面去一探究竟的胆量都没有。他侧耳细听良久，那令人惊惧的犬吠声却消失了，传进他耳朵的，只是院子中那五只狗在梦中偶然发出的婴儿哭泣般的呜呜声……

钱永旺看了看躺在身边的魏芸，只见她打着轻轻的鼾声，睡得正香。过去每次疑似听见小花回来的声音的，都是对它一直怀有极深感情的魏芸。而此刻她浑然不觉的样子，让钱永旺怀疑刚才听到的犬吠声不过是自己噩梦惊醒之后所产生的幻觉。但他既无法证实，也无法安心睡去。他就这么在黑暗中大睁着眼睛，仔细分辨着夜色中每一个可疑的声音，直到窗外晨光泛起，才有了一丝蒙眬的睡意。

从这天开始，钱永旺又一次陷入了令他痛苦不堪的失眠的折磨。

28

巨石镇原本是一个无名小镇，像王民、钱永旺这类在镇上买房定居的人并不多，而且彼此之间都有一定的关系。譬如王民就是在听了钱永旺的介绍后，才来巨石镇买下了一座院子。而后来搬来定居的几个画家，又都是王民在北京的朋友。钱永旺本来不是那种喜欢田园风光的人，他常说："大隐隐于市，跑到这样的荒僻小镇，反倒更让人留恋滚滚红尘。"他之所以会出钱买下位于草滩的这个院子，完全是为了魏芸。而魏芸之所以知道这个处于南北交界地带的偏僻小镇，是因为她曾于一个偶然的机会，作为志愿者到巨石镇小学来支教过一年。后来魏芸在北京一家收留流浪动物的机构做志愿者时，那些受过各种各样磨难、身上写满故事的流浪狗，在她眼里渐渐变得比落难的人类还值得同情。她先是试着收养了一只，后来又收养了一只。但魏芸在北京的租屋是大杂院里的一间平房，尽管她小心了又小心，注意了又注意，狗在夜里的叫声和偶然在院子里屙的狗屎，都让别的房客反感起来。在认识钱永旺之后，魏芸有一次无意间聊起自己的梦想，她说："等我有钱了，就去巨石镇买一个小院，养一群流浪狗，让它们一个个都过得幸福快乐。"没想到过了不久，钱永旺就拿着一串钥匙向她求婚："我的梦想就是让你实现梦想。我在巨石镇已经买好了院子，请答应我的求婚吧。"魏芸当然非常感动，但她不容置疑地说："任何事都可以做慈善，唯独婚姻不行。"魏芸最终答应了钱永旺的求婚，其实跟他买这个院子没有太大的关系。她本来就喜欢钱永旺爱好读书、谈吐不俗且善解人意，加上他信誓旦旦地说自己是个丁克主义者，这才是两人最终走到了一起的基础。

钱永旺从来都不会想到，已经踏踏实实在巨石镇住了多年之后，自己买下来的院子居然会面临朝不保夕的境况。这件事是从陕西画家文方开始的。文方是王民的哥们儿，原来是个在宋庄租房居住的北漂画家。在来巨石镇王民的小院玩过一次后，觉得与其在北京花钱租房，还不如来巨石镇买房定居，因为来的画家多了，巨石镇也有可能变成全国闻名的画家村。文方的小院也在镇西，是一座房主全家都去了县城生活的空院。但自从巨石镇因凭空而出的忘忧泉开始名声大噪、房价随之暴涨之后，小院原来的主人找了回来，说土地属于集体所有，当年的买卖不合法，表示要毁约收回院子。文方以为他不过是觉得卖亏了，想找补回去点钱而已，但原房主的态度极其坚决："必须收回，没得谈，我可以给你一些损失费。"西北人性格愣倔，文方见状便发了狠话："屙出来的屎还能缩回去？怪事了，老子还就不信这邪。"原房主再上门，他不但不再出面交涉，而且还放狼狗咬人。据说原房主正在准备走法律途径，目前双方处于对峙状态。除了文方与原房主的这宗纠纷之外，也不断有风声传出，说是镇政府正在研究并将很快出台政策，对房屋买卖进行整治和规范，其中私下被转卖的非商品房属性的房地产，都有可能被惩罚性地收归公有。这显然是对买方极为不利的传言。也就是在听到这个消息后，钱永旺发现魏芸的情绪开始变得心神不宁起来。

院子能不能安心住下去，对于钱永旺而言其实算不上什么大事。当初买这个院子的花费，相较于富豪父亲对他的巨额资助，不过是九牛一毛。而且政策如果真的出台，针对的又不是自己一家，倒霉也只能随大流。他看到魏芸为此焦虑，便安慰她道："这多大点事啊，值得你愁眉苦脸。大不了再回北京呗。"魏芸说："我不喜欢北京，再说了，回去怎么养狗？"钱永旺说："活人还能让尿憋死？实在不行，到我河北老家盖一个大院，你想养多少只就养多少只。"魏芸没有说话，伸手摸了摸总是围聚在她身边的狗子们，轻轻地叹了一口气。

钱永旺知道魏芸的心思。如果她不是对与自己的婚姻失去了信心，就不会担忧收养的这些流浪狗的命运，院子是否能够保得住自然也就不会成为如此大的心病。该找时候和她敞开心扉谈一谈了，这样拖着总不是办法。看着魏芸心事重重的样子，钱永旺总这样想。但他好几次话到嘴边却又咽了回去。他不知道如果魏芸真的把话挑明了，自己能不能承受得住。加上入冬以来，越来越严重的失眠一直折磨着他，让他总是打不起精神来解决如此棘手的问题。

10月下旬的一天下午，钱永旺见魏芸又像往常一样要出门遛狗，便对她说："我陪你去吧。"还没等魏芸说话，五只狗却一齐冲他叫了起来。钱永旺见状自嘲道："看我混的，连狗都不愿意带我玩。"魏芸说："以往都是我自己遛狗，今天你这是怎么了？"钱永旺说："不是到处在传影狼的事吗？我陪着你总要安全些。再说了，我最近睡眠老是不好，看书也看不进去。"

天气已经很冷了。流经草滩东边的那条无名小河已经结冰。将巨石镇夹在中间谷地的神湖山的南北峰，都被凝重的雾气笼罩着，看上去若隐若现。五只狗子一出门，便狼奔豕突般地撒起欢来，与跟钱永旺独处时蔫头耷脑的样子迥然不同。

"再有两个月就要到元旦了，紧接着又是春节，"钱永旺试探地问，"今年过节你有什么打算？"

魏芸抬头看了看他，依然一副满腹心事的表情。她嘴唇翕动了一下，似乎欲言又止，随即却只是轻轻地叹了口气。

"我是家中独子，咱们去年就没有回去，今年能否去河北过年？"钱永旺说，"狗的事不用担心，在巨石镇找人寄养一段时间，或者带回去放在当地宠物寄养中心，都是很简单的事。"

"不是狗的事。"魏芸沉默了片刻后说，"永旺，我一直想和你好好谈谈，但却不知道如何开口……唉！"

钱永旺知道最艰难的时刻终于到来了。自己一直没有勇气开口的事，终于被魏芸主动提了出来。想着这可能是他与魏芸数年婚姻的最后时刻，钱永旺的心中充满了凄苦和哀伤，他几乎是哽咽着说："你说吧。我知道，你是铁了心要离我而去了。"

魏芸的眼圈也红了起来，她声音有些无奈地说："你要明白，我是为了你好啊。"

"为了我好？"钱永旺闻言，一股怨气瞬间让他提高了嗓门，"我这么一心一意对你，但凡你能拿出对狗十分之一的爱心，都不会做出弃我而去的事。"

四处撒欢嬉闹的五只狗子，听见钱永旺高声野气的抱怨，大概是为了替女主人撑腰，都跑过来围聚在魏芸身旁，用戒心十足的眼光打量着他。钱永旺见状，心中更是被拱起了一股无名之火，他扬手做出挥砍的举动，嘴里愤愤地说："妈的！这帮喂不熟的东西，恨不得杀了你们吃肉！"

魏芸闻言反倒笑了："你看看，心里恨成什么样儿了，还得为了照顾我的面子强作欢颜。何苦呢？我说过，幸福婚姻的标准是双方都自然自在，你觉得我们俩自在吗？"

"不自在得找自在啊，而不是说散就散。我本来也攒了一肚子的话，既然说开了，咱们就好好谈谈。"钱永旺刚说完，五只狗子却一起大声叫了起来。钱永旺刚想说："这些狗日的今天怎么老是跟我叫板？"一旁的魏芸却喊道："小丹姐，小丹姐！"钱永旺转过身看时，果然看见骆小丹顺着杨树林旁的那条小道，一边招手一边朝他们走了过来。

"嫂子，你怎么从那边过来，是上南山了吗？"钱永旺收起满腹的怨气和愤懑，表情瞬间恢复了自然和平静。

"送人，送到山脚下就回来了。"骆小丹说，"老枪！你知道的，王民常提起的那个怪人。"

"啊！他不是从来不出山吗？"钱永旺真的大感意外。

"是啊，不知道他出了什么事，这次已经是第三次来找王民了。我让他给王民打了电话，他一个劲儿地问王民什么时候回来，却始终没说到底有什么事。"骆小丹撇了撇嘴，"王民就喜欢这种人，神经兮兮，不知底细，没准哪天就会给自己惹祸上身。"

"你出来怎么不带上尼采？顺便也算遛狗了。"魏芸问。

"不知怎么回事，尼采跟老枪不对付，见面就扑着咬，跟前世仇人似的。"骆小丹苦笑了一下。

"哎，民哥回北京这么长时间了，怎么还不回来啊？我上个月给他打电话，他就说快了快了。"钱永旺说。

"这段时间他突发灵感，一直在画画儿。发来新画照片五马六怪的，却得意得不行。我不懂，但觉得比以前的差远了。"骆小丹看着身边的狗子们，对钱永旺笑道，"你们男人确实不中用。你看魏芸一回来，狗子们一下子就变得欢蹦乱跳的。狗都带不好，以后有了孩子，还能指望得上。嗨，我糊涂了，忘了你们是不要小孩的丁克。"

魏芸说："小丹姐，到我家门口了，进去喝点茶吧。"

"好啊，反正回去也是我一人。最近院子的事儿烦死人了，我正想问问你们呢。"骆小丹痛快地答应道。

钱永旺看了看那五只狗子，见它们一声不吭，对提前结束自由时光表现得无怨无悔。

29

在11月26日的同道十一人画展开幕式上，王民万万没有料到，他会与程悦意外相遇。

参加本次画展，对于王民和策展者老妙而言，都是无心插柳的结果。当初老妙和王民通电话时，聊到自己策划的同道十人画展时，顺嘴说道："你就别老端着架子了，也来与民同乐一次呗。"王民说："我不喜欢参加画展，不是端架子，而是觉得那基本属于自慰，没意思。再说了，我也不是那些家伙的同道啊。"后来王民以洽谈画展的事由回京，约老妙喝了顿酒，无非是为了给骆小丹发张照片，以证明自己所言非虚。但自从上次酒后，王民因满腹狂躁之气实在无处发泄，几乎在处于半癫狂状态下挥毫所作的那张六尺整张的大画，发照片给老妙后，却引起了他强烈的兴趣。老妙随后不但对他每一张所谓转型之作赞不绝口，而且开始不遗余力地游说他参加这次画展，言辞迫切，充满诚意。在这种情况下，出于想听听业内人士对自己这种醉画观感的评价，王民最终总算答应了老妙的请求。老妙难掩兴奋地说："十人画展确实属于自慰，但现在变成十一人画展，绝对是干了一把真活儿。"

画展在老妙一个朋友经营的画廊举办。画廊位于宋庄小堡文化广场北侧，是一栋二层小楼。开幕式于11月26日下午两点开始。考虑到是以酒会的形式举行，王民没有开车，而是叫了出租车前往。画廊的一楼和二楼都挂满了参展的作品，每位画家的画作前都附有作者头像和花里胡哨、不乏自吹自擂的介绍。王民一点四十到达时，画廊里已经来了很多人。有蓄着惹眼长发或长胡子的一看就是艺术家的家伙，有神情庄严、着装端正的老夫子式的人物，有看上去不是来看展、倒像是来喝酒的闲人，也有一些架起了摄像机的媒体记者。一楼摆了一溜长桌，上面是琳琅满目的各种酒类和水果、点心。旁边有一个临时搭起的小台子，铺着红地毯，架起了麦克风。穿着西装革履的老妙红光满面，看上去像个婚礼上的新郎。他热情洋溢地对王民说："你的画排在最前面，够意思吧？"王民看了一下自己的作者简介，照片是一个站在海边的男人的背影，头发散乱，像个疯子。介绍文字则是短短几个字：

王民，自称喜欢涂鸦的酒鬼。醉而挥毫，作品多为海外买家所藏。

之前老妙就简介的事和王民沟通过，王民表示自己没有什么辉煌业绩，就在名字后面写个"画画的无业游民"即可。老妙说："那你别管了，一切由我做主安排吧。"王民笑着说："这也属于装×，不过不那么直接和俗气罢了。哎，这照片哪儿弄来的，也不是我啊。"老妙说："是不是你有什么关系，反正是不露脸的背影。"王民说："你从网上弄来的吧？现在网络太厉害了，别让人搜出来。"老妙说："我老家一个疯子，是我拍的。"王民哈哈笑了起来。

两点钟开幕式正式开始。兼做主持人的老妙在简短讲了此次画展的策展经过后，又请几位所谓的圈中大佬上台讲话或发表了祝词。站在人群后方的王民正在和一个相熟的画家朋友低声说着闲话，却听见老妙拿着话筒说道："现在请参展者代表王民致辞。"王民吓了一跳，但掌声已经响了起来，站在台子上的老妙一边招手，一边一脸坏笑地看着自己。王民没辙，只好硬着头皮走了上去。

王民平时也算得上是个话痨，但他最发怵的事就是当着众人的面发表演讲。他倒不是因为不自信而怯场，而是总也适应不了这种说话的方式。他往往会因为台下某人的一个眼神或小动作而分神，于是下一句要说的话便想不起来。王民从老妙手中接过话筒，尴尬地笑了一下说："老妙这纯粹是赶鸭子上架。但你要赶也应该赶那些正经鸭子，而不是选我啊。"底下人一听，都哄堂大笑起来。王民说："大家都等着喝酒呢，我就不多废话了。不过说一句，快过年了，地主家的余粮也不多了。谁要真心买画找我啊，保证打折。"说完就鞠了个躬，把话筒又给了老妙。

当王民在众人的哄笑声中走下台的时候，他的余光不经意间看到，正有两个人从门口走进来，一高一矮，一胖一瘦，其中那个又高又瘦的人居然是程悦！

王民的脑袋嗡的一下，觉得自己的血液立即像着了火的汽油般浑身乱窜起来。在老妙"画展隆重开幕"的宣布声中，聚在台下的来宾开始散开。王民自己都不明白为什么，居然下意识地快步躲进了卫生间里，做贼心虚般心脏怦怦直跳。他从门缝望出去，看见程悦正陪在那个又矮又胖、年纪五十开外的男人身旁，一边看着墙上的画作，一边点头哈腰地附和着他的指指点点。程悦再次杀回北京时，说是被一个在北京做大生意的老乡聘为了秘书，王民猜测那个肥头大耳的家伙就是他的老板。程悦穿着一身藏青色的西装，年近四十的他看上去依然像个风度翩翩的少年。王民有一次在和程悦喝酒时，曾问他说："你小子是怎么保养的，越活越成了一个小鲜肉。"程悦有些得意地低语道："跟你说你也学不来，我从来不保养，这是爱情滋润的结果。"王民说："我就说你小子写不出正经东西，原来心思全花在采阴补阳上了。"程悦咧嘴笑道："我的老哥哎，话到你嘴里咋就这么难听！我说的是爱情，到你这里却成了御女术。"王民是个向来对朋友的私德不关心也不评价的人，当年程悦这样说时，他只觉得对方不过是个沉溺女色的花心萝卜罢了，并没有太多的感觉。但此刻想起当时的场景，他却恨得牙痒痒地低声骂了句："人渣！"

看着进出卫生间的人，站在门后的王民既尴尬，又愤怒。如果是接到老段电话的那天晚上，王民知道自己会义无反顾地冲到厨房去，操起一把菜刀，将程悦当众砍成一团肉酱。但随着半年时间过去，当初那种不讲方式、不计后果的烈火般熊熊燃烧的冲动已经熄灭了。仇恨变成了一团无法散去的浓烟，弥漫在王民生活的每一个角落，让原本熟悉不过的一切变得模糊不清。在这团越来越厚重的仇恨的浓烟中，王民无时无刻不感受到的只有程悦。他以不断幻化的身影出现在王民漫长而繁杂的记忆中，一会儿是亲如手足的兄弟，一会儿是面目狰狞的魔鬼，忽远忽近、忽暗忽明地穿行在这团浓烟中，让他在这么长的时间里仇恨益深却又不知所措。现在，程悦在自己还没有想好方式的情况下突然出现了，就像一头在浓雾中被追踪的猎物，忽然出现在了猎人的面前一样，一时让毫无思想准备的他心烦意乱。

就在王民正犹豫要不要悄悄离开画展的时候，老妙推开卫生间的门走了进来。他看见王民就连声说："我正到处找你。楼上办公室来了几个朋友，我介绍你认识。"王民有些尴尬地说："妈的！不知吃什么东西不对付，有点闹肚子。"老妙问："要紧吗？"王民说："没关系，一泡屎的事。"两人刚出了卫生间，却听见有人高声叫道："民哥！民哥！"王民回头看时，正是程悦！他和那个矮胖的家伙站在自己的画作前，正一脸惊喜地朝自己招手。

　　"碰到个老熟人。你先上去吧，我一会儿去办公室找你。"王民打发走老妙后，努力让自己从刚才慌乱失神和手足无措的状态中恢复镇静，走到程悦跟前，故作惊讶地说："哎呀，是你啊兄弟！好久不见，你怎么有兴趣来看画展了？"

　　程悦指了指身边的胖子，介绍说："这是我们吴老板，这家画廊老板是他的朋友。"王民和吴老板热情地握手道："您是程悦的老乡吧？他过去老是提起您。"在一旁的程悦赶紧说："不是不是，吴老板是老北京，我已经跟着他两年多了。"吴老板呵呵笑了一下，"小程不断进步，前任老板和前任女友都多。"说完他就换了话题，热情洋溢地说道，"今天真的大有收获啊，您的画儿我太喜欢了。刚才看介绍时，小程说王民有可能是我的朋友，我还以为他在吹牛，没想到是真的啊。"王民客套道："涂鸦之作，能入您法眼，荣幸荣幸。"吴老板说："晚上能不能赏光一起吃个饭，我想好好跟您聊聊。"王民说："今天不巧，楼上有朋友等着，晚上已经有了安排。"程悦在一旁说："民哥，那些应酬就推了吧，咱们也好久不见了，正好……"不料吴老板打断他道："小程，别强人所难。"他摸出一张名片递给王民，"那看您方便的时候，咱们找个时间再约。"王民接过名片，说道："抱歉，我没有名片。程悦那里有我电话，咱们再联系。"程悦说："民哥，你真成了大忙人啊。"王民笑了笑道："放心，我再忙，你这个兄弟总是要见的。"

吴老板和王民握手道别，程悦也伸手道："民哥，那我们就等你了。"王民没有伸手，他眼神有些闪烁不定地说："咱们还握什么手啊，太见外了。"然后就转过身去，穿过乱哄哄的看展的人群，向楼梯口走了过去。

30

在尚未做好思想准备的情况下与程悦意外相遇，事后在王民看来，这是命运安排的一次预演。

自从十多年前心里埋下了那个疑团之后，王民和程悦的关系从过去的亲密无间变得日渐疏远。但这个变化过程并不显得突兀，因为程悦结束北漂回到了老家所在的南方，地理上的距离掩盖了王民对他在情感上的疏远。刚回到南方时，程悦有时还会在酒后打个电话闲聊几句，偶尔也寄些家乡特产以示问候。但在没有得到王民热情回应的情况下，这种隔空交往自然渐渐少了下来。一年多后程悦重新恢复了北漂生活，但这段时间的疏远已经不经意间拉开了两人的距离。虽然在某些场合依然会彼此相遇，但过去那种三天两头见面喝酒的情谊却一去不返了。

如果不是十多年后接到老段那通电话，王民觉得自己和程悦会将这种若即若离的关系一直保持下去。但人生没有如果，一张刻意淡忘的照片被人无意间又举到了眼前，让自己的目光再一次聚焦于已经在记忆中日渐模糊和虚化的场景。十几年前与此有关的许多细节再一次被他反复回想与琢磨，曾经一些想当然的判断忽然有了全新的解释。譬如在与程悦关系变得疏远这件事上，无论是程悦还是骆小丹，谁也没有询问过其中的缘由。即便一年后程悦重返京城，两人也绝少联系，更不用说像过去那样一有空就约酒凑局了。对于这种过于明显的反差，程悦和骆小丹都保持了沉默。当时王民并没有在意，自然而然地以为这就是距离和时间作用的结果。现在王民却有了完全不同的解读：事出反常必有妖！对于自己和程悦关系如此明显的变化，当时疑云事件的两个当事人都采取了回避的态度，现在看来只能是对其真实性的佐证。王民现在想想，自从那年自己独自带儿子从老家过年回来后，过去和自己总是会聊起程悦的骆小丹，似乎在刻意回避，绝少再提到这个昔日兄弟的名字……在记忆的池水中沉浮不定的往事，重新回到了王民的四周。这些往事沾满漫长时光所赋予的绿苔和污渍，那些有待准确分辨的细节，都隐藏在这些时间的印记之下。

对日记的反复研判，让繁杂的往事的碎片渐渐复归其位，那段已经尘封了十数载的往事，虽然依旧充满了许多无法证实的谜团，却渐渐呈现出了一个大致的轮廓。日记中分散在不同页面、代表着不同日期的文字，让一些原本以为零散的事情产生了关联，甚至互为因果。在痛苦地反复阅读日记和琢磨其中那些指向不明的文字时，愤怒虽然会让王民时不时情绪几欲失控，但他还是最大限度地进行了自我克制，尽可能以客观的、不假猜想的实证主义的态度，去还原那段充满疑团的往事。王民甚至觉得，自己是带着否定的目的去求证的，而并非为了肯定程悦和骆小丹私情的存在……但事与愿违，诸多迹象越来越让王民坚信当初自己的怀疑并非妄加揣测。他觉得自己正在掀开一块陈旧的苫布，被掩盖在下面的各种肮脏不堪的事物被暴露出来，正越来越散发出强烈的、令人窒息的恶臭。

首先，那年他和儿子独自回老家过年，就是一件现在看来充满预谋的安排。从谈恋爱到结婚再到有了儿子王岳，每年无论是回老家，还是留在北京，夫妻二人或一家三口都是统一行动，从来都没有分开过。王民绞尽脑汁回想当年做出这个反常决定的原因，却无论是自己的记忆还是日记中的文字，都没能提供任何夫妻分头行动的理由。但这个安排是骆小丹提出来的，这在 2007 年 2 月 4 日的日记中有明确的记录：

> 今天立春，距离新年已经不远了。聊到过年，小丹建议我和岳岳回甘肃过年，说还是乡下老家更有年味……

但日记中没有任何关于小丹不同去体会"更有年味"的理由。而日记中记录发现生肖吊坠蹊跷的时间是当年的 3 月 11 日，是王民从老家过完正月十五回到北京的第一个星期日。程悦那天请他们一家吃完告别饭后，没过几天就结束北漂生活，返回南方老家去了。首先让王民高度怀疑的是，长年独自一人在北京的程悦，那年回南方过年了吗？这个问题搅得王民心神不宁。在他的推理中，程悦如果是在老家过的年，请自己一家三口吃告别饭的 3 月 11 日尚在正月中，如果没有什么特别的原因，他不大可能刚回北京就做出结束北漂的决定。如果他过年没有回老家，是什么理由让他留在了北京？又是什么理由让老婆骆小丹提出了让他和儿子回老家过年的建议？在王民独自带着儿子回甘肃的这段时间里，究竟发生了什么？尽管王民的初衷一直是想寻求否定的答案，但结果却越来越走向他意愿的反面：一件反常的事很可能是概率上的偶然，两件或多件事情如果同时反常，必然往往会成为唯一的解释。

9 月 7 日去参加岳父的生日家宴，无意间聊起正在播放的 CD，小毛的话让王民对一件早已遗忘的小事就曾产生过严重的怀疑。在小毛的提醒下，他马上想起这盘巴乌音乐 CD 是 2008 年端午节前，结束北漂的程悦从南方老家寄给自己的。当时主要是寄赠家乡特产肉粽子，CD好像属于漫不经心的顺手之举。这件原本早已经忘得一干二净的事，却在岳父生日当天就触动了王民敏感的神经：巴乌这种民族乐器，是他从程悦嘴里得知的。有一段时间，程悦的随身听里一直都是各种各样巴乌演奏的音乐。程悦明知自己对音乐一窍不通且没有太大的兴趣，为何会想起买来巴乌音乐的CD寄给自己？这样的想法让王民觉得，CD并非肉粽子的附赠品，而肉粽子才是CD的附赠品。程悦当年假以端午节送肉粽之名，目的就是为了寄来这缠绵悱恻的音乐……这自然引发了王民无法遏制的联想，自己不过是CD名义上的收件人，而真正的收件人是妻子骆小丹！小毛说他姐姐有时回娘家，闲时会播放这张CD，似乎更印证了王民的猜测。那天回家后，王民翻遍了那段时间的日记，却没有找到任何有关这件事的记录。他也想不起来将CD和肉粽一道送给小毛，是不是出于那段时间对程悦的厌恶。但程悦不远千里寄来CD一事，不由得让王民的脑海中产生了这样的画面：一对男女从浪漫烛光晚餐、倾诉绵绵情话到床上颠鸾倒凤的整个过程中，这种巴乌演奏的如泣如诉、缠绵悱恻的音乐，一直贯穿始终。那对再熟悉不过的男女，赤条条地纠缠在一起，肆无忌惮地在王民的脑海中演绎着丑陋无比的激情，像看电影一样清晰而真实……"杀人！我要杀人！"每当这时候，王民就觉得周身的血液开始沸腾，太阳穴突突突跳个不停。除了杀人的仇念，他脑子里完全是一片空白。

随着各种往事被从记忆中重新翻找挖掘出来，类似值得怀疑和极易让王民产生联系的细节越来越多。在查看日记的过程中王民发现，那年带儿子从老家过完年回来，他和骆小丹发生争吵的频率明显增加。三天两头有诸如"又和小丹为琐事吵架""吵架，难道我们这么早就进入更年期了吗？""小丹又发了脾气，莫名其妙，让我无语"之类的记录。在 4 月 6 号的日记中，有一段话让王民一直捉摸不透：……今天不知何故，总感觉小丹诸事在找碴儿。我气不过，和她吵了起来，没想到她居然骂出如此冷酷和恶毒的话，这是认识以来从来没有过的……王民绞尽脑汁，却也想不起来当时吵架的情景，更想不起来骆小丹到底骂了怎样冷酷和恶毒的话。日记记录了夫妻两人吵架的频率，再将其放置在那段现在看来非常特殊的时间背景下，便无法让王民不产生联想。

诸如此类的事情还有很多。譬如那年的春节里，平时不在意打扮的骆小丹忽然多了数件于她显得过分时尚的衣服；从来不喜欢养花弄草的她，却开始对一盆不知从何而来的文竹精心侍弄，情有独钟；甚至那年夏初她所谓"和几个大学同学"为期三天的上海旅行，到现在也看上去疑点重重。如果不是程悦在十几年后的今天，当着老段的面亲口说出他"上了"骆小丹的话，日记中这些细节即便被重新阅读，也不会被细究，更不会产生如此让王民崩溃和愤怒的推论。

这段时间里，王民已经从每天疯狂研读日记、从中寻找蛛丝马迹的魔怔中解脱了出来。虽然一切无法得到确凿的证据，但推论明白无误地摆在那里，让王民找不到任何推翻的理由。在画展上两人意外相遇之前，在王民心目中，程悦已经确切无误地成了一个猎物，一个复仇的对象。只是王民还没有想好实施复仇的具体方法和步骤。他无数次设想过相隔数年之后，他和程悦再次相见的场景。无论地点、时间或背景如何变化，但那场景都像复仇电影的经典画面一样让他激动不安。他无论如何也没有想到，他和程悦会以这样一种庸俗而尴尬的方式相见。

这天下午，王民谢绝了老妙让他参加画展晚宴的再三请求，而是早早就离开了美术馆。他站在宋庄的马路边打车时，这才发现，这个冬天的第一场雪，不知何时已经悄然开始飘落起来。

31

随着天气逐渐转冷，吕淑贞长期抑郁的情绪进入了季节性的舒缓期。她在夏天里时不时长舒一口气的频率明显降低，目光中挥之不去的挑剔和抱怨之色也少了很多。在这个百花凋零、万木萧瑟的季节，吕淑贞的内心开始变得春意盎然。冬天在她眼里是最让人神清气爽的季节，热天里那些到处散发的浊气和令人厌恶的味道，都消失得无影无踪，冷冽的空气清新得如同来自空旷无人的山野。随着天冷，家里四处弥漫的诸如汗酸、脚臭、食品变质的馊味等世俗生活的味道渐渐变淡，卧床养伤的丈夫房间里那曾挥之不去的屎尿味，也到了几乎可以忽略的程度……生活又一次展现出令人留恋的美好一面，让吕淑贞像一个卸掉了沉重盔甲的人，变得浑身松弛自由，情绪舒展喜悦。

除了季节变化，这个冬天让吕淑贞心情格外舒畅的另一个原因，就是她和欧阳梵音日渐亲密的友情。9月7日第一次应约去欧阳家，在路上吕淑贞还有些踌躇。在她想象中，这个夫妻皆为大学教授，而且早就实现了财务自由的女人，和自己完全是两个版本截然不同的人生。与她交往，除了承受对比之下一个失败者的沮丧和压力，不会有任何愉悦的感觉。但令吕淑贞没有想到的是，欧阳的家并非她想象中的富人豪宅，只不过是普通小区的一套普通住宅。家中的装修和家具用品风格简素，没有丝毫的奢华与铺张。这是吕淑贞心目中最为理想的居所：铺陈简约，风格雅致，像一幅落笔疏密有致且大量留白的中国水墨画。与欧阳梵音的相处让吕淑贞感到亲切舒适，自己工厂退休会计的身份在她眼里，不但没有丝毫的职业劣势，反倒让她羡慕不已。"我一个学理工科出身的女人，对数字却反应迟钝，连家里这点账目都管理混乱，不得不说这是一种天生的缺陷。"欧阳老太太总是眯缝着一双小眼睛，充满遗憾地这样感叹。吕淑贞曾经对她怀有的一点职业自卑，就被这样一句话轻易地化解了。

不光如此，欧阳梵音所呈现出来的一副苦命女人的楚楚可怜模样，也让吕淑贞对她的亲近感油然而生。欧阳对命运不公的怨愤是真诚的，不带一丝得了便宜还卖乖的世故。她多次由衷地表达了对吕淑贞的羡慕："如果能像你一样儿孙满堂，又能与丈夫白头偕老，我宁愿把所有的钱财都捐出去。"这话让吕淑贞听了当然很受用，她没有在欧阳面前大倒苦水，而是模棱两可地说："唉，人都是这山望着那山高，其实没有十全十美的人生，家家都有本难念的经啊。"

吕淑贞第二次去欧阳家是9月16号，距离上次去还不足一周。当天是中秋节的第二天，下午两点多欧阳打来电话说："今天有空过来吗？我有件事请你帮忙。"吕淑贞心想：这老姐们儿还真是心急，上次说让我帮她整理账目，八成就是这事。她马上应允道："我什么都没有，就是有空。您在家等着，不用接，地址我都记住了。"欧阳笑道："不愧是搞会计的，来一次就门儿清。当年我刚搬家时，还走错过一次。"

吕淑贞到了欧阳家，才知道欧阳找她来帮忙的事，并非整理账目，而是所谓的"处理垃圾"。一进门，欧阳就指着码放在客厅一角的一大堆礼品盒说："我今天是请你来帮我处理垃圾的。这都是朋友学生送来的月饼。我和老满从来不吃这玩意儿。每年都是老满处理月饼，他交际广，朋友多，很快就能处理完。今年惨了，我都不知道该送谁。但好好的东西，总不能顺手扔了吧。所以请你走时，能带多少就带多少，拿回去送朋友，算是帮我大忙了。"这完全出乎吕淑贞的意料。她愣了一下，笑道："这可真是朱门酒肉臭，路有冻死骨啊。"欧阳也笑了起来："要是酒肉就好了。以后过中秋，我也该发一则声明：今年中秋不收礼，收礼也不收月饼。"

这天下午，两个老太太一直坐在客厅里聊天。明媚的阳光从阔大的玻璃窗中照射进来，时间仿佛在安详的氛围中停滞了下来。欧阳煮了一壶陈年铁观音，问吕淑贞想配什么点心。吕淑贞说："那就打开一盒月饼吧。"欧阳却说："我见不得月饼，你要吃回家再吃吧。"转身去厨房拿出一盘糯米糍摆在茶几上。吕淑贞笑道："我也不喜欢月饼，只是不像你成见这么深。"吕淑贞和欧阳梵音一边喝茶，一边东拉西扯地聊着闲天。觉得没话可说的时候，两人便长时间地沉默着，也不感到丝毫尴尬。客厅墙上的挂钟发出不紧不慢的嘀嗒声，让这个初秋的午后显示出一种让人感动的安详。吕淑贞忽然说："我终于真切地感受到了时光的存在。"欧阳说："我们俩应该在前世有过交集，否则不会这么默契。"吕淑贞说："是前世的姐妹？"欧阳说："也可能是兄弟，是父子母女，是一个人和他的宠物，是一棵树上的两个果子，是夫妻，什么都有可能。"吕淑贞笑了起来："最好不要是夫妻，夫妻是最不让人放心的关系。"

当外面忽然传来一阵钥匙转动门锁的声音时，吕淑贞吓了一跳。欧阳说："啊，都六点半了。"随着房门被打开，一个提着大箱子、看上去年龄在三十岁上下的男人走了进来。他冲欧阳和善地说声"阿姨好"，又冲吕淑贞点点头，就径直进了那间蛙室。欧阳说："是小林，来喂角蛙的。"吕淑贞说："一不留神这么晚了，我得回去了。"欧阳问："你需要回去做饭吗？"吕淑贞说："我手艺不行，一般都是小儿子做。"欧阳说："上次饭点儿你说有事，今天无论如何一起吃饭吧。附近有家越南菜馆，很有特色。"看见吕淑贞面露犹豫之色，欧阳笑道："几十年的老夫老妻了，别搞得像燕尔新婚似的。"吕淑贞说："哪里的事！我住得远，地铁站到家里还有不短的距离，太晚出租车就不好叫了。"欧阳说："那今天干脆别走了，就住我家，免得吃饭也吃不痛快。就这么定了，你给家里打电话说一声。"吕淑贞说："这样合适吗？太搅扰了。"欧阳高兴地说："合适，合适！你能留下来，我太高兴了。"

外出吃饭时，欧阳朝蛙室喊了句"小林，我们去吃饭了"，小李"唉"了一声。等下了楼，吕淑贞问："小林是你们家亲戚吗？"欧阳说："不是呀。是老满的朋友，我根本就不熟。"吕淑贞吃惊地说："那你怎么这么放心，竟然把家里的钥匙交给他？"欧阳说："我也不喜欢一个男人这样随意出入我家，但钥匙是老满给他的，我收回的话，总会觉得是对老满的辜负。唉！"吕淑贞觉得这种思维很奇怪，她犹豫了一下，还是把已经话到嘴边的建议咽了回去。

这家名为河内食屋的越南餐厅，距欧阳家很近。从小区大门出去左拐三百米，过了马路便是。餐厅不大，装修精致却不奢华。落座后，欧阳也不询问吕淑贞，轻车熟路地点了炸象鱼、软壳蟹、越南薄饼、河粉等菜品。欧阳问："喝酒吗？"吕淑贞说："客随主便，都听你的。"欧阳说："那就不喝，这里菜好酒却不行，要喝饭后回家再喝。"

在吃饭过程中，欧阳又聊起丈夫老满的诸多往事。她说："你知道老满留给我最麻烦的遗产是什么吗？"吕淑贞逗她道："是钱多得不知道怎么才能花出去。"欧阳笑了笑说："钱怎么都能花出去，花不了还可以捐。而最麻烦的就是那满屋子的角蛙，我真不知道该怎么处理。"欧阳说有一件事情一直让她深感困惑：那些角蛙作为丈夫钟爱的宠物，是应该继续精心饲养，以寄托对丈夫的思念，还是应该统一实施安乐死，让它们去天国继续陪伴主人？吕淑贞从欧阳的表情中看出了她对那些丑陋动物的厌恶，但让她感到好奇的是，为什么在欧阳的口吻中，失踪的老满已经明确无误地被标注成了一个死人？欧阳说过这是她和巨石镇默姑之间的秘密，不会轻易透露给任何人。尽管如此，吕淑贞依然难以打消心中强烈的好奇。

饭后回到家时，时间刚过九点。走进家门，一团漆黑之中，只有蛙室里亮着幽暗的蓝光，看上去颇有几分诡异。欧阳打开灯，拿出一瓶红酒，和吕淑贞坐在沙发上边喝边聊。但一杯酒还没有喝完，欧阳就开始频频打起盹来，说话也是接了上茬没下茬。不到十点，她终于忍不住地说道："抱歉啊，我有点晕，就不陪你了。客房床单被罩枕巾都是新换的，你就像在自己家里一样，怎么随便怎么来。咱们明天再聊。"说罢起身去卫浴间冲了澡，冲吕淑贞摆摆手就进卧室去了。

欧阳的反应让吕淑贞有些意外，也有些不悦。这绝对不是讲究礼数的待客之道。换作自己，就算把眼皮用牙签撑住，也不会把第一次上门过夜的客人独自扔下。吕淑贞甚至想悄悄一走了事。不过她很快就释然了：欧阳显然不胜酒力，她能陪着自己喝已经相当尽力了。再说，最好的相处关系是彼此随意，欧阳不勉强作陪，也是没有拿自己当外人。这样想想，吕淑贞心中刚才泛起的那点怨气，就变成了对自己小心眼儿的自嘲。她给自己又倒了一杯酒，开始坦然地享受这个远离自己一地鸡毛的庸俗生活的美好夜晚。

忽然，一阵瘆人的怪声传入了吕淑贞的耳朵，顿时吓了她一大跳。这声音嘶哑而短促，像是一个呼吸不畅患者艰难的喘息。吕淑贞以为是欧阳梦中犯了什么病，但当她循声查看时，声音却是从泛着幽光的蛙室里传出来的。

"长相丑陋，叫声还这么难听，怎么会有兴趣养这玩意儿？"吕淑贞悬起的心放了下来，同时对角蛙主人老满的好奇心又多了一层。

32

这年冬季北京冷得特别早，刚进入11月份，城市供暖就已经开始了。而这个时候，卧床两个多月的骆保堂，刚刚可以拄着拐杖，一瘸一拐地到外面来晒晒太阳。这个季节里总是有风，小区空场上的人很少，所以他看上去总显得有些形影单只。这个原本肤色黧黑的老汉虽然有几分脸色苍白，眉宇之间却流露着一丝无法掩饰的轻松和喜悦。以至于有一次老乔在空场上碰到他时，不无惊讶地说："啊呀，是老骆呀！怎么一下子变成了白净书生，简直和过去判若两人。"老骆谦虚地说："哪里哪里，卧床时间长了，脸上缺少血色。"老乔说："那可不一样。看你这精神的模样儿，还得说是托了人家老道的福。"骆保堂赶紧说："那是，那是！也要感谢老朋友你看承得起。"

骆保堂说这句话，一半是礼节性应酬，一半却也发自真心。通过老乔介绍，自己认识了老道，虽说老道的道食养生法带来的功效尚待定论，但因为上山采药而意外跌伤，却给自己带来了实实在在的惊喜：自从自己跌伤以来，长期弥漫在这个家里的不睦的阴云正在渐渐散去，原本让他深感无奈的生活，忽然间开始吹入了一缕和煦的春风，让久违的轻松和和谐出现在一直潜藏着无数抵触和冲突的夫妻关系中。这团阴云时刻挂在妻子吕淑贞的脸上，就是她表情中挥之不去的、对于生不逢时的郁郁寡欢。即便妻子有时强颜欢笑，骆保堂还是能察觉到隐藏在她笑容中的失意和哀怨。但自从自己摔伤卧床以来，骆保堂明显感到，妻子延续了近乎一生的低落情绪，竟渐渐变得舒展开朗起来，而且随着天气转冷，这种变化日渐明显。这一令人惊喜的变化，骆保堂找不出别的原因，只能将其归因于自己这次的受伤。在他看来，是自己卧床养伤的情形，让吕淑贞想起了自己年轻时被人打伤的往事。而那次骆保堂被人打伤卧床，是他和吕淑贞走向婚姻的起点。就像这次上山跌伤一样，同样是受尽皮肉之苦但却赢得了精神上的幸福。

那时他和吕淑贞都只有二十出头。如果不是老吕家那场突如其来的意外变故，身为一家工厂青工的骆保堂，一辈子都不可能与吕淑贞产生任何交集。因为吕淑贞不但长相出众，而且祖上是京城有名的商贾。即便现在家道中落，也是在皇城根边住着一套独门四合院的人家。正是由于树大招风，吕淑贞的父母于那年初夏的一天晚上，被双双杀害于家中，所有家财被洗劫一空。去为闺蜜庆生的吕淑贞午夜回到家中时，眼前血腥的一幕让她顿时崩溃……在去派出所报案的路上，吕淑贞泪流不止，精神恍惚，根本就没有了红绿灯意识。如果不是遇到下夜班回家的骆保堂及时舍命相救，她早就丧命于一辆重型卡车的轮下。骆保堂因为救她而受伤住院，两人彼此结识，不到一年的时间，便水到渠成地结为了夫妻。

"真得感谢这次受伤啊。"骆保堂想起往事，想起近期妻子渐渐由阴转晴的表情，总是忍不住这样感慨。一直在照顾自己的儿子小毛听到后，一脸疑惑地说："老爸，人家那些日理万机的人物，因为受伤有了好好休息的机会，才会抒发两句这样的感慨。您一个闲得磨牙的退休老汉，摔成了这个样子，居然会说出这样的话，真让人一头雾水。"骆保堂也不解释，而是遮掩道："比起那些摔死的，或者再也下不了床的，我可不得感谢这次受伤的程度嘛。"小毛咧嘴道："您怎么不和那些没摔的比啊。"骆保堂换了话题问道："你觉得你妈最近有什么变化？"小毛顺嘴道："没看出来啊。"想了想又说:"是没什么变化啊,还是那么事儿妈。暖气本来就不足,却愣说要保持空气新鲜,过会儿就把窗户全部打开。咦,对了,要说变化,最近我妈似乎待在家里的时间比过去长了。"骆保堂一脸喜色地说:"对了,愿意待在家里不说,眉目也变得舒展多了。"

如果摔伤程度可以选择,骆保堂最不喜欢的,当然是下肢瘫痪,后半生只能床上吃床上屙的状态。想象一下吕淑贞那种厌恶的表情,他觉得那真的是生不如死。"要是直接摔死了,她会伤心吗?"骆保堂经常这样想,但他不知道答案。其实他半生都在想一个类似的问题:如果当初不救吕淑贞,任她上吊死了,自己会伤心吗?但这个问题无论在什么样的心境下去想,答案都是肯定的,从来没有怀疑或否定的时候。骆保堂知道,尽管自己尽力了,这桩婚姻还是没有带给妻子他曾许诺的幸福,他依然对自己当初的选择没有半丝悔意。老乔曾私下问过骆保堂:"娶这么个花瓶一样的女人,一辈子都对你冷冰冰的,你觉得爽吗?"骆保堂说:"爽!不过是另一种爽法而已。就像你供一尊佛,会指望佛会同样给你烧香吗?"

确实,吕淑贞就是骆保堂供在心里的佛,而且是一尊从金碧辉煌的庙宇屈尊到自己这孔寒窑里的佛。尽管吕淑贞不善缝补浆洗,也拙于煎炒蒸煮,但她身上所散发出来的那种高冷的气息,极大地满足了他这个从小就生活在社会最底层的小人物的虚荣。这种爽不足为外人道,却是他实实在在的感觉。或许在诸如老乔之类的工友们的眼中,一生都在看老婆眼色行事的骆保堂是失败的,但他本人从来不这么认为。能娶吕淑贞这个大家闺秀为妻,并与这个内心傲慢的女人相守过了珍珠婚,在骆保堂看来无疑是一种巨大的成功。他原本对乌云般笼罩着全家的老婆的脸色已经习以为常,没想到进入晚年,这个冷冰冰的女人居然变得亲切随和了起来。这不啻为一尊长年供奉的佛像,在从未要求回报的情况下忽然向自己回眸一笑，让骆保堂无法不感到受宠若惊。

这天下午，骆保堂照例下楼到小区广场去晒太阳。其实晒不晒太阳对他并不重要，重要的是他可以在这里碰到同样退休的工友，通过聊天向他们炫耀自己幸福的晚年生活，才是骆保堂乐此不疲的真正原因。今天风有些大，小区空场上除了三两个老太太在健身器材上荡腿外，几乎再无他人。寒风刺骨，广场上的冷清比寒冷更让骆保堂扫兴。他在长椅上坐了一会儿，干脆站起身来，拄着拐杖慢吞吞地回家去了。

刚打开家门，骆保堂听见吕淑贞的小屋中传来一阵痛哭声。他开始还以为是妻子在看电视，但仔细听时，那哭声显然不是电视机里发出的。骆保堂吓了一跳。他蹑手蹑脚地走到那扇虚掩的房门前，仔细听时，哭声果然是妻子发出的。那声音听上去沉闷且压抑，仿佛是在发泄太大的委屈或太深的绝望。骆保堂没敢直接进去，而是抬手敲了敲门。多少年来，他早已经养成了进妻子房间时必先敲门的习惯。里面的哭声顿了一下，紧接着听见吕淑贞拖着哭腔说："不要进来，让我一个人安静一会儿。"骆保堂没有理会，而是毫不迟疑地推开了房门。只见吕淑贞正把头埋在叠起的被子上，身子一抖一抖地抽泣着。

"你这样我怎么可能置之不理，出什么事了？"骆保堂站在门口问。

"呜呜……"吕淑贞依然沉浸在自己的情绪中，一时无暇他顾。

"什么事能把你难过成这样？有我呢，没有过不去的坎儿。说话呀，到底出了什么事？"骆保堂急得抓耳挠腮。

"骗子！骗子啊！呜呜……为什么要这样？……"吕淑贞一边抽泣着，一边说着让骆保堂摸不着头脑的话。

"谁是骗子？骗你什么了？你倒是说出来啊。嗨，你这是要急死我呀。"骆保堂走到床边，却不敢伸手把吕淑贞拽起来问个明白，情急之下一跺脚，受伤的盆骨一阵剧痛，让他忍不住"哎哟"一下叫出声来。吕淑贞闻声将头从被子上抬了起来，一张老脸梨花带雨，表情忧伤，如同一个悲情少女。她看着丈夫疼得龇牙咧嘴的样子，先是满脸惊讶，随即却忍不住破涕为笑地嗔怪道："你真是胡拉被子乱扯毡，瞎搅和什么呀！你以为我是你呀，是个骗子就能得手？"骆保堂看见她的笑脸，心里的一块石头立即落了地。他一头雾水地说："那你这是搞的哪一出嘛！"吕淑贞说："别人的故事，看得有些迷进去了。"骆保堂这才注意到，妻子的右手上拿着一本翻开的书。只是那本书套着黑色的纸质护套，根本看不到封面和书名。

"看书居然能闹出这么大的动静，我真是服了你了。"骆保堂嘴上这样嘟囔着，但心里却认定这属于大家闺秀或读书人才会有的娇情，不但没有反感，反而油然生出一缕钦羡之意。他抬腕看了看表，说道："小毛他们也快下班了。我最近腿脚好多了，晚上我来做饭。你想吃点什么？"

"你伤刚好点儿，就别逞能了。等小毛回来吧，他手快，三两下就搞好了。"吕淑贞总算从骆保堂不知其详的意境中回到了现实中。她一边说，一边合上了手中的黑皮书，然后长长地叹了一口气。

33

进入11月份，重峦叠嶂的神湖山已经褪尽繁华，开始显示出一种沉重的苍凉。被诸峰围绕的巨石镇，因多雾多雨而显得格外阴冷潮湿。在这个原本应该猫冬的季节，因为对镇街的大肆开发而呈现出一派热火朝天的异常景象。多少年来寂寞冷清的巨石镇，到处挤满了因各种各样原因聚集到这里的外乡人。那些在巨石镇上生活了一辈子的老人，听着满街南腔北调的外地口音，一脸惶惑地咕哝道："全世界的人都跑到巨石镇来了，外面的世道究竟出了什么事？"更多的巨石镇人并不关心外面的世界出了什么事，在这个冬天里，巨石镇发生的一件件大事，就足够他们亢奋上一阵子的了。

11月份刚进入第一天，巨石镇就发生了一件令人震惊的大事：老镇长裘成山死了，而且死因非常诡异。

11月1日据说叫万圣节，是外国人的鬼节。过去巨石镇也有人闹腾过，但毕竟只限于那些出去闯荡过的年轻人，人数太少，很少能闹出什么动静。但今年不同了，从外地拥向巨石镇的大量年轻人，将此作为来到巨石镇之后第一个盛大节日，早早开始酝酿着好好热闹一场。10月31日万圣夜适逢周日，从暮色初降开始，不光是镇上新开的数家酒吧、歌舞厅里就开始拥入了大量顾客，而且中心广场、镇上几条主要大街上，到处都挤满了人。他们中不少人都化了鬼妆，或者是青面獠牙的鬼怪，或者是白骨森森的骷髅，或者是血污满脸的僵尸，或者是造型夸张的动物……但更多的，则是没见过世面的巨石镇民叫不上名字的奇形怪状的造型。这是巨石镇历史上从未有过的古怪场景，各种各样让人惊骇的鬼魅和普通人一样穿行在大街小巷，聚集在中心广场和各种娱乐场所，给人以阴阳相通、人鬼共乐的绝世景象。据说一位居住在某条僻静小巷的老人晚饭后出门散步，遇到两个眼珠子吊在脸上、吐着血红色长舌头的厉鬼迎面走来，当时就吓晕在地，屎尿拉了一裤裆……当夜还发生了许多诸如烟花伤了一个女童的眼睛，巨石酒吧两拨人因嘲笑彼此的装扮而发生了斗殴之类的事件。谁也没有想到，老镇长裘成山会在第二天被人发现死于这场荒诞的狂欢。

裘成山是在一个偏僻的公共厕所里被人发现的。11月1日黎明时分，一个外地建筑工人路过此地时一时尿急，进来解手时，赫然发现一个浑身长满黑色长毛的怪物，头朝下倒扎在茅坑里，一动不动。工人吓得顾不上撒尿，慌慌张张地跑出来报了警。巨石镇派出所所长裘建设带着两个民警赶到现场后，一看就知道了事态的严重。他说："哪里是什么怪物，是人！是昨天晚上装神弄鬼的人。"裘所长组织人手将死者从臭烘烘的茅坑里弄出来，扒拉掉沾满粪便的狼头面具后，大惊失色地惊叫起来："妈呀，是老镇长！"

　　镇长裘成山死亡事件，最后并没有立案，而是被定性为了意外事故。不过对于他的死因，却在巨石镇引发了巨大质疑。在这个初冬的季节里，各种流言蜚语到处传播，成了人们饭后茶余最关注的话题。几乎没有人认可意外事故这一结论，因为存在的疑点太多、太明显了。首先，作为一个传统而守旧的老巨石镇人，裘成山对这类属于年轻人崇洋媚外的把戏向来反感，他怎么可能穿起了扮怪的奇装异服？裘镇长喝酒从不过量，而且一向身体硬朗，就算是自杀，难道会自己把自己淹死在茅坑里？

　　除了这些明显有悖常理之处外，还有很多细节将镇长之死指向了一宗有预谋的谋杀：首先，镇长之死发生的节点及背景非常特殊。自从巨石温泉游泳馆及温泉酒店建成以来，就其承包经营权的归属一事，管委会洪主任和担任副主任的裘镇长的对立日益表面化和白热化。表面上看，是洪主任支持的商贸协会和裘镇长主张的裘荣公司的对立，实质上是巨石镇外来移民和原始住民的冲突。裘姓是巨石镇的主姓，据称是巨石镇最早的定居者，而裘荣公司就是以裘姓镇民为主成立的。尽管外乡人洪主任刻意淡化外乡人和本地人的对立，说商贸协会会长陈关就是本地人，自己支持商贸协会承包经营，完全只是为巨石镇的利益和发展考虑，没有掺杂半点偏心。

裘镇长却在许多场合暗示，正是陈关私下用卑鄙的手段买通了洪主任，他才不遗余力地为商贸协会站台。两人对此一直互不相让，上月下旬的一次讨论会上，甚至当众爆发了激烈的争吵，被坊间戏称为"浑球之战"。其次，裘镇长死亡时所穿的那件毛茸茸的野兽装，在被清洗掉上面的粪便之后，人们发现那副恶狼的面具眼部有类似熊猫的白圈，这显然是最近越来越甚嚣尘上的影狼造型。而在对影狼的处理意见上，裘镇长和洪主任也存在着严重的分歧。入冬以来，不知是因为山上猎物变得紧缺，还是有别的原因，像传奇一样存在于巨石镇人们热议之中的影狼，袭击人类的事件变得越来越频繁。甚至有多次在人畜同时在场的情况下，它也选择只是猎杀人类而放过了家畜。这样的事情让人们不寒而栗，更觉得影狼不单是一只凶残的野兽，而且是一个意志坚定的人类的复仇者。面对令很多人陷入惶恐的影狼之患，巨石镇在刚入冬时成立了一支巡山小队，由警察、保安和猎户等青壮年男人组成，每日在神湖山影狼有可能出没的地方巡逻，以期能尽快消除这个影响巨石镇发展大业的隐患。但对于如何处置影狼，裘镇长和洪主任却有着完全不同的立场。裘镇长指示，只要发现影狼的踪迹，不惜任何代价，当场予以猎杀。而洪主任却再三强调务必活捉，不能伤及哪怕是一根毫毛。因为这是一只极具独特价值的动物，将其供养展览，一定会成为巨石镇一张独特的新名片。两个领导截然不同的态度，让巡山小队一直左右为难。据传这些队员为了两面讨好，干脆整日只是在山中休闲游玩，有意躲避任何和影狼遭遇的可能，完全背离了该队成立的初衷。裘镇长以影狼装扮死于污秽之地，显然充满了一种讽刺的意味。

以上种种迹象，不得不让很多人怀疑，裘镇长之死是权力斗争导致的一宗蓄意谋杀。而不论具体实施者是谁，总是像一尊弥勒佛一样笑眯眯的洪主任，都难脱干系。坊间对具体实施者也多有传闻，只是出于畏惧，没有人敢在大庭广众下公然议论罢了。

这个人便是陈关，这个昔日没人愿意高瞧一眼的放屁虫，今日没人胆敢低看一眼的陈大官人。

11月9日，随着盛大的巨石温泉浴场及度假酒店开业典礼的隆重举行，坊间有关陈关的传闻，似乎完全落到了实处：裘荣公司彻底败北，老大是陈关的商贸协会最终成了这个巨石镇黄金项目的承包者。隆重的开业典礼上，管委会、镇政府和巨石镇各行各业的头面人物几乎无人缺席，甚至连裘荣公司老总裘连成都端坐在主席台上。他看上去一脸落寞，但在洪主任和陈关会长发表祝词时，他和其他人一样，给予了热烈的掌声。在新开通的巨石镇有线电视频道上，身穿笔挺西装、别着大红胸花的陈关春风满面地发表讲话的镜头，让巨石镇的老人们根本不敢相信，昔日那对死于一场火灾的外地裁缝夫妇的儿子，居然出息成了镇上叱咤风云的人物。但那些对有关裘镇长之死充满怀疑的人们，却不无愤懑地骂道："放屁虫果然做了姓洪的的打手和走狗，以后巨石镇恐怕是外人的天下了。"

除了洪主任和陈关，还有另外一个人被裘镇长意外之死卷入了舆论旋涡，那便是巨石镇怪人默姑。

在偏僻闭塞、古风盎然的巨石镇，默姑虽然一直不被年轻人待见，但在不少以裘姓为主的老一代镇民心目中，她无疑是一个先知般的存在。甚至包括裘镇长本人在内，都会利用默姑在大众心目中的威望，在一些容易引发争议的决策问题上打出她这张王牌来安民。但面对巨石镇这次百年不遇的发展良机，默姑令人意外地站在了绝大多数人的对立面。除了镇上那些被认为是抱残守缺、顽固不化的"棺材瓢子"外，几乎所有人对她竭一己之力反对镇街开发的行为持反对态度。因为镇街快速高效的全面开发，带来的好处是显而易见的：房价一路飞涨，镇民们坐地而富；镇街日渐繁华，生活变得便利而多姿多彩；各行各业都在扩大规模，就业和致富的机会激增……镇民们的这种反应，本来就已经让默姑在裴派镇民中昔日积攒的威望明显受损，这次裴镇长之死，则更让她陷入了孤立无援的尴尬之境。

事情源于默姑和裴镇长的最后一次见面。10月31日下午，默姑去巨石镇新建的行政大楼找裴镇长，对管委会打算在中心广场建立标志性雕塑巨石魂的决定表达抗议，说这种雕塑不仅不伦不类、庸俗不堪，而且是对巨石镇风水的严重破坏。默姑当时在裴镇长眼中已经成了一个令他唯恐躲之不及的人。默姑啰唆了没两句，裴镇长就一脸不耐烦地说："你去找洪主任，巨石镇的事，他比我说了算。"说罢就欲转身离开，任默姑再三恳求也无济于事。据说很少失态的默姑那天突然暴怒起来，指着镇长道："去死吧昏官！你死了都不知道自己是怎么死的。"这句话被广泛传开后，相信意外死亡结论的许多镇民，认为那天下午默姑上门吵架，让本来就处境不妙的老镇长万念俱灰，才导致了他晚上的自杀。但更多裴姓住民更偏执地认定，裴镇长表面上死于权力之争，但具有超常能量的默姑的恶毒诅咒，才是导致裴镇长死亡的最根本原因。

面对裴姓镇民的愤怒，默姑没有做任何解释，而只是冷笑道："我说话百句，巨石镇人只偏信一句对自己有用的。"

34

11月9日上午，在位于草滩的自家院中，汪兰花一会儿在沙发上呆坐，一会儿在院子中来回乱走，显得心神不宁。昨天丈夫陈关又是一夜未归，她也整宿未睡。一大早将儿子送去幼儿园后，她就一直处在这种六神无主的状态中。汪兰花不知道自己的焦虑是来自对陈关越来越失控的担心，还是自己越来越强烈的饥饿感。今天早饭她是和儿子一起吃的，她总共吃了三笼肉包子、六个煎鸡蛋和两大碗红薯粥。时间这才过去不到两小时，汪兰花却觉得自己又变得饥肠辘辘，好像已经有很多天没有吃饭了一样。

汪兰花之所以长得胖，是因为她从小就食欲旺盛。在姑娘时代，看到别的女孩追求苗条而减肥，她总是大大咧咧地说："女为悦己者容，她们减肥都是为了找个好男人。而我用不着，帅小伙陈关早就已经在我手里落听了。"汪兰花甚至认为，吃吃喝喝比爱情来得要痛快，岂可将就乎？但最近她却开始为自己旺盛的食欲担忧起来，因为过去吃喝于她是一件快乐的享受，而现在却似乎越来越成了消除焦虑的手段。而这一变化发生的起因，就是她和陈关夫妻关系的日渐逆转。

汪兰花从情窦初开时，就喜欢上了文静秀气的陈关。作为一个相貌平平且长得五大三粗的少女，汪兰花从来没敢奢望陈关能成为自己的盘中菜。但在英俊少年十四岁那年，一场致使父母双亡、家财尽失的大火，却给汪兰花带来了千载难逢的好机会。在她的死缠烂磨下，本来就软耳根的父亲汪福田终于同意收养了这个落难的孤儿。汪兰花和陈关从小青梅竹马，到了婚嫁的年龄自然结为夫妻，并在草滩过起了自己的小日子。汪兰花从来都没有指望也没有想到陈关会出人头地，莫名其妙地成为巨石镇叱咤风云的人物。陈关身份的变化，不但没有给汪兰花带来夫贵妻荣的感受，反而给向来吃得香、睡得稳的她平添了一桩心病。在巨石镇已经人五人六的陈关，尽管在家里并没有表现出任何"一朝得志便猖狂"的迹象，但发生在他身上的变化却是颠覆性的：首先，他一紧张就放屁不断的老毛病彻底自愈了。这是伴随了陈关几十年的陈年旧疾，在求医问药一概无果的情况下，症状却毫无征兆地彻底消失了。另外一件更不可思议的变化是，原本床上功夫乏善可陈的陈关，忽然间在夫妻性事上变得如猛虎下山，让汪兰花每次都无力招架。这些变化不是汪兰花所喜欢和期望的。她已经习惯了看着在自己发怒时，响屁连连的陈关既惶恐又尴尬地躲出去的样子。而对于性事，汪兰花向来就不是太热衷，比起一场让陈关像个得胜将军般自鸣得意的交欢，她更喜欢丈夫因为精力匮乏、战术平平而表现出来的难堪和愧意……陈关在家里的表现一如既往，对自己和孩子依然关爱有加，面对自己因琐事的偶然发怒，他依旧表现得诚惶诚恐。和过去相比最大的变化，就是陈关在家的时间越来越少了，而且从不在外面过夜的他，现在动辄就夜不归宿。这一点汪兰花最不能忍受，但她却又说不出什么。对身兼数职、日理万机的巨石镇风云人物，自然不能跟过去那个无所事事、总是在茶馆和麻将室消磨时间的小混混再提同样的要求了。

就是在这种情况下，汪兰花发现自己的焦虑情绪变得越来越明显。她不但在陈关夜不归宿的时候总是整宿整宿地失眠，而且一旦情绪焦虑，她就会产生强烈无比的食欲，仿佛只有通过不断地狼吞虎咽，才能让这种情绪有所缓解。这样的结果让原本就肥胖的汪兰花像吹气球般地膨胀了起来，变得越来越像一个圆滚滚的大肉球。有闺蜜曾忧心忡忡地私下提醒她说："眼看陈关在巨石镇越来越像一朵人前花了，你反而破罐子破摔，这不是等着让人抛弃吗？"汪兰花说："世界上漂亮女人比牛毛还多，他要真想变心，跟我胖与不胖，没有一毛钱关系。再说了，我与其因克制食欲焦虑而死，还不如痛快吃喝哪怕胖死。"话虽然是这么说的，但无休无止的饥饿感确实也真成了她的另一个心病。

今天是个大日子。陈关昨天晚上又夜不归宿完全在情理之中。

汪兰花除了莫名的焦虑，心里更有一份纠结。昨天一大早，陈关在出门前特意叮嘱她说："最近巨石镇局势动荡，意外频出，明天的开业典礼你就别去现场凑热闹了。有线电视会全程转播，在家里看也一样。"陈关说这话时，像过去一样表情充满关切之意，但昨天晚上在整夜失眠的过程中，汪兰花却越琢磨越觉得不对劲：最近这段时间里，并非限于热闹场面，凡是有陈关出席的活动，他都这样叮嘱自己。

"这明显就是嫌我给他丢人啊！"汪兰花气得半夜起来炖了一锅红烧肉，一边解气地大吃特吃，一边咬牙切齿地说，"妈的！你个放屁虫，长能耐了不是？明天老娘还非得去凑这个热闹不可。"

一晚上集聚的勇气，都消散在了黎明的第一缕曙光中。汪兰花知道她不能去，原因只有一个，那就是陈关不喜欢自己去。她第一次如此痛彻地感受到了一种强烈的挫败。在用一顿饭量惊人的早餐安慰了内心的焦虑之后，汪兰花获得了片刻的宁静。但随着开幕典礼时间的临近，她变得越来越强烈的饕餮的欲望，昭示着内心焦虑的又一次沉渣泛起……就在汪兰花六神无主的时候，听见有人在敲院门。她出去打开看时，却是魏芸和骆小丹。魏芸手里提着一个白色的布袋，里面鼓鼓囊囊地装满了东西。

"稀客啊！快请进。"汪兰花有些惊讶。她一面将两人让进屋里，一面在心里暗自琢磨：这两个心高气傲的大城市女人，平日很少走动，今日何故找上门来？

魏芸将手中的袋子递给汪兰花，笑吟吟地说："我前段时间回了趟老家，这是我们绥德县的特产。咱们街里街坊地住着，带些来给你尝个新鲜。"

汪兰花接过来看了看，口袋里装的是红彤彤的苹果。她一边将来客让到沙发上坐下，一边开玩笑道："米脂婆姨绥德汉，绥德特产不是俊男人吗?"

魏芸和骆小丹闻言也哈哈哈大笑起来。魏芸说:"绥德汉子太稀缺了,我近水楼台也没搞上,只得嫁了钱永旺这个河北人。再说了,你有陈关这么牛的男人,就算真送你一个绥德汉子,你也不会稀罕啊。"

汪兰花心想:我就说嘛!果然还是冲陈关来的。她给来客沏了壶茶,干脆开门见山地说:"您二位也不是轻易开口的尊贵之人,是不是有什么事我家陈关能帮忙的,尽管开口就是了。"

骆小丹说:"咱们打交道虽然不多,但每次在羊肉铺碰到您,都觉得您特别豪爽。今天来麻烦您,也主要是我提议的。既然您是个痛快人,我们也就不绕弯子了。"

汪兰花听了半天才弄明白,原来两人是为她们房子的事而来的:巨石镇因为急速发展而使得房价飞涨,她们多年前仅以数万元买下的院子,目前价格已经翻了不止十倍。无论原来的老房主还是土地持有者巨石镇,都觉得她们占了天大的便宜。目前关于镇政府有可能将这些非法交易的房地产悉数收归公有的传言越来越甚嚣尘上,弄得她们这些在巨石镇买了房子的外地人惶惶不可终日。

"这是镇政府的事啊。"汪兰花一头雾水地说,"陈关是商贸协会的头儿,在巨石镇做生意兴许能帮上忙,这事不归他管啊。"

随后从两位来客的嘴里,汪兰花得知了一个令她十分吃惊的消息:裘镇长死了,全镇到处都在传,自己的老公陈关就要成为下一任镇长了。魏芸说:"你老公现在是洪主任的红人,而洪主任和县长是拜把子的兄弟,当个镇长还不是一句话的事。"骆小丹附和道:"即便不当镇长,陈关现在在巨石镇也是一言九鼎,让他替我们这些外来户说说话也好啊。"

汪兰花开始有点不相信,但她很快就觉得,作为风云人物陈关的妻子，自己现在基本被巨石镇人屏蔽了起来。有关丈夫的一切传闻，无论是好的还是坏的，都不会传到自己的耳朵里。而只有从魏芸和骆小丹这样外来住民的嘴里，她才有可能获取有关陈关的所有信息。而及时准确地把握丈夫的动向，正是汪兰花眼下急需解决的问题。她想了想，一脸坦诚地说："虽然不知道起不起作用，但我愿意尽最大努力去影响陈关，让他在这件事上替你们发声。另外，我正好也有件事相求二位。"魏芸和骆小丹闻言，几乎是齐声说道："太好了，快说快说。"

汪兰花憋了很久的心里话，其实很难对熟悉和亲近的人说出口。今天上门做客的这两个外乡女人，终于让她找到了倾诉的对象。汪兰花像找到了失散已久的知己一般，将自己最近对于陈关的焦虑一股脑地倒了出来……三个各有所需的女人，很快就结成了忠诚而坚定的同盟：她们的一致目标，都是巨石镇的新贵人物陈关。两个外乡女人需要汪兰花不失时机地给陈关吹枕边风，以便在以后政策制定中能做出有益于她们的影响。而汪兰花不但需要对方随时给自己提供有关陈关的风吹草动，还希望她们能以大城市女人的见识，让她学会如何继续将这个飞黄腾达的男人牢牢地拿捏在手心里。

"这下好了，昔日刘、关、张桃园三结义，今天咱们骆、魏、汪草滩三结义。" 汪兰花高兴地说，"陈关这个风筝越飞越高，这段时间愁得我整宿整宿地失眠。"

魏芸说："也真是怪事！你失眠，我失眠，我家老钱也失眠。我都怀疑失眠成为一种传染病了。哎，小丹姐，最近你失眠吗？"

骆小丹笑道："你们都心思太重，我没心没肺的，从来都不失眠。但我们家尼采已经失眠很久了。"

三个人正在聊天，汪兰花忽然针扎了似的惊叫起来："哎呀，都快十二点了，忘了看开业典礼的直播。"说完急急慌慌地打开电视看时，巨石镇有线频道的直播却早已经结束了，电视画面上只剩下一团雪花在闪烁……

35

钱永旺万万没有想到，自己和魏芸已经明显亮起了红灯的婚姻，在两人终于鼓起勇气做了一次"干脆把话挑明"的交谈后，居然峰回路转，出现了让他既意外又惊喜的另外一种局面。

上月底外出遛狗时，两人摊牌式的谈话刚刚开始，却被送老枪归来的骆小丹意外搅和了。在接下来的日子里，不知是尚未考虑成熟，还是对这段婚姻心怀不舍，魏芸一直没有旧话重提。钱永旺心里当然明白，这已经是夫妻间一个绕不过去的话题，一味拖延是解决不了任何问题的。但他一想象谈话结束后两人分道扬镳的凄凉场景，有许多次话已经到了嘴边，却又被他无奈地咽了回去。

11月9日这天，几乎整夜失眠的钱永旺，到天将放亮时才有了几分睡意。在迷迷糊糊之际，他脑海里总是浮现出这样一幅画面：自己正站在广阔无垠、被厚厚的积雪覆盖的原野上，四周一片白茫茫。万籁俱寂，只有一个婴儿孤独无助的哭泣声，若有若无地传进他的耳朵。钱永旺感觉婴儿就被积雪埋在了距离自己不远的某个地方。他心急如焚地在深可及膝的雪地里循声找去，那哭声却像跟自己捉迷藏一般，忽近忽远，忽左忽右，就是无法准确定位。令钱永旺大感惊讶的是，自己在雪地中踩出的足迹，也是方显即消，旋即恢复得平整如初，仿佛刚才的努力跋涉根本不曾存在过。就在钱永旺深感绝望之时，他看见四周的积雪鼓起了六个凸包，而且变得越来越大。那些凸包在不断变大的同时，也在不停地蠕动着，仿佛厚厚的雪褥之下包裹着什么恐怖的动物。钱永旺费尽气力却无法从雪地中脱身，就在他惊恐万状的时候，突然有个长着狰狞狼脸，却有着熊猫般白色眼圈的怪兽从雪中破壳而出，从四面包围过来，一齐向他发出一阵凄厉的咆哮声……钱永旺猛地醒了过来，才发现是自己做的一个噩梦。此刻，院子外面的狗子们不知是什么原因，正一齐在狂躁地吠叫不止。

钱永旺看了看表，已经是下午两点多了。他起身来到院外，发现魏芸不在家。五只狗子大概都饿了，正用响亮的吠叫声表达着集体抗议。钱永旺心里一紧：魏芸连狗子都顾不上管，莫非她终于下定决心不辞而别了？他顾不得多想，先给狗子们的食盆中倒上狗粮，平息了它们愤怒的抗议，这才在房前的台阶上坐了下来，一边努力摆脱刚才那瘆人梦境的阴影，一边考虑着家庭生活有可能面临的新问题。就在这时，没想到随着院门咯吱一声响，魏芸从外面走了进来。她看上去兴致勃勃，仿佛遇上了什么喜事。她说："我还以为你没起床呢。哦，还帮我喂狗子了。"她走到钱永旺身边，将手里的塑料袋递了过来："我给你带了饭，腊羊肉卷饼和羊杂汤，汪记羊肉铺的。"钱永旺说："你喝酒了？"魏芸说："对！和小丹姐还有汪兰花，我们姐儿仨草滩三结义了。"钱永旺说："我以为你不辞而别了呢。"魏芸说："我从来是明人不做暗事，不辞而别是逃避，根本不能解决问题。"钱永旺沉默了片刻，终于鼓起勇气说："今天，咱们得好好谈谈了。"魏芸说："你先吃饭，吃完再说。"钱永旺说："我哪里还有心思吃饭，说谈就谈。"

两人回到屋里坐定，钱永旺吭哧了半天，却不知道从何处说起。魏芸说："你别急，把想说的都如实说出来。我们毕竟相爱一场，别在心中留下遗憾。"钱永旺愈加心慌意乱起来，他说："我就想问你一句，你是已经铁了心要和我分手了吗？"魏芸说："你不觉得这是对我们双方都好的选择吗？"钱永旺伤心地说："一点也没觉得对我好！我和你结婚的时候，就是铁了心要过一辈子的。"魏芸说："我当初也是这么想的。但现在，尽管我心中有多么地不舍，但还是决定分手，因为我并不是你需要的女人。"钱永旺痛苦地说："你为什么这么说啊？你是不是我需要的女人，难道不该由我来判断吗？"

但接下来魏芸一番开诚布公的话，让钱永旺变得哑口无言。魏芸说她其实在结婚后不久，就发现自己并非钱永旺真心想找的女人。因为一个偶然的机会，她发现每次钱永旺与她做爱时，都会事先在避孕套上扎出许多小孔。魏芸为此再度询问过丈夫是否真的愿意做丁克一族，但钱永旺的表态依然信誓旦旦。这让她一度觉得这可能只是在他未成为坚定的丁克主义者之前，在上两段婚姻中遗留下来的惯性。但在共同生活的这几年里，钱永旺的种种表现，越来越证实无论是出于对小孩的喜欢，还是为了完成传宗接代的任务，他骨子里都充满了拥有孩子的渴望。魏芸说："其实你暗地里的努力都是无用功，因为我早已经做了绝育手术。我并非有意隐瞒你，因为在我看来，你自愿成为一个丁克配偶，就意味着这件事已经被排除在外。"钱永旺没想到自己会被揭了老底，脸上一阵挂不住。他张口结舌，不知道该怎样为自己的行为辩解，甚至目光都躲躲闪闪，不敢正视魏芸的眼睛。魏芸说："其实我不否认你爱我，因为一个如此渴望孩子的男人，能够选择一个丁克妻子，除了爱，不会有别的解释。但问题又回到了原点，我依然不是你需要的女人。"

魏芸的话给了钱永旺些许的勇气，他有些可怜巴巴地说："既然你知道我爱你，为什么还是执意要离开？爱是婚姻的基础，别的都不重要。那你说，你爱我吗？"

"爱不是婚姻的基础，而只是它的佐料。婚姻是一项复杂的综合工程，基础是两个人必须合拍的生活理念。我当然也爱你，否则我们就不会结婚。我现在决定离开你，也是因为爱你。你喜欢孩子，而我不可能改变自己丁克一族的生活理念，我不想让你因为和我结婚而一生抱有遗憾。" 魏芸的声音开始变得有几分动情，"永旺，坦白告诉你吧，离开你我也很痛苦，但我必须狠下心来，否则我一辈子也不会原谅自己的自私。"

　　钱永旺闻言，眼睛慢慢变得湿润起来。他沉默了片刻，终于鼓起勇气，向魏芸坦白了内心的所有秘密。他承认自己冒充丁克主义者，一是出于对魏芸发自肺腑的真爱，二是迫于自己是个不育症患者这个残酷的事实。钱永旺对魏芸坦言，对于来自家族关于传宗接代的压力，他很少在乎，但自己确实是个非常喜欢孩子的人。他婚后之所以屡次在避孕套上做手脚，是因为虽然明知不可能，但还是怀着这样的侥幸：或许老天垂怜，让我们的爱情能奇迹般地结出果实……钱永旺泪流满面地说："我知道你对成为母亲怀有恐惧，但总觉得你这么有爱心的一个女人，如果真的有了孩子，一定会改变。这段时间因为你想离开我，才让我猛然发觉，如果老天让我在拥有你和拥有生育能力之间做选择，我会毫不迟疑地选择你。我甚至觉得，我的不育症正是老天的安排，是命运对我们婚姻最好的成全。"

　　钱永旺的话，让魏芸既震惊又感动。加上中午这顿酒的后劲儿还没过去，这个平日里很少露骨表达情感的女人，忽然动情地一把抱住丈夫，声音哽咽着说道："有病咱就治，天下没有治不好的病，你一定会有孩子的。我们不做夫妻，但依然可以做最好的朋友。"钱永旺也抱着魏芸哭了起来："我已经有过两个老婆了，当然知道婚姻的冷暖。如果不和你做夫妻，我宁肯一死了之。"

这场原本打算劳燕分飞的谈判，最终却成了一对内心装满痛苦和爱意的患难夫妻的倾诉衷肠。一个因为爱而难分难舍，另一个为爱却去意已决。夫妻两人掏心掏肺，声泪俱下，却谁也说服不了对方。话到动情处，钱永旺居然像个委屈无助的孩子一样，号啕大哭着说道："求你别再说了，如果你离开是因为不爱我了，我再痛苦也会放手，但既然爱还在，我们就一定要好好过下去。"最后夫妻俩总算各让一步，达成了一项折中协议：首先夫妻俩要积极配合，争取治愈丈夫的不育症。人生一场，不能让喜欢孩子的钱永旺终身遗憾。如果的确无法治愈，夫妻俩一如既往地共同生活，直至白头偕老。魏芸将钱永旺的头抱在怀里，一锤定音地说："唯有这样，我的良心才能安宁。如果你的病治好了，也说明命运收回了它曾经的安排，到时候再重新考虑我们的婚姻不迟。"

钱永旺虽然充满愧疚，但很久以来高悬的一颗心总算放了下来。他像个孩子一样，静静地将头伏在魏芸的怀中，久久不愿抬起，似乎希望这样的状态能够一直保持下去。长期的失眠和食欲不振所带来的身体疲倦，此刻一齐向他袭来。他突然感到又饿又困，如同一个在外漂泊多日、刚刚回到温暖家中的虚弱的孩子。魏芸拍拍他的肩道："你到现在还没吃饭呢，我去给你热热羊肉卷饼。"

正在这时，门口冷不丁传来一阵嘈杂的狗叫声。夫妻二人回头看时，只见五只狗子齐刷刷地站在门口，正一边看着他们，一边吠叫不止。狗子们眼神复杂，让人难以揣摩它们内心的想法。钱永旺见状笑骂道："居然吃醋了。你娘几乎所有心思都在你们身上，施舍我这么一点温暖，你们就看不过眼了？真是一群狗东西！"

魏芸用手指在钱永旺的额头上戳了一下，说："狗子们只是没吃饱。吃醋的不是它们，而是你！"

36

12月中旬，巨石镇发生了两个重大事件：一是商贸协会副会长胡军旗被任命为了新镇长。二是据说有人在神湖山南岳亲眼证实，传说中的影狼已经不再单打独斗，而是拉起队伍，成了一群兴风作浪的野兽的头目。

胡军旗被任命为新镇长，之所以在巨石镇掀起轩然大波，是因为人口最为众多的裘姓镇民认为，这是巨石镇被外来人员彻底占领的标志。而有关影狼势力快速壮大的新传言，则像一则末日寓言，给正在变得日新月异的巨石镇蒙上了一层阴影。

老镇长离奇死亡后，对于死因的怀疑和探究很快便被人们淡忘，而后继者人选则成了大家最为关心的话题。刚开始，众人普遍认为，排在副镇长第一位，且在代行镇长职责的裘向山会自然地被任命为新镇长。到后来，各种传言将继任者的人选又指向了商贸协会会长陈关。对于裘姓镇民而言，他们当然希望是裘向山。"放屁虫不过就是个莫名得势的小混混，要是让他当了镇长，巨石镇不知会烂成什么样子！"他们不仅这样明目张胆地发着牢骚，而且组织一些德高望重的老家伙去县上揭发陈关的种种劣迹，以期能对新镇长任命施加影响。

12月中旬一纸任命发了下来。镇长继任者既不是陈关，也不是裘向山，而是外来人员、镇商贸协会副会长胡军旗。这个结果对于裘姓镇民而言，比任命了陈关更受打击。因为陈关虽然是外姓人，但毕竟生在巨石镇，也长在巨石镇。胡军旗不仅是个完完全全的外来人员，而且是陈关的小喽啰，一切还不都是陈关说了算。

"妈蛋！裘向山那个窝囊废，这回算是把巨石镇彻底拱手让人了。"裘姓镇民满腔的怒火无处发泄，气得只好在背地里大骂依然尴尬地待在副镇长位子上的裘向山。

而关于影狼成为头狼的传言，先是从巡山小队传出来的。他们信誓旦旦地说，这是家住神湖山南岳的某谢姓山民的亲眼所见：老谢家养了多年的一条看家护院的黄毛狼狗，在这个冬天里忽然不见了。因为有关影狼的传言甚嚣尘上，老谢开始时以为自家狼狗或许遭了它的黑手。但11月底某天的后半夜，老谢被一阵熟悉的犬吠声从梦中惊醒。他惊讶地打开窑门看时，被眼前的景象吓了一跳：明亮的月光将四处照得一片惨白。自家狼狗正蹲在窑前的平坝上，冲着自己汪汪汪地叫着。老谢惊喜万状地快步上前时，狼狗却转身跑开了。它一步一回头，似乎充满了眷恋和不舍。不解其故的老谢一边叫着一边追了过去，却猛然听见了一阵群兽的咆哮。他这才发现不远处的山道上，齐刷刷地蹲着数十头分不清是狼还是狗的动物。在它们低沉的叫声中，既有明显的犬吠，似乎又夹杂着狼嚎。自家狼狗回到它们的队列中，一群野兽像夜行军的队伍一样，重新迈开整齐的步子向远处走去。在皎洁的月光中，老谢看见被群兽众星捧月般簇拥在中间的，正是长着明显白眼圈的影狼……起初，这个传言并没有多少人相信。大家觉得这不过是巡山小队成立这么久后毫无建树，故意编造出这样耸人听闻的谣言以掩盖他们的无能或故意不作为。"影狼居然拉起队伍了？怎么可能！再说了，狼是狼，狗归狗，难道还搞起了统一战线？"但众人的这些质疑，很快就随着谢姓山民亲自出面证实而烟消云散，代之而来的则是深深的惊恐和不安。这段时间里，关于影狼的各种传闻再次成为热点话题，给急速发展、生机勃勃的巨石镇带来了一丝阴云。

对影狼新传闻最感到震惊和恐惧的，当然非钱永旺莫属。

自从11月9日和魏芸进行了一场坦诚的对话之后，钱永旺感觉自己的爱情婚姻进入了又一个蜜月期。他向妻子坦白了包括假冒丁克一族、不育症患者、在避孕套上做手脚等几乎所有的瞒哄和欺骗。但对于德牧小花一事，在几经犹豫之后，他最终还是选择了继续隐瞒。钱永旺对于魏芸能否在小花的事上原谅自己，心里实在没底。在接下来的这段时间里，消除了内心隔膜的两人，像再一次走入了热恋一般，几乎无时无刻不腻歪在一起。唯一与普通恋人不同的是，他们的亲密感更源自精神，而非肉体。钱永旺发自肺腑地说："肉欲让爱情浑浊，柏拉图式的爱恋更像一潭晶莹剔透的圣泉之水。"

　　再度沉浸在蜜月般幸福之中的钱永旺，第一次听到关于影狼成为头狼的传闻时，他立即选择了相信。因为在这个传闻中，有一个容易被大家忽视的细节，格外引起了他的警觉：据说老谢在惨白而明亮的月光下，清清楚楚地看见在作为头狼的影狼身边，还有六个半大的狼崽，同样被众兽簇拥保护着，就如同尊贵的王子和公主一样……这个细节立即让钱永旺想起德牧小花那大腹便便的怀孕样子，更认定它不但没有在野山中死去，反而生下了六个健康的孩子！

　　关于影狼新的传闻，之所以让钱永旺感到震惊和恐惧，是因为狼群给予山民老谢的恩典和礼遇。在钱永旺看来，那只黄毛狼狗夜访老谢之家，是与昔日主人依依不舍的诀别。而狼群纪律严明地蹲卧在不远处的山路上，没有对老谢行任何骚扰危害之实，足以说明它们是知恩图报的，而并非一群不分青红皂白，格杀勿论的野兽。知恩图报者往往恩怨分明，这让钱永旺过去对小花报复自己的担忧变成了更为深刻的恐惧。但这段时间里，他沉浸在与魏芸旧情复燃的快乐中，对于极有可能小花就是影狼的恐惧，大多数被这份快乐极大地冲淡和忽视了。再加上困扰自己很久的失眠症状彻底消失，每夜他都睡得深沉香甜，过去夜间小花总在院外低沉地吠叫，不知是小花真的不再光顾，还是过去的幻听消失，总之钱永旺再也没有了这份曾令他濒临崩溃的烦扰。

"如果这个世界上小花有恩人，那自然非魏芸莫属。而我又是魏芸深爱之人，小花要是真的知恩图报，就应该不会记恨于我。"每天晚上临睡前，钱永旺都会这样心存侥幸地安慰自己一番，然后坦然地进入梦乡。那个曾反复出现、自己被困于茫茫雪原上的噩梦消失了，最近出现在梦中的，多是他与魏芸"你耕田来我织布，你挑水来我浇园"的庸俗而幸福的场景。

由于温泉浴场和温泉酒店的开张，到了年底，慕名来巨石镇度假的人越来越多。这个昔日一到冬天就安静得有些冷清的小镇，变得到处人满为患。镇上所有宾馆、客栈和民宿，住宿的预约甚至排到了春节以后，简直是一床难求。那些操着南腔北调口音、穿着奇装异服的外地游客，在给巨石镇人带来新奇热闹和丰厚收入的同时，也把诸多巨石镇人闻所未闻的麻烦和邪恶带到了这座民风淳朴的古老小镇。除了每天都有诸如酒后滋事、打架斗殴的事件发生之外，那些披着休闲娱乐合法外衣而私下从事赌博、色情和吸毒等违法活动的场所，就像巨石镇大量拔地而起的新楼盘一样，雨后春笋般地多了起来。这是巨石镇历史上一个全新的时代，各种各样的新鲜事物让年轻人目不暇接、兴奋不已。面对老人们对巨石镇命运的忧心，他们鼻孔里发出哼的一声，轻蔑地说道："一帮思想陈旧、毫无见识的老古董，能在行将就木前亲眼看到这样的盛世，简直算是你们的造化。"

12月10日星期六，巨石镇下起了入冬以来的第一场雪。持续了多日的阴天，在这个周末的清晨，终于化为了一场初雪。说是雪，其实不过是"雪花飘过不见白"的雨夹雪而已，落地便化，了无痕迹。到处湿漉漉的，完全像是下了一场细雨。倒是神湖山南岳和北岳的诸峰，到中午时分，都已经戴上了白皑皑的雪冠。

吃午饭时，钱永旺对魏芸说："虽然雪落不住，但毕竟也是今年冬天的初雪。咱们看着窗外的雪峰，高低喝它一壶，就算是望梅止渴。"魏芸笑道："对，望梅止渴并不是毫无效果，望而生津，当然有止渴之效。"两口子一道动手，做了几道精致菜肴。钱永旺拿出一瓶民酱，忽然想起什么似的说："民哥这一猛子扎回北京，已经好几个月了。什么事让他这样乐不思蜀呢？"魏芸说："对了，喊小丹姐过来一起喝酒吧。她一个人，也省得起火做饭了。"

正说话间，院子里的狗子们忽然齐声吠叫起来。两口子走出屋子一看，却是王民家的尼采拱开院门跑了进来。

"嘿，说曹操，曹操就到了。"钱永旺一边高兴地说着，一边出门去迎骆小丹。但他出了院门，却没有看到骆小丹的人影。跟出门来的尼采汪地叫了一声。钱永旺转过身来，见浑身狗毛湿漉漉的尼采，正眼巴巴地盯着自己。尼采是只深沉而又寡言的狗，此刻也很难从它的狗脸上看出什么表情。

钱永旺还在纳闷，随后出来的魏芸却失声惊叫起来："哎呀不好，一定是小丹姐出事了！尼采是来向你求助的。"她看见钱永旺还懵懂地站在那里，又慌里慌张地喊道："别傻站着了，赶紧过去看看。"

夫妻俩冒着还在下个不停的雨夹雪，跟在尼采后面一路小跑着来到镇西王民家的小院时，两人都已经浑身湿透了。他们冲进屋内，看见骆小丹俯卧在客厅沙发前的空地上，不知道已经昏过去了多长时间了……

钱永旺第一时间给镇医院打了电话。在等待救护车的时候，他看见跑得满身污泥的尼采正在院墙下来回踱步，便感动万分地走过去，想抱住它的狗头表示一下亲昵和敬意。但尼采还不等他弯下腰来，却默不作声地走开了。它面无表情，那双让人捉摸不透的狗眼，甚至都没有向钱永旺投来感激的一瞥。

"我×！"钱永旺寓意不明地感叹了一声。

37

号称自己是性解放者和不婚主义分子的刘楠结婚了，而且居然是闪婚。

婚礼定在12月10日。给王民的请柬，是两天前的晚上刘楠亲自送到家里来的。平素大大咧咧的刘楠忽然变得有些腼腆，她将那张印着烫金喜字的请柬递过来时，表情中似乎有一丝尴尬地说："我一直在犹豫要不要请你。这可是本姑娘的喜事，你这个毒舌，不祝福没关系，但不许说丧气话啊。"由于过分意外，王民好半天才明白要结婚的居然是刘楠本人。他哈哈哈地笑了起来："你终于要进围城了。看来，你是掌握了可以自由进出城门的钥匙。"刘楠却正色道："我决定进城的那一刻，就主动把城门焊死了。"看着刘楠那严肃得有些陌生的眼神，王民感到了这桩婚姻在不婚主义者刘楠心目中的分量。

刘楠走后，王民琢磨了半天，也想不出请柬上这个名叫黄长礼的男人是谁。活得像她打扮一样花里胡哨的刘楠，在不同时期，总是和不同的男人出双入对。由于同住一个小区，碰面时刘楠也总是毫不忌讳地将对方介绍给自己，其中大部分王民都多少有些印象，但黄长礼这个名字却似乎从未听说过。

"管他是谁呢!"王民自嘲地心想,"凡是愿意娶刘楠这样一个女人为妻的男人,反正都比我有度量。"想想刘楠毕竟是骆小丹的知心好友,除了随份子,怎么也得买件像样的礼物才说得过去。但在这方面,按骆小丹的话说,王民完全属于弱智。王民于是只好打电话询问妻子。骆小丹听后吃惊地说:"啊!刘楠要结婚了?她居然都没有告诉我。"王民说:"她过去信誓旦旦终身不婚,这么快就食言,脸上有些挂不住而已,你就别挑礼了。快说吧,我明天去买个什么送她?"骆小丹说:"肯定是送张你的画最好,就看你舍不舍得了。"王民说:"还是你聪明,我怎么就总是骑驴找驴呢。"

12月10日上午,在希尔顿酒店里程官的婚礼现场,王民第一次见到了黄长礼。令他感到意外的是,与过去刘楠那些要么高大英俊,要么个性张扬的前男友相比,黄长礼完全是另一种风格。他看上去个头还不到一米七,加上人又偏瘦,在刘楠这个大妞跟前显得分量严重不足。但无论从婚礼的豪华程度、来宾的档次还是他本人满身名牌的穿戴,都无不在显示新郎作为有钱人的身份。王民将装有一千八百八十八元现金的红包和一张装裱好的中国画的礼品袋递给刘楠,说道:"祝贺!我特意给你画了一张画,别嫌礼轻啊。"刘楠果然有些大喜过望,她说:"太感谢了。其实那天我想张口索要来着。但一想你那么抠门,就没敢说出口。"一旁的黄长礼伸手道:"是王民大哥吧?刘楠总是说起您。您能光临,真是莫大荣幸。"王民赶紧一边和他握手,一边说:"刘楠和我老婆是老铁,我算得上是娘家人。她夸我属于王婆卖瓜,信不得哦。"黄长礼却认真地说:"我在网上看了您前段时间画展的报道,怎么夸您都不为过。"刘楠说:"你就别说奉承话了,还是等会儿多敬几杯酒来得实惠。"王民想说:"我最近很少喝酒了。"但想想今天是人家大喜的日子,这样说有些扫兴,便话到嘴边又咽了回去。

王民向来不喜欢喝场面酒和应酬酒。他除了和真正聊得来的朋友聚饮外，最多的喝酒方式是独饮。王民有一句被朋友们视为经典的话：独饮，知酒格；私晤，识人品。但喝酒这事，却很少由得了他自己。在刘楠的婚礼上，尽管王民嘴上说不喝，心里着实也不想喝，但架不住刘楠和黄长礼不断地带着一拨又一拨的人前来敬酒，他最终还是有些喝多了。在结束酒宴打车回家的路上，他这才注意到，竟然有七个未接电话，而且都是钱永旺打来的。

　　"老钱啊，刚才在喝酒，乱糟糟的没有听到。"王民回拨过去问道，"你打这么多电话，是有什么急事吗？"

　　"我的哥哎，你可算是冒泡了。"电话里钱永旺的口气听上去有些气急败坏，"快出人命了，你居然还有心喝酒。"

　　"啊！"王民一听，醉意顿时吓醒了一半，"谁出人命了？到底怎么回事？"

　　从钱永旺随后的叙述中，王民才知道他一惊一乍的事，原来是关于自己老婆的：骆小丹今天中午昏倒在了家里，要不是尼采冒雨跑来求助，按钱永旺的原话说就是，"民哥你现在已经成为鳏夫了"。王民也顾不上和他贫嘴，着急地问："现在怎么样了？医生说了是什么原因吗？"钱永旺说："现在是没事了。可镇医院没有查出原因，让去大医院检查呢。吓死人了，可不敢大意。"王民说："关键时候还得说是哥们儿啊！客套话我就不说了，容见面再谢。"钱永旺说："你跟我还客气什么啊！说真心话，这次你要感谢的，是尼采！义犬救主啊，太牛了。"

　　挂了电话，王民又赶紧给骆小丹拨电话询问情况。小丹的声音和平常无异，甚至听上去有些情绪高涨地说："哎呀这个老钱！我还特意叮嘱他别告诉你。没事的，还是低血糖，老毛病了。"王民说："可别大意，你过去从来没有昏迷过呀！再说了，低血糖症医院会查不出来？这次回北京，找个大医院好好检查检查吧。"骆小丹说："医生就喜欢故弄玄虚，没事的，放心吧。"王民叮嘱了几句，顺便又说道："快过元旦了，你打算什么时候回来？是我开车回巨石镇接你，还是你坐高铁？"骆小丹说："你最近一直在画画，好不容易找回了创作的感觉，我回去真的不打扰你吗？"王民说："什么大不了的事，还打扰不打扰的。"骆小丹说："那好吧。今天还和老钱聊起这事，等定下日子，我搭他们的顺风车回去。"

"一场虚惊啊。"挂断电话后，王民长出了一口气。他回味着自己刚才的心理反应，忽然觉得这声感叹有些令人生疑：仿佛既有一场惊慌过后的安心，又夹杂着一丝期待破灭的失望。这个念头把王民吓了一跳。"自己真的会恶毒到希望妻子遭遇不测吗？"他反复地考问自己的内心，虽然每次答案都是否定的。但王民知道那是理性主导下的答案，他无法否认在刚听到妻子"差点出了人命"的消息时，自己在惊慌失措之余，内心确实泛起过一丝不易觉察的兴奋……王民内心产生了挥之不去的罪恶感，而这种罪恶感让他对自己人品的自信和对生活的坦然都开始走向瓦解。王民想起了美院一个名叫刘艳的女同学。她曾经因为丈夫出轨而痛苦到近乎崩溃，有一次在跟自己这个老同学诉苦时，咬牙切齿地说："让他净身出户根本不足以消除我心头之恨，我现在唯一祈求老天的，就是让那个渣男死于意外，而且最好死无全尸。"当时王民劝导刘艳时说得头头是道，没想到事情落到自己头上，居然也会滋生出类似阴毒的念头。

王民忽然失控地叫了一声，下意识地用拳头猛击了一下自己的脑袋。出租车司机被吓了一个激灵。他从后视镜中看了一眼这个怪异的客人，却什么话也没敢问。

无论是当年对生肖吊坠一事的怀疑，还是十几年后接到老段那通酒后电话，王民胸中燃起的熊熊怒火，不管是于心不忍还是刻意宽恕，都没有直接烧到妻子骆小丹的头上。尽管他心里非常清楚，男女私情不可能单纯是一方的事，但还是固执地在用对程悦的仇恨为骆小丹减责。王民甚至一直在回避他和这个女人最后的结局。他能想象出自己和程悦解决这一问题的各种可能，但却对如何与骆小丹直面最后的结果一无所知……出租车在小区大门口停下后，司机摁下计价器半天了，王民却还愣神地坐着未动。司机终于提醒道："您到了。"王民这才从恍惚中醒过神来，一边连声道歉一边赶紧掏钱付账。

　　走进小区，王民老远就看见九号楼前密密麻麻地围满了人。一辆红色的消防车停在一旁，一张巨大的气垫已经铺设就绪，一看就知道是有人要跳楼。王民走过去，果然看见一个只穿着裤衩的小伙子斜跨在十楼一扇窗户上，面朝屋内，左手扒着窗帮，右手指指点点，似乎正在和屋内的什么人吵架。王民站在议论纷纷的人群中，很快大致弄明白了事情的原委：住在九号楼十层的这个小伙子，今年夏天刚刚结婚，就已经闹过两出这样的跳楼把戏了，而且都是因为婚外情。据说今天他又约了情人来家里幽会，不料被临时回家来取资料的妻子撞见。按说情人已经落荒而逃，他被妻子责骂一通也就算过去了，但小伙子竟然恼羞成怒，逼着妻子向自己道歉，否则就要从十楼跳下。"上次跳楼时，结婚还不到两个月。你说这种傻×，既然这么爱玩女人，结婚到底是为了什么？"围观的众人交头接耳，议论纷纷，脸上全无忧惧之色，而是带着无聊生活中总算有了点刺激的亢奋。有个年轻人甚至起哄地高声喊道："要跳就快点跳，要不跳就滚回去，老子脖子都仰酸了。"引得人群中一阵哄笑。

　　令人没有想到的是，悬在窗户上的小伙子居然转过头来，高声向楼下的人群骂道："一群毫无人性的畜生！别说一个要死的人，就算看见老子冻得浑身发抖，是个人也该有点同情心吧？操你们大爷的！想看老子笑话，老子还偏就不让你们丫的遂了愿。"说罢一翻身回到屋子里，关起窗户并拉上了窗帘。

"散了！都散了！人家老婆已经道歉，危机结束了。"几个消防队员一边吆喝着，一边开始收起充气垫。围观的众人骂骂咧咧地开始散去。又一场虚惊算是过去了。王民站在原地，还仰头看着那扇已经关闭严实的窗户。他的心态同样跟刚才一样矛盾：好像既有对一场事关人命的意外事件平安终结的欣慰，又夹杂着对那个邪淫的人渣免于一死的淡淡的失望。

"就是啊，既然如此，何苦又要结婚呢！"王民看着像个巨大的鸽子笼一样的九号楼，突然想起了曾同样租住在这栋楼房里的刘楠。

38

12月22日是冬至。王民本来约好中午给老婆和钱永旺两口子接风，但等他们到家时，已经快下午两点了。王民问："什么情况？怕影响你在高速上开车，我也不敢打电话。"钱永旺指了指随车一同回京的尼采，说："它晕车，又吐又拉的，他妈的比人还娇气。"王民看了看垂头丧气的尼采，不觉笑了起来："这哪里是狗啊，简直是养了个大爷。"尼采冷眼看了男主人一眼，径直轻车熟路地上楼去了。

王民一边招呼大家上桌，一边说："除了饺子是我包的，其他都是叫的外卖。老钱一路辛苦，我拿了瓶山崎18年，咱们好好喝点儿。"钱永旺说:"不喝了,我下午还要开车。"王民说:"代驾我都给你约好了。"钱永旺却说:"不在北京住,今天直接回河北了。"骆小丹说:"老钱家里有事,酒留着下次再喝吧。"看着王民疑惑的样子,钱永旺说:"我兄弟生日。"王民一脸蒙圈地问:"你不是独子吗?哪儿又冒出个兄弟来?"钱永旺龇牙咧嘴地说:"我老爸指望我给老钱家续香火无望,干脆自己在外面找人生了个儿子。"王民愣了一下,半天才说:"我×!"

钱永旺两口子吃完饭后,匆匆告辞了。骆小丹刚要收拾饭桌,王民连忙拦住道:"你坐了一路车,去洗个澡休息会儿吧。我来收拾。"骆小丹说:"我哪里这么娇气。"王民说:"还是别大意,这两天约家医院,好好去做个全面检查。"骆小丹说:"就是低血糖,那天一忙,忘了吃早饭而已。"王民说:"什么事能忙得连吃饭都忘了?"骆小丹说:"汪兰花一大早过来找我,说她老公的一堆破事,一直唠叨到中午才走。"王民说:"你怎么跟那种娘儿们混在一起了?"骆小丹说:"嗨,还不是为院子的事。陈关现在是巨石镇的人物了,关系搞好点,总不会有坏处。"王民心里有点鄙夷,但却没有再说什么。

在骆小丹去洗澡的时候,王民沏了壶茶。尼采从楼上下来,漠然地看了王民一眼,然后爬到飘窗上卧下,透过玻璃看着渐近黄昏的窗外,像一个装满心事的老人。浴室里哗哗哗的水流声,让王民想起了第一次和骆小丹一起过夜的情形。

那时王民刚从美院毕业不久,在一家美术馆的藏品征集部工作,而骆小丹还是一名中文系大二的学生。那是两人交往数月后,骆小丹第一次在王民的住处留宿。那时王民住在美术馆分配的宿舍里,与展览部另一个同样姓王的小伙子合住一套两居室。卧室一人一间,客厅、厨房、卫生间等都属于公用空间。那是一个初夏的周末，王民和骆小丹在外面的小馆子中吃过晚饭后，一同回到了自己的宿舍。一对正处在热恋中的男女，亲密时光自然是多长都嫌太短。到了九点，同住的小王还没有回来。内心一直忐忑不安的王民，终于大着胆子对骆小丹说："晚上别走了行吗？"看着骆小丹扑闪扑闪的大眼睛，王民又说："你放心，我不会乱来的。我保证过，在你大学毕业之前绝对不……不做那样的事。"这种话现在看来简直就是拙劣的谎言，后来王民确实也没有做到，但王民当时的承诺却是诚心诚意的。令王民没有想到的是，骆小丹什么话也没说就点头同意了。王民有些担心地问："周末不回家，不怕你妈骂你吗？"骆小丹说："她和我爸吵架了，顾不上管我。"

时间真快啊，那已经是二十多年前的事了。那天在临睡前，骆小丹去洗澡。由于卫生间插销早就坏了，王民担心同住的小王突然回来，便一直守在卫生间的门外。里面哗哗哗的水流声，在当年那个纯情少年王民的心目中，就如同圣乐一样空灵而纯净。浮现在他脑海中的画面，是一幅不会引发任何色情欲念的圣女出浴图……想起那个夜晚，想起那种圣洁无比的感觉，王民一时恍惚，觉得那已经遥远得如同前世的往事。此刻浴室里的水流声依然哗哗哗地响着，王民心中的感觉却极为复杂难言。说实话，人到中年的骆小丹，肉体虽然难免变得皮松肉垮，但于她这个年龄而言，应该算是保养得不错。在王民的心目中，这个女人肉体所呈现出来的变化，不是时间赋予的，而是那桩隐秘的往事赋予的。在他无法控制自己的想象中，这具一丝不挂的肉身正丑陋不堪地扭动着、迎合着一个男人的同样赤裸的肉身，而这个男人……在脑海里像录像一样真实清晰的画面，让王民浑身的血液又开始狂躁地沸腾起来。

"老子要杀人！我他妈的要杀人啊。"王民愤怒地想着，情不自禁地挥拳在茶几上猛捶了一下。卧在飘窗边的尼采回头看了他一眼，又将头扭了过去。王民觉得它在看向自己时，眼神里明显带着一丝不屑。

"怎么啦老公？"浴室里的水声停了下来。骆小丹大概听到了动静，在里面问道。

"没事没事，不小心碰了一下。"王民这种假装平静的反应几乎是下意识的，尽管他的声音仍带着明显的愤怒，只不过在浴室中的骆小丹没有听出来而已。

洗完澡，骆小丹裹着浴巾走出来，去卧室换上了一件藕荷色的睡袍。然后过来坐在沙发上，和王民一道喝茶。她头发柔顺蓬松，面色红润，身上散发着一股淡淡的香味。过去在王民眼里，浴后是骆小丹最自然、最充满女人气息的时刻，但现在却成了引发他痛苦联想的某种符号。王民此刻觉得自己内心充斥着两种矛盾的情绪：他既有粗暴地将骆小丹剥个精光，然后发泄仇恨一样狠狠地蹂躏她的欲望，就像上次刚从山上下来那次；而与此同时，他觉得骆小丹身上的一切都像是旧伤所遗留的丑陋的疤痕，让自己感到深深的憎恨和厌恶。王民庆幸中午没有喝酒，酒后前一种欲望一定会占据上风，疯狂的性爱一定会再一次让这个女人误解他们目前的婚姻状态。

"还是北方的冬天舒服啊。"骆小丹抿了一口茶，漫不经心地感慨道，"南方的冬天，生火吧，有点小题大做。不生火吧，那种阴冷确实又让人不爽。"

骆小丹是个在性爱方面比较被动和反应迟钝的女人。数月不见，她并没有一丝久别胜新婚的亲昵和新奇感，而就像两人之间从来没有分别过一样。这既让王民感到坦然轻松，但同时却又生出了疑心。他想起骆小丹第一次和自己发生性关系的场景。在王民心目中一件人生最重大的事，骆小丹竟那样平静和自然地就接纳了自己的试探。他想起了有一次和老段喝酒时，老段讲了一个笑话：有个农妇提着一篮子鸡蛋去赶集市，走到一处偏僻的树林时，忽然一个男人蹿了出来，掀翻农妇就一阵猛干。干完后提起裤子，一溜烟就消失在了树林里。农妇望着他的背影，半天才明白过来发生了什么事。她欣慰地看着自己篮子里的鸡蛋，感慨道："我还以为要抢鸡蛋呢。嗨，多大个事儿啊。"当时听完这个笑话后，骆小丹笑得前仰后合，不止一遍地模仿着农妇的口吻说："嗨，多大个事儿啊。"

"大概性爱在她看来，就像握手或拥抱一样，不过是件稀松平常的事而已。"想起骆小丹那没心没肺的笑声，王民心中百味杂陈。他甚至分不清因为骆小丹这样的观念，自己对她的怨愤到底是减轻了，还是加重了。

"老钱和魏芸不是都快离婚了吗？怎么突然像新婚夫妻一样，变得腻腻歪歪。"王民给骆小丹的杯子里续了些茶，为分散自己注意力而刻意转移了话题。

"我也纳闷。"骆小丹说，"魏芸刚回巨石镇时，两人还别别扭扭的，突然有一天就变成了这样。估计是两人间曾有什么重大误解，说清楚后，自然就和好如初了。"

"或者消除的未必是误解，而只是一方对另一方某个秘密的怀疑。"王民觉得自己说这话时，心中充满了阴险的感觉。

"那当然有可能。别说夫妻间了，就算是父子、母女这样的关系，都免不了有引起误会的隐私，而隐私就是秘密。"骆小丹说，"秘密是否构成欺骗，很多时候只是观念的差别。对了，刘楠新嫁的男人其实撒了弥天大谎，但刘楠知情后，不但不觉得受骗，反倒欣慰无比。这你能想象吗？"王民闻言，一脸不屑地说："能撒什么弥天大谎？她千挑万选地嫁了个富豪，只要钱给到位，对方干什么她都不在乎了而已。"骆小丹说："你总是什么事都按自己的逻辑下定论！刘楠是那种会为钱牺牲原则的人吗？那人算个狗屁富豪！不过是个小商人而已，这正是他给刘楠所撒的弥天大谎。"

骆小丹说，前两天刘楠给她打过一个很长的电话，说那个叫黄长礼的男人，婚后向她坦白了自己真实的财务状况：公司的摊子貌似很大，其实早已经是个难以为继的空架子。甚至在希尔顿饭店举办豪华婚礼的钱，都是挪用的为挽救公司的银行贷款。"你知道刘楠说什么吗？"骆小丹说，"她说自己放弃不婚主义而选择了黄长礼，是被那个男人的深情和专心所打动，要是选择财富，比他有钱的追求者早就排队了。而财富是真正情感型婚姻的杀手，没有钱也许能让他们的婚姻变得更纯粹而长久。"王民依然不屑地说："这种鬼话也就你信。在我看来，刘楠给你打这个电话，无非两种情况：一是此事不实，只是刘楠故意为自己嫁入豪门而避嫌。二是此乃实情，只是处在爱情中的刘楠智商为零，才会说出这种毫无逻辑的昏话。"骆小丹说："你知道你最可爱和最可恨之处是什么吗？"这忽然拐弯的话让王民一下子愣在了那里，不知该如何接茬。骆小丹笑道："都是固执！"

"不是我固执，不信你让我把话撂在这里。如果黄长礼真成了穷光蛋，刘楠和他的婚姻很快就会亮起红灯。"王民说。

一直卧在飘窗前的尼采忽然哼哼唧唧地发出一阵古怪的叫声。王民惊讶地扭头看时，却见它一动不动，似乎一直都在沉睡中。王民说："尼采这是添的什么毛病！"骆小丹说："大概在说梦话。这家伙现在总是白天睡觉，夜里则整宿整宿地来回转圈。"

39

电话铃声忽然响起来时，把正在抽抽搭搭地低声哭泣的吕淑贞吓了一跳。她看了看来电显示，原来是女儿打来的。

吕淑贞赶紧调整了一下情绪，摁下了接听键。女儿说："妈，找到了吗？"吕淑贞没搞明白这句没头没脑的话，她有些懵懂地问："什么找到了吗？"骆小丹说："明信片呀！何文老师从美国发来的明信片。"吕淑贞虽然还是不清楚女儿所言到底何事，但她知道自己最近总是心神不宁，大概忽略或忘记了女儿托付的事，只好打马虎眼地说："着什么急啊，等你回北京再说吧。"骆小丹惊讶地说："我的娘哎，我昨天回北京给您打的电话好嘛，敢情您当时就没听我说话呀。"吕淑贞只好说："唉，我最近脑子特别不好，说过的事扭头就忘。"骆小丹却从她的口气中听出了不对劲，她警觉地说："妈，您怎么抽抽搭搭的，出什么事了？"吕淑贞说："没有的事，大概是受风了。"骆小丹的口气明显重了起来："什么没事，您以为我是傻子啊？肯定又是为给我找明信片的事和我爸干仗了。一辈子活得这么憋屈，却闭口不提离婚。过去儿女小，忍忍也就罢了。现在我们都已成家，您还死守着这段有名无实的婚姻，到底何苦来着？"吕淑贞闻言却忍不住笑了，她说："你这死丫头！哪有没事劝自己父母离婚的？没骗你，我和你爸真的没吵架。现在我们都老了，已经很少闹别扭了。"

吕淑贞好说歹说，总算让女儿相信自己并没有和丈夫吵架，也弄明白了她所求何事：原来骆小丹偶然从网上看到一篇文章，作者居然是她高中的英语老师何文。当年骆小丹因为学习成绩差而几乎

196

对高考失去了信心，而身为班主任的何文对她一直非常关照。正是在何老师的鼓励和支持下，骆小丹最终总算是考上了大学，实现了命运的逆转。骆小丹上大二那年，何文老师移民去了美国。开始时两人还在新年时互寄明信片，后来就渐渐失去了联系。骆小丹从网上的文章中得知，在美国的何老师晚景凄凉，就特别想和他取得联系。但问了一圈高中同学，谁也没有老师的联系方式。她这才想起来父亲有收藏旧物的怪癖，希望母亲能让父亲从中找到当年何老师从美国寄给自己的明信片……"你放心吧，肯定在呢，我这就让你爸去找。"吕淑贞说完，又想起什么似的问道，"你看我这脑子，一直还以为你在巨石镇呢。这个周末有空吗？和王民一道来家吃饭吧。"

挂断电话，吕淑贞才从刚才的失神状态渐渐回到了现实之中。她看着手中黑皮书上那些记录了一个男人终身秘密的文字，像密密麻麻落在白纸上的黑色的虫子，一会儿在令人心悸地蠕动不止，一会儿又嗡的一声飞起来，成群结队地落满自己的心头……这段时间里，吕淑贞几乎所有的心思和精力都放在了对黑皮书的阅读和揣摩上，神思游移在这些文字所构筑的世界里，以至于废寝忘食，昼夜颠倒。"要不要将它放回原处？"这个问题自始至终都让吕淑贞感到纠结。"当然要还回去！""不，绝对不能还回去！"这两种完全对立的声音一直在吕淑贞的脑子里不停地争吵，让她头昏脑涨，弄不清到底应该做出怎样的选择。

这本所谓的黑皮书，并非真书，而是一本包覆了黑色书套的笔记本。吕淑贞是在欧阳不知情的情况下，从其家里偷偷带回来的。她之所以纠结于是否要将这本笔记还回去，是因为欧阳梵音本人并不知道这本笔记的存在。而一旦让她看到，势必会造成毁灭性的打击。但它毕竟是偷偷带回来的别人之物，吕淑贞觉得自己根本无权进行任何私自处理。

9月16日晚上，吕淑贞第一次留宿欧阳家中。女主人不知是因为不胜酒力还是习惯使然，还不到十点就去洗澡睡觉了。吕淑贞独自又喝了一杯葡萄酒，正当她百无聊赖的时候，忽然被一阵瘆人的怪声吓了一跳。这类似呼吸不畅患者喘息的声音，开始让吕淑贞以为是欧阳在梦中犯了什么病。她循声找去，发现声音是从泛着蓝绿色幽光的蛙室里传出的。无法遏制的好奇心驱使吕淑贞走进了这间奇怪的屋子。也就是在那里，她意外发现了那本包着黑色书套的、被藏在一个隐秘之处的笔记本。

那是一个至今都让吕淑贞感到不可思议的夜晚，似乎是什么神秘的力量引导自己走向了一个被完美隐藏的世界。

走进蛙室，那些在幽暗的荧光中显示出几分诡异和惊悚的养殖箱中，一只只在吕淑贞看来丑陋和神秘的角蛙，或一动不动，或缓慢爬行，或闭目养神，或蛙眼大睁。它们都无声无息地沉浸在自己的世界中，对她这个陌生的闯入者完全视而不见。只有那只发出怪异叫声的角蛙是一个例外。它的养殖箱放置在左侧书架最下排的角落处，一只夜光灯就安装在箱体正上方。那是一只体形明显比其他同类硕大的角蛙。它通体呈淡橘色，背部有深橘色的斑纹，眼部长有很高的角状物，头部扁宽，长有一张奇大无比的嘴巴。它不时发出一两声奇怪的鸣叫，仿佛是在召唤什么人的到来。吕淑贞在养殖箱旁边的那张小矮凳上刚坐下来，角蛙的叫声果然停了下来。它一眼不眨地盯着吕淑贞，巨大的蛙嘴张开着，一副欲言又止的样子。

"你在等待你的主人吧？他很可能再也回不来了。"吕淑贞看着这只堪称蛙王的角蛙，忽然觉得相貌丑陋的它却长着一双美丽的眼睛，此刻正忧伤地看着自己。吕淑贞脑海里不由自主地浮上这样一幅画面：老满在多少个夜深人静的时刻，坐在这张凳子上，像面对

198

一个老朋友一样，跟角蛙倾诉着自己的心里话。吕淑贞渐渐变得恍惚起来，那张正与自己四目相对的蛙脸，忽然间变成了一个似曾相识的人面，嘴巴正在一张一合地试图跟自己说点什么……吕淑贞一惊，立即从这迷梦般的恍惚中清醒了过来。她这才意识到，刚才角蛙所幻化出来的人脸，其实就是老满，是那个自己在客厅一张大照片上见过的瘦弱而表情阴郁的男人。

这天晚上，住在客房里的吕淑贞彻底失眠了。这间一直由老满居住的房间里，尽管欧阳将床上用品都已换成了新品，吕淑贞总感到有一缕奇怪的味道弥漫在每一个角落，若有若无却又挥之不去。吕淑贞向来对各种气味异常敏感，但她却无法分辨出这到底是一种什么气味。在长久的迷惑之中，她甚至觉得这是老满游移不定的魂魄所散发出来的特殊气味。这个想法让吕淑贞打了个冷战，更毫无睡意了。她在随意乱翻书架上那些书名枯燥的专业书籍时，意外在一套包了黑色书套的《爬宠饲养超级指南》中发现了那本混在其中的笔记本。正是这个笔记本的出现，让原本想靠读点深奥而乏味的专业文章来催眠的吕淑贞，沉浸在这些让她越读越感到震惊的文字中，直到不知不觉间便天色放亮，客厅里传来了已经起床的欧阳的走动声。

吕淑贞将那个笔记本偷偷装进自己的包里，没有任何犹豫。这在向来对自己人品有着严格自律的她而言，是非常罕见的。在和欧阳一起吃过早餐后，吕淑贞推说刚才儿子发来短信，家里临时有急事需要处理，然后便带着一大堆欧阳托她处理的礼品月饼告辞了。一回到家，她便关上自己小屋的门，几乎是迫不及待地掏出那个笔记本又读了起来。一夜未合眼的她，不但没有任何疲惫困倦的感觉，反而像打了鸡血一样精神亢奋。

这不是一本普通的笔记，而是一个男人的全部秘密，是退休教授老满关于情感、婚姻及自己人生的私语。在笔记本的第一页上，写着这样一行字：

写在这个本子上的文字，最终将被我亲手烧毁。如果你读到了它，说明我的人生计划出现了纰漏或意外……

这简直就像一部手法绝对高明的小说，从一开始就吊足了吕淑贞的胃口。

那天晚上在蛙室里浮现于吕淑贞脑海中的一幕，在这本笔记中得到了恰如其分的证实。这些用文字记录下来的私语和倾诉，对象正是那只被亲昵地称为小橘的角蛙。笔记里的文字都是随感而发的记录，不像日记那样有顺序性和条理，所以刚开始读时，吕淑贞总感到东一榔头西一杠子不知所云。但读得多了，许多线索渐渐相互串了起来，让发生在老满生活里的许多事件逐一变得清晰和完整。他那些絮絮叨叨说给小橘的抱怨和牢骚，也都因这些具体背景而有了明晰的指向……这是一部意识流小说一样的笔记，代替小橘而成为受众的吕淑贞，随着老满的情绪时而烦恼，时而愤怒，时而悲伤，时而郁闷……在这本笔记中，到处充斥着人生的负面情绪，看不到一丝喜悦和欣慰。但令吕淑贞没有想到的是，老满这些读上去令人沮丧和绝望的文字，在让她骂过、哭过之后，却不但没有加剧自己人生的挫败感，反而像一方良药，明显舒缓了她对自己人生延续了近乎半生的失望和不满，心中长久的积郁像乌云一样渐渐被风吹散了。

不可节外生枝，一切都应该听从命运的安排。吕淑贞在反复纠结之后，终于做出了将它物归原处的决定。尽管直觉依然在内心阻挠，但她最终还是服从了理性的抉择。她拨打了欧阳的手机，想和她约个时间一起吃饭，但电话拨通后很久却无人接听。吕淑贞看着手里的黑皮书，竟有些如释重负地说："这可不是我要留你，而是命运在留你。"

吕淑贞走出小屋，见骆保堂正坐在客厅的沙发上看报，忽然想起什么似的对他说："你抽空翻翻91、92两年的旧物，把别人给小丹寄来的明信片全部找出来。"

骆保堂抬头看了看老婆和蔼亲切的脸色，有些受宠若惊地应了一声，立即屁颠屁颠地挂着拐杖去自己住的那间屋子了。

40

12月30日早上，王民被骆小丹从梦中叫醒时，他看了看墙上的挂钟，时间才是凌晨四点。

王民懵懵懂懂地问："这么早叫我干什么？"骆小丹说："你做噩梦了，嘴里不停地喊着要杀人。叫醒你是为了让你换个梦来做。"王民说："梦还能换着做？这个说法倒新鲜。才四点，你也接着睡呗。"骆小丹却兴奋地说："下雪了，我在等天亮。"王民说："真把自己当南方人了，下场雪至于这么兴奋？"骆小丹说："不下雪也睡不着。"王民说："你还是得去医院检查检查，你过去总睡得跟猪似的，从来没见失眠过。"骆小丹说："都怪尼采。它落下昼伏夜出的毛病后，我夜里听着它来回走动的声音，才能放心睡着。回北京后，它毛病好了，我反倒睡不踏实了。"王民说："跟你一聊，我也没有睡意了，干脆起来煮茶喝。"骆小丹高兴地说："就是，别睡了，免得你在梦里犯下杀人罪。"王民愣了一下，却没有再接话茬。

这场不知从夜里什么时候开始落下的雪，还真是下出了一些气势。到天亮时，外面的世界已经到处一片银白。骆小丹拉着王民，冒着越下越猛的大雪，去小区附近的护国寺小吃店吃了早点。回来的路上，她说："明天就到跨年夜了，咱们回去和我父母吃顿饭吧。"王民说了声"好啊"，然后又带着明显的阴暗心理问道："今年春节在哪里过？"骆小丹当然不会觉察到他话中有话，只是有些莫名其妙地说："春节还早啊。回老家还是留北京，每年不都是听你的嘛。"

其实王民心里明白，比起自己来，回娘家对于骆小丹而言，更像是一种人情世故，一种无法逃避的礼节。父母的长年不和、家里凌乱不整的环境以及和两个弟弟之间形同陌路的关系，都让骆小丹对那个家充满了逃避的欲望。她唯一牵挂的人是吕淑贞。母亲既是她从小相依为命的亲人，也是自己对抗来自父亲歧视的同盟军。但除非迫不得已，骆小丹更愿意选择接她来自己身边作为母女团聚的方式。前段时间，王民曾问过骆小丹圣诞夜要不要回家去过，骆小丹却毫不犹豫地选择了去参加新婚不久的刘楠的圣诞聚会。

既然是人情世故，该讲究的就必须讲究。这天下午，王民拉着骆小丹去了趟朝阳大悦城。由于下雪路滑，两人没有开车，而是选择了坐6号线地铁。两人在大悦城到处逛店，分别给骆保堂、吕淑贞、骆大毛、骆小毛以及他们的老婆孩子逐一挑选新年礼物。结果没转到一半，骆小丹就不耐烦了："买四份就行了，父母一人一份，两个弟弟一家一份就行了，我又不欠他们的。"王民说："往年每人都买，冷不丁地改了规矩，这样不好吧？"骆小丹说："什么规矩，都是惯出来的臭毛病。"但嘴上虽然这么说，最后还是给每人选了一份合适的礼物。

看看时间已经过了五点，夫妻俩便在大悦城里选了一家日料馆打算吃晚饭。在王民点菜的时候，骆小丹给母亲打了个电话，说了明天晚上回家吃饭的事。不料母亲听完后，没有任何骆小丹想象中的喜悦和兴奋，而是语气有些犹豫地说："哎呀，你也不早说，我明天晚上跟人约了饭局，晚上不在家吃饭。"骆小丹惊讶地说："跟谁呀？明天晚上可是新年夜。"吕淑贞没有正面回答，却说："你们该回来就回，我到时尽可能早点回家。"

王民点完菜后，见骆小丹一脸郁闷，不解地问："怎么啦？脸拉得跟谁欠了你钱似的。"骆小丹说："明天不回去了。"王民故意说："好啊好啊，你说了算。"骆小丹怒气冲冲地说："总算说到你心上了？既然你不想回，干吗还这么虚情假意的！"王民忍不住笑了起来："正话反话都让你说了，这还有天理吗？"骆小丹知道王民在逗自己，没有转嫁出去的怒气又重新回到了母亲身上："你说我妈什么毛病？跨年夜居然出去跟别人吃饭。她不在家，咱们还回去个什么劲儿。"王民弄明原委后，劝她道："你总爱意气用事。你和你妈本来就是拉帮结派的小团体，过年回家，主要任务是平衡和其他家人的关系，怎么可以因为你妈不在家就取消呢？再说了，元旦夜毕竟不是大年夜，遇上点什么特殊事，不在家过也很正常啊，值得你这样动气吗？"骆小丹不是个太轴的女人，听了王民的话后，心中的不快其实很快就消散了，但嘴上还是有些愤愤不平："约我妈吃饭的人也是个二货，难道自己就没有家人吗？"

年末这场大雪，下到31日中午时分方停。由于天气寒冷，出了城区的路面上积雪都冻成了坚冰，路滑难行。王民两口子三点开车出发，到达岳父母家时已经快六点了。骆小毛已经准备好了火锅，这几乎是节假日聚会的惯例。骆小毛也不掩饰，直言道："吃火锅热闹不过是借口。主要是简单省事，而且不会落下厨艺不精的话柄。"

看见女儿回来，骆保堂也不说话，而是从沙发上站起身来，一瘸一拐地走进自己卧室，然后手里拿着一个大红信封走了出来，递到了骆小丹面前。骆小丹说："这是怎么了？忽然想起来给我发红包了。"骆保堂说："给你发红包？你老爹差点摔成残废，你连电话都不打一个，我还给你发红包？"骆小丹接过信封看了一眼，笑道："哎呀，何文老师的明信片找到了！感谢老爹，这比红包有分量多了。"骆保堂说："要不是你妈开口，我才懒得给你找呢。"骆小丹龇了龇牙："咱俩这样的父女关系，世上估计再没谁了。"骆小毛打哈哈道："姐啊，你悬了，老妈最近跟老爸快成统一战线了。"

由于是开车来的，而处地偏僻的这个小区叫代驾又很费事，王民谢绝了众人的劝酒，让骆小丹替自己代劳。骆小毛由于车祸后遗症，肾脏一直不好，加上还患有痛风的老毛病，只能浅尝辄止。而骆保堂还在养病阶段，不宜畅饮，所以真正喝酒的只有骆小丹和骆大毛。

吕淑贞的临时缺席，让平日气氛总显得压抑沉闷的家庭聚会多了几分轻松和自在。骆大毛是这个家中和母亲表面一团和气其实关系最僵的人，他显得兴致颇高，频频自斟自饮，很快就有了醉意。这次元旦聚餐，不在场的吕淑贞成了中心话题。骆小丹第一次通过众人之口，才知道了近期发生在母亲身上的明显变化：郁郁寡欢了大半生的母亲，脾性和情绪都渐渐变得舒缓轻松起来。她不再像过去那样，总是挑三拣四，对生活充满了抱怨，而是多了几分耐心和宽容。

"六十耳顺嘛，人一老，再有脾气也都蔫巴了。"骆保堂一脸欣慰地笑道，"老太婆一露笑脸，咱们整个家都阴天转多云了。"小毛说："上了年纪不是原因，主要还是我妈过去的生活方式太封闭，注意力集中在家里，当然容易挑毛病了。现在整天和朋友泡在一起，自然就顾不上挑毛病了。"骆大毛又自饮了一杯酒，醉醺醺地和父亲开玩笑道："老爸啊，您可要当心点啊。我妈老往外跑，该不会是傍上什么人了吧？"骆小丹闻言立即呵斥道："灌两杯马尿就这德行，你说的这叫人话吗？"骆大毛说："家里元旦聚会，跑去跟别人吃饭，你觉得这正常吗？什么人值得这么情深义重啊？"小毛看了一眼父亲，发现他的脸色正变得越来越难看，于是也冲着大毛嚷嚷道："别他妈瞎咧咧，没事都能让你搅出事来了。"原本高高兴兴的一个话题，就这么被醉酒者骆大毛的话带进了沟里。包括刚才还一脸欣慰的骆保堂在内，大家忽然讳莫如深地停止了对吕淑贞的谈论，而是有些尴尬地相互布菜和劝吃劝喝起来。

骆小丹最见不得的，就是这样各怀心事却又装模作样的气氛，她愤然道："与其乱猜，还不如问个明白。"说完便掏出手机拨通了母亲的号码，带着明显的怨气道："妈，您在哪儿啊？怎么还没回来？"电话那头的吕淑贞说："在朋友家，晚上我可能不回去了。"骆小丹说："什么朋友啊？值得您新年夜都不着家。"吕淑贞说："我正忙着，回头跟你说。"然后就挂断了电话……这顿热闹开场冷清收场的新年聚餐，不到十点就结束了。王民和骆小丹告辞时，骆大毛已经醉得不省人事了。骆保堂跟王民说了声"路上有雪，注意开车"，然后就轻叹一声，一瘸一拐地回自己的房间去了。小毛送他们到门口，对骆小丹说："姐，妈那脾气你又不是不知道，她不想说的事，你就别问了。"

在回家的路上，骆小丹接到了母亲打来的电话。让她感到意外的是，母亲说她在欧阳家。刚才因为欧阳一直在哭，她不好在电话里多说，现在欧阳总算睡了，自己才能抽出时间回这个电话。骆小丹问："是欧阳教授啊？她出什么事了？"母亲却说："一言难尽，够写一本书的了。"

挂断电话后，王民见骆小丹依然脸色郁闷，不解地问道："不是和欧阳老太太在一起嘛，这属于谣言不攻自破啊，你还有什么好担心的？"骆小丹没有接他的话茬，低头沉默了半天，忽然忧心忡忡地问道："你说，我妈会不会是个同性恋啊？"

41

元旦期间，巨石镇又发生了一件引起轰动的新闻事件：在一个刚刚开工新建的工地上，居然挖出了恐龙蛋！

这个猝然而至的重大新闻，首先是由巨石镇有线电视台披露的。在这则报道中，恐龙蛋发现经过颇有几分偶然和离奇：元旦放假期间，新镇长胡军旗带领几名镇政府的干部四处检查安全隐患时，在一家工地堆放杂物的工棚里发现了四个扁圆形的黄色石头。当时颇具慧眼的胡镇长就觉得这些石头有些不同寻常。经过询问看守人得知，这是放假前几名工人在挖地基时发现的。当时数量众多，众人觉得好奇，便顺手留了几个，其余的都被渣土车拉走了。胡镇长让手下带走了那四枚扁圆形石头，并送到省城去做了检验。不料这些石头被相关专家确定为六千多万年前的恐龙蛋化石，一个震惊一时的重大新闻就这样产生了。

尽管恐龙蛋化石这样的概念对于巨石镇人而言，实在过于陌生和新鲜，而且许多人对草包胡军旗能有如此的慧眼怀有很大的疑问。但这些不解和怀疑，很快就被这条新闻所带来的重大利好彻底消解了。因为很快有消息传来，在那家工地上发现的，有可能是一个规模惊人的恐龙蛋化石群。已经有多家投资公司闻讯前来和镇管委会联系，有意将名气已经越来越大的巨石镇由温泉小镇再打造成恐龙小镇。其中有一家公司的方案令巨石镇人听后倍感震撼：他们打算在巨石镇草滩一带的开阔之处建一个恐龙生态园。除了设立各种惟妙惟肖的恐龙雕像，模拟恐龙时代的生活场景，建设有关恐龙的主题电影院之外，最令人瞩目的，是要建立一座全世界最大的恐龙雕像，内部设有电梯，游客可以上到恐龙的头部，通过恐龙的眼睛观察生态园甚至巨石镇的全景……"到了那个时候，巨石镇就不再是一个全省知名的小镇，而会一跃成为全国乃至全世界游客都心向往之的著名旅游景区。"电视播音员甜美的声音，让几乎每个巨石镇人对这一天很快就将到来深信不疑。因为发现恐龙蛋化石的那片区域上，所有的在建项目都已经停工了，工地被橘黄色塑料布围了起来。据说这是上级有关部门的指示，很快将派遣专家团队对这一地域进行全面细致的勘察。

"真是好运不断啊！巨石镇被老天爷遗忘多年，终于又得宠了。"巨石镇的住民们一边想象着以后时来运转的好日子，一边频频拥向镇上的各种寺庙，去给众神慷慨地上供进香。

汪兰花买下邻居老费的二层小楼后，和原来的本店打通并进行了改造装修，使得汪记羊肉铺的营业面积增加了一倍。老店老味道本来就是金字招牌，加上汪家女婿陈关在巨石镇忽然混成了炙手可热的人物，前来巴结讨好的熟客当然也不在少数，所以尽管店面大增，到了饭点儿依然一席难求，等位子的食客总会在门口排起长长的队伍。但令汪兰花没有想到的是，陈关在最近这段时间里，不止一次提起让她说服父亲汪福田将饭馆卖掉的事。

陈关第一次说这件事时，是在他的小兄弟胡军旗被任命为新镇长不久的一天。那天陈关罕见地早早回家和汪兰花一起吃了晚饭，然后两口子有一搭无一搭地聊天。聊到羊肉铺生意火爆的现状，汪兰花说："当初眼光还是浅了，没想到巨石镇会发展得这么快。你留点心，在新区再找个合适的门面，过段时间还是得开分店。"没想到陈关闻言说道："开个屁！你倒是该劝劝你爹，趁现在房价高、生意又好，最好把店转卖给别人。"汪兰花说："你发烧了吧，怎么说出这种昏话？"陈关说："巨石镇就是个泡沫，现在是泡沫最大的时候。一旦破裂，现在的钱就是将来的纸。"汪兰花一头雾水地说："什么泡沫啊？那些花花绿绿的票子又不是巨石镇印的，而是国家印的。除非整个国家完蛋了，怎么可能就一下子变成废纸？"陈关说："跟你说也说不明白。我可都是为你们汪家好，等到哭都哭不出声的时候，可别埋怨我没有提前打招呼。"

当时汪兰花以为陈关说这番话，是因为他觉得自己现在在巨石镇已然是个举足轻重的人物了，家里开个羊肉铺有失身份，便也没有往心里去。但就在工地上挖出恐龙蛋化石、巨石镇前景一派光明的时候，陈关又数次有意无意地提及此事，这让汪兰花不得不起了疑心。她弄不清陈关葫芦里究竟卖的是什么药，想去找结拜了干姊妹的魏芸和骆小丹讨教，两人却又都因年关将近而回了北京。郁闷让汪兰花的食欲变成了一个无底洞，她唯一减压的方式就是不分时间地将大量的食物吞进腹内，让自己在饕餮之后的昏昏欲睡中忘记烦忧。汪兰花变得越来越肥胖，以至于稍一走路都会变得呼哧带喘起来。巨石镇没人能理解汪兰花的烦恼，他们总是恭维道："心宽才能体胖，这是老汪家财运亨通的象征啊。"汪兰花听见别人这么说的时候，总会想起陈关所说的"泡沫"一词。她觉得自己才像是一个泡沫，正不可控制地变得越来越膨胀，随时有可能面临爆裂的危险。

在巨石镇绝大多数人沉浸在对未来无限美好的憧憬中时，一片欢呼声中总夹杂着一声微弱却执拗的冷笑。这个声音当然是默姑发出的，是这个越来越让人们觉得怪诞和不可理喻的女人发出来的。

默姑曾经是巨石镇上一个标志性的公众人物，镇上各派势力为了利用她的影响，都曾试图讨好她、拉拢她。但这个已经活得无法判定年龄的神秘女人，却从过去以善意的预言引领大众保持团结的大局维护者，变成了一个唯恐天下不乱的各种矛盾的挑唆者。她几乎站在了所有势力的对立面，先是代表守旧势力的裘姓镇民，其次是代表新兴阶层的外来者，后来甚至连巨石镇所有人都拥护的事，也会成为默姑不遗余力反对的目标。

"那老巫婆真快成一条疯狗了，逮住什么咬什么。"巨石镇人曾经对默姑的信服和敬重，变成了越来越无法掩饰的反感和厌恶。默姑不为所动，她说："忠言逆耳，皆因身在乱世。"她这话连本镇思想最保守僵化的老古董们都听不下去了，他们捋着花白的胡子，颤巍巍地骂将起来："功归功，过归过，再怎么反对，也不能将眼下的盛世污蔑成乱世啊。"

巨石镇高调宣传挖出了珍贵的恐龙蛋化石，面对大众的集体狂欢，默姑再一次发出了令人讨厌的不和谐之声："骗局！一个精心布置的骗局而已。"众人不服地质问她何以得出如此结论时，默姑指着那片被橘黄色塑料布围挡起来的工地，不容置疑地说："看看那些盖了一半的楼房，看看那些刚刚挖好的地基，唯一的解释就是没钱了。只好编出这么一个谎言，一方面让停工变得名正言顺，一方面又能向外界圈钱。"这种推论式的断言，引来的自然是众人的一片嘲讽。因为这个区域的开发者不是别人，而正是巨石镇管委会。默姑居然说财大气粗的管委会没钱盖楼了，这实在无异于痴人说梦。对于众人的嘲讽，默姑并不恼怒，而是一脸真诚地说："如果真的相信管委会有钱，那就管好自己的口袋，别让他们变相将你的钱包掏空。"

春节前夕，巨石镇管委会通过有线电视台发布公告，决定成立巨石镇恐龙生态园筹建领导小组，并以股份的形式鼓励广大镇民踊跃参与。长相俊俏、声音甜美的女播音员煽情地说："新年将至，这是巨石镇管委会向广大镇民献上的一份丰厚的新年礼物。"默姑又适时地跳了出来，到处煽阴风点鬼火地说："我说什么来着？从设下这个骗局开始，他们就已经瞄准了你们的钱包。"她呼吁民众不要上当，坚决抵制购买股份。但计划书中对股东收益所描绘出来的诱人前景，让人们只会选择抵制默姑的所谓"逆耳忠言"。新的镇行政中心大楼前排起了长龙般的认购股份的队伍。人们几乎倾囊而出，生怕错过了这趟开往天堂的财富列车。看着在一旁孜孜不倦地劝退众人的默姑，有人笑着说："默姑，你没钱也犯不上这样嫉妒。你设个募捐账户，大家每个人给你捐点儿，你也能变成股东了。"

面对众人的冷嘲热讽，默姑既没有选择互掐，也没有因此愤然离去。她依旧费尽口舌地揭露所谓的真相，力劝众人相信这不过是一个圈钱的骗局。但她的劝阻和游说还是很快被终结了：政府大院的两个保安走了过来，不知奉何人之命劝她离开。见默姑不为所动，两个年轻力壮的小伙子最终一人执一条胳膊，直接将她架出了大院。排队的人群见状，居然一边哄笑，一边齐刷刷地为两个保安鼓起掌来。

默姑进不了院子，便站在镇政府大门前，向前来认购股份的镇民继续大肆渲染即将面临的倾家荡产的可怕结局。但怀着发财梦想、兴致勃勃前来的民众，不是大老远就绕开了她，便是作脸作色地说一些讽刺挖苦的话，没有一个人愿意半途而废。倒是提着大大一兜子现金的汪兰花，见状犹豫了起来。她站在一旁观望了半天，终于走过去对默姑说："我本来就拿不定主意，您这么一说，我心里更没谱了。走走走，您也别跟他们费口舌了。我请您吃饭吧，刚好有事向您咨询。"

默姑冷眼看了看胖得几乎变形的汪兰花，不动声色地说："你不在我劝诫的名单之内，我也没有工夫和你吃饭。"说罢便转身走开了。汪兰花愣愣地看着她的背影，嘴里咕哝道："看来上次我还是把这老巫婆得罪下了。"

42

虽然汪兰花不在默姑劝诫名单之内，但她可能是唯一去了股权认购现场而没有签协议的人。她将从镇信用社取出来还没有焐热的钱又存了回去。

这笔将近百万的巨款，是汪记羊肉铺这么多年积攒下来的所有家底。这笔钱一直由女儿汪兰花掌管着，这早就成了老掌柜汪福田的一块心病。儿子汪大枣两口子是老实巴交的人，除了在店里苦干，一切都听他这个当爹的。可面对自小就性格刚烈的女儿，汪福田却什么大事也做不了主。当年为收留刚刚沦为孤儿的陈关，正上初中的汪兰花就展现了她说一不二的决绝个性。在软磨硬泡都不起作用的情况下，这个才十四岁的少女对父亲说："收留陈关，你会多了个儿子。如果不同意，我现在就当着你的面把这包老鼠药吃下去，你就当没有生过我这个女儿。"知女莫如父，汪福田知道她不是说着玩儿的，尽管心里有一百个不愿意，但嘴上却当即表态说："收留！多一个儿子多好，我和你妈都没有意见。"这件事之后，汪福田就觉得自己大权旁落，家里的一切重要决定，几乎都改由汪兰花说了算。

汪福田对这个女儿也不是不爱，如果没有儿子汪大枣，他尽可以安心做甩手掌柜，一切听任汪兰花做主。但看着本分老实的儿子，他总担心在自己过世之后，所有家产会被女儿两口子悉数霸占，为儿女分家一直是汪福田心中最大的愿望。汪兰花只字不提此事，她总是说："人多力量大，干吗要分家？"羊肉铺都是汪福田和汪大枣两口子在干活，而营业款全部由她掌控着，汪福田心里当然不痛快。更让他恼火的是，儿子汪大枣三棒子打不出一个屁来，对于这种明显吃亏的现状却没有过一句怨言。有好几次，汪福田私下问儿子道："你整天在店里干活，所有的钱都被你姐把持着，你就没有一点意见吗？"汪大枣竟然一脸迷惑地看着他，半天才反问道："为什么要有意见？我姐经营能力强，要没有她的张罗，店里的生意能有这么好？"气得汪福田直摇头叹息："真是烂泥扶不上墙啊！记住了，咱们家生意靠的是祖传的羊肉秘方，而不是什么你姐的狗屁能力。"

巨石镇千载难逢的机遇，让镇上几乎所有的买卖变得空前红火。汪福田想开分店的想法，并非为了赚更多的钱而顺应潮流，其实还是基于给儿女分家的想法。家庭会议上汪兰花却一锤定音地否定了他的方案，而决定购买隔壁老费的房子以扩大店面。汪福田原以为这是个根本不可能实现的荒唐想法，在汪兰花的出面努力下，居然真的变成了现实。羊肉铺店面扩大了一倍，生意也比以前更加红火，但汪福田却一点也高兴不起来。因为所有钱依旧在女儿手里，他和儿子依旧是店里的打工伙计。

一份在建工地上挖出恐龙蛋化石、为开发这一稀缺资源而以参股方式融资的倡议书，让汪福田又一次看到了分家的希望。他为此特意和汪兰花作了一次认真的谈话，询问女儿对此事的看法。汪兰花说："我的想法当然是认购股份啊，这是千载难逢的发财机会。"汪福田一拍大腿道："女儿啊，咱俩算是想到一处去了。"可汪兰花却有些为难地说："我也和陈关商量过，可他死活不同意。他愣是说这是个骗局，钱扔进去只会打了水漂儿。"汪福田说："开玩笑！要是骗局，他自己会认购？洪主任、胡镇长这些人会认购？"汪兰花说："您不知情，陈关说他们这些头头们的股权只是名分，是用来吸引老百姓的，其实没有出一分钱。"汪福田说："你怎么知道陈关不是在骗你？再说了，他怎么算也只是个外人，咱们汪家的事干吗要和他商量？"汪兰花的表情开始显得忧郁起来，她说："我也是真的搞不懂陈关了。哎呀，我想吃东西，我觉得自己快饿死了。"汪福田想也没想，几乎是怂恿地说："咱守着羊肉店，还能让你挨饿？"然后扭头对正在后厨忙碌的汪大枣喊道："大枣，大枣，给你姐做几道过硬的肉菜端上来。"

在汪兰花狼吞虎咽地大吃特吃的过程中，汪福田总算在认购股权一事上说服了她。吃得满嘴流油的汪兰花也渐渐从忧郁情绪中缓了过来，她有些可怜巴巴地问父亲道："陈关说过好几次了，让我劝您把肉铺转手，您觉得他这是什么目的啊？"汪福田说："你太护着他了，谁敢跟你说实话？"汪兰花说："你是我的亲爹，你都瞒哄我，还有谁跟我说实话呀？"汪福田嘴唇动了动，却欲言又止。汪兰花说："爹，有啥话您直说不行吗？"汪福田叹了口气道："外面传他的话多了，但还是不说为好。只要他还是你男人，就依然是我的半个儿，我不能背地里说他的不是。"

外面有关丈夫陈关的传言，无非是他捞昧心钱、参与杀害老镇长之类的怀疑。汪兰花通过魏芸和骆小丹之口，已经听说了不少。她对这些既不信也没有兴趣，她关心的是自己在陈关心目中地位的变化。汪兰花最大的苦恼就在于她对这种变化无从判断。因为一方面，陈关对自己依旧像过去那样百般体贴，而另一方面，又不像过去那样对自己言听计从。这种状况让汪兰花对陈关的心思无从判断。她总觉得这个一直被自己护在翅膀下的小鸡崽，终于长硬了翅膀，正在跃跃欲试地企图逃离。素来以为万事皆在自己掌控之下的这个铁娘子式的人物，第一次感到了对未来的担忧和无助。抑郁让昔日性格爽朗、行事霸道的汪兰花几乎变了个人，在不分时间的暴饮暴食中，她的身体像吹气球般膨胀起来，心眼却变得小如针尖。她在家中总是找碴儿般无故对陈关发火，而陈关对此并不在意的态度，更让她认定这个男人不在意的恰好就是自己这个人。

时间一晃就到了年底。腊月二十三这天晚上，按照多年的惯例，汪兰花一家三口晚上回父母住处过小年。

在吃饭的过程中，汪福田罕见地发了脾气。他故意将话茬引到恐龙生态园股份一事上，然后矛头直指陈关地说："话既然说到这里，陈关，我倒要问问你，你拦着不让买股份到底是什么意思？你搞明白好不好，兰花手里的钱是肉铺的营业款，没有一分是姓陈的。"汪兰花说："爹！你这是乱发的什么脾气。我不是告诉你了吗？昨天我之所以又把钱存了回去，是因为默姑一直在劝众人不要上当，而不是听了陈关的话。"陈关对老丈人的发火并不生气，他说："爹，我确实也力劝兰花不要认购，但这都是为了您。辛辛苦苦攒下这点钱，我不忍心眼睁睁地看着它打了水漂儿啊。"汪福田鼻子里哼了一声道："你们两口子牢牢地把着汪家的所有钱，这跟打了水漂儿有什么两样？"汪兰花一听这话就要炸窝，却被陈关拦住了："我的姑奶奶，你先别发火好吗？爹的担心不是没有道理，我们做儿女的要多体谅才是。今天正好趁全家人都在，我有些话想说在当面。"

汪福田以为陈关只会说些冠冕堂皇的大道理，唯一的目的就是给他媳妇继续紧握财权找理由。不料陈关开口就说："我觉得该分家了，亲兄弟也要明算账。这么一直不明不白地搅和在一起，时间久了，再亲的人也会生出嫌隙。"汪福田闻言既惊又喜，但他不明白陈关这葫芦里卖的到底是什么药，警觉地问道："我也觉得早该分家了。你倒是说说看，这家该怎么分？这账该怎么算？"陈关看了一眼满脸惊讶的汪兰花，第一次态度坚定地说："我料定兰花不会同意，所以没有跟她商量。"随后他说出的分家方案，简直让汪福田不敢相信自己的耳朵：陈关建议汪兰花上交财权给父亲，自己小家既不从现款中要一分钱，也不再参与汪记羊肉铺以后的经营和分成。对于众人的满脸疑惑，陈关有点动情地说："作为一个无依无靠的孤儿，是汪家收留并养活了我。现在时来运转，我总算可以自立门户了。我和兰花净身出户，也算是对老爸这么多年养育之恩的回报……"还没等陈关说完，汪兰花忍不住急眼了："把钱都交上去，我们拿什么过日子？什么叫你自立门户了？你挣的钱在哪里？我怎么一分也没有见到？这是汪家的家务事，哪有你放屁的份儿。"

过去每当汪兰花一动怒，陈关就会紧张得放屁不止，然后以尴尬离席而放弃所有主张。但现在的陈关已经今非昔比了。他看着怒气冲冲的汪兰花，一脸镇静自若地说："你喜欢管钱，但不能管别人的钱啊。你前脚将家里的账交出去，我后脚就把存钱的折子交给你。"汪福田生怕有什么变故，赶紧在一旁说："我做事向来一碗水端平，你把账交出来，该分给你们多少，保证一分都不少。"陈关笑了笑道："我把最近存的钱交给她，估计她也就看不上家里这点钱了。"

长久折磨着汪福田的一桩心病，就这样轻松地解决了。蛮横霸道的汪兰花之所以最后同意了陈关的方案，是因为这段时间困扰她的心病也因此而消解：成了巨石镇新贵的丈夫，手里积攒下了惊人财富是可想而知的事。但如果他存有私心，完全可以不向自己坦白，更不可能放心地交给自己管理。这足以说明自己对陈关逃离这段婚姻的担忧是多余的。汪兰花在答应明天就将账目交给父亲之后，她打了一个长长的、响亮的饱嗝，好久以来第一次体会到了吃撑的腹胀感。

陈关对汪福田说："爹，钱是您的，当然您说了算。但我还是想劝您千万不要认购股权。我害谁也不会害您，这您得相信我。"汪福田对让他一下子刮目相看的这个女婿充满了感激，他几乎是下意识地说："相信你，当然相信你，我本来也没有非买不可。"

43

在这个春节之前，已经在这个世界上生活了将近四十年的钱永旺，从来没有想过，自己这辈子还需要为钱的事情操心。

12月22日冬至这天，钱永旺两口子将骆小丹送到北京，由于当天是弟弟的生日宴，他们和王民一起吃了顿中饭后，就直接开车回河北老家了。自己忽然有了个弟弟的消息，是母亲在电话里告诉钱永旺的。母亲这段时间打电话比较频繁，而且每次都显得心事重重、欲言又止。在钱永旺反复追问的情况下，母亲才说："你爹那个死鬼！在外面养了小的，两人还生下了一个儿子。"

初闻这个消息的钱永旺，心中既没有对父亲的愤怒，也没有对母亲的同情，而唯一的感觉是荒诞。父亲为了让老钱家的香火得以延续，在自己身上可谓是费尽了心思和精力。在多年努力付诸东流的情况下，老爷子亲自上阵，这个天大的难事居然就迎刃而解了。钱永旺在电话里听着母亲义愤填膺的抱怨和诅咒，差点笑出声来。他安慰母亲道："都什么岁数了您还吃醋？我老爹不是那种自找快活的花心男人，他就是为了延续香火。这多好，老钱家这么多年给我的压力，一下子就消失了。"母亲在电话那头差点哭出声来："你这个没心没肺的! 有了那个杂种，以后还有你的好日子过?"钱永旺大大咧咧地说："以我老爹的财力，他就是再生一个连的儿子，也不会缺我钱花的。"他甚至在父亲没有告知自己的情况下，决定回去参加那个私生子一周岁的生日聚会。母亲说："你参加也好，早点面对，免得丧失主动权。"

事实证明，母亲的担心不是杞人忧天。回到老家不久的一天，父亲钱有道特意找钱永旺单独长谈了一次。过去老钱找小钱谈话，基本上都是督促儿子尽快给自己生孙子，但这次老钱完全避开了这个让小钱生厌的话题。他吞吞吐吐地说了自己和那个名叫小玉的女人的情况。果然不出所料，老钱说自己既不是喜新厌旧，也不是寻欢作乐，就是想要个儿子。小钱说："理解，非常理解，要不我怎么会主动回来参加弟弟的生日聚会。"老钱又说，眼下做生意的大环境变得越来越差，自己公司的收入同样也在逐年缩水。小钱说："理解，非常理解。不必要的支出，该减少的减少，该取消的取消，世上本来就没有只赚不赔的生意嘛。"

老钱闻言，在小钱的肩上拍了拍，欣慰地说："人家是知子莫若父，我们是知父莫若子啊。难得你这么通透，那我也就没有什么顾忌了。"老钱接着说出来的一件事，无异于给了小钱当头一棒：在没有告知小钱的情况下，他已经将在北京为儿子买的那套豪宅出售变现了。老钱的解释听起来也合情合理：一是公司遇到了资金周转问题。二是北京房价正值高峰，是最合适出手的时候。三是那套房子小钱一直空着，既没出租，也没自住，数年下来也是一笔不小的浪费……小钱这回没有说"理解，非常理解"，而是愣了半天，才问道："房子里我的东西呢?"老钱说："放心，都拉回老家来了，一样不少。"小钱又说："卖了就卖了吧，反正房本上也不是我的名字。"

他觉得自己说这句话时，并非善解人意的豁达，而是充满了后悔：当年老钱一直催着过户，只是因为自己懒，一直拖到了现在……

"妈的！这下倒好，彻底不用再过户了。"小钱在心里恨恨地骂了一句。

既然秘密已经公开，老钱也就不再藏着掖着了。他以公司事多、儿子太小需要照顾等各种理由拒绝回家，甚至大年夜都是和小玉及私生子一起过的。钱永旺的母亲已经对老钱出轨生子的事没有精力愤怒了，现在她一门心思考虑的，只是如何最大限度地保住财富。这个老脸已经变得没有任何表情的女人，开始还把儿子视为盟军，但很快她就对这个毫无战斗经验的菜鸟失去了信心。她整天和一个做律师的朋友泡在一起，嘀嘀咕咕，明显是在想方设法地给负心男挖坑。钱永旺对母亲说："无利不起早，忽然跟你走得很近的所谓朋友，在帮你给别人挖坑的同时，也必然在给你挖坑。"母亲说："我已经不在乎了，哪怕搭上自己，我也要把那个老东西活埋了。"

母亲告诉钱永旺说，她在和律师反复商量后，觉得还是起诉离婚最为稳妥。老钱不但婚内出轨，而且明显有重婚的犯罪嫌疑。这样即便不能让他净身出户，起码也可以少分家产。钱永旺还没说什么，魏芸倒是有些惊诧地说："小玉图的就是老钱的钱，您这么一搞，不是要让老钱人财两空，活都活不下去了吗？"钱永旺的母亲说："你居然有这份闲心？我这都是为了谁？我要钱干什么，还不都是为了你们两口子。"魏芸说："您真的不必这样，我和永旺都是生活简单的人，我们自己挣的钱够用了，多了反倒会成为负担。"永旺妈嘴角浮起一丝冷笑道："我在生永旺之前，也是这么想的。"钱永旺在一旁朝魏芸挤了挤眼，魏芸便也没有再说什么。

父亲在外包养小三并秘密生子一事，开始时钱永旺确实十分理解。但母亲在耳边唠叨得多了，他自然开始对自己的前景产生了莫名的担忧。尤其是母亲通过别人打听到，父亲在北京给自己买的那套房子，名义上说是卖了，其实是转到了小玉弟弟的名下时，他确实为此愤怒无比。他跑去找父亲质疑，不料老钱说："是转到小玉弟弟名下了，卖房子嘛，自然是谁出钱就卖给谁。"这当然是谁都不会信的鬼话，但钱永旺除了愤怒却也束手无策。他突然就对小玉和父亲所生下的那个孩子生出了不可遏止的怨恨。在聊到此事时，他咬牙切齿地说："我真恨不得杀了那个小杂种，彻底让钱家断了香火。"魏芸一脸吃惊地瞅着他，半天才说："你如此不甘心做个丁克，我过去以为你是真心喜欢孩子。现在看来，其实还是因为父命难违，而父命难违的真正原因，还是出于对财富的贪婪。"

魏芸的话让钱永旺有醍醐灌顶之感。与自己的前两任妻子相比，魏芸最让他看重和感动的，就是对自己富家子弟身份的无视。而且结婚这么多年来，她确确实实也没有在物质上有过任何要求。这让钱永旺真正感受到了不带任何附加因素的爱情和婚姻的纯粹，也真正感受到了作为一个男人的价值。但在事关后半生保障的这件事上，钱永旺还是没有想到，魏芸的态度还会是如此淡然。他有些不信地说："你真的不担心吗？看这架势，我老爹的所有心思都放在那个小杂种的身上了。如果不争取，说不定哪天我们连饭都会吃不上。"魏芸说："没有危机感，你会永远成为一个巨婴。这次变故，无论对你还是对我们的婚姻，我都不觉得是什么坏事。"钱永旺终于相信这是魏芸的真实心境，而并非言不由衷的表态。他情不自禁地抱住魏芸，一边动情地吻她一边说："魏芸，你是一块真金啊！我何德何能，这辈子能娶上你这样的女人。"魏芸忍不住笑道："你可要做好心理准备，真到吃不上饭的时候，我这块真金可无法变现啊。"

正月十二日中午，钱永旺两口子在陪母亲吃饭时，魏芸的电话响了起来。魏芸起身去外面接听，回来后却变得心神不宁。由于母亲一直在唠唠叨叨说她和老钱离婚的事，钱永旺也不便多问。等母亲走后，他才问魏芸出了什么事。魏芸一脸郁闷地说："老六丢了。"钱永旺也吃了一惊，细问才知道了事情的经过：刚才打电话来的是裘守邦，巨石镇一个终身未婚的孤寡老人。他是魏芸当年在巨石镇支教时认识的老朋友，每次钱永旺两口子离开巨石镇，草滩院子里的一切，都是委托老裘照看的。老裘刚才打来电话，说老六离群已经两天，他找遍了能找的所有地方，踪影皆无，看来怕是真的丢了……老六是只取名小黄的黄毛土狗，不但温顺忠实，热情友善，而且因为一直体弱多病为魏芸所格外看顾。看着魏芸愁眉苦脸的样子，钱永旺说："你别着急了，咱们明天一早就回巨石镇。"魏芸为难地说："今天才正月十二，咱们长年不在，回来过个年，连元宵节不过就走，这样不好吧？"钱永旺说："家里出了这样的破事，我待着别人也觉得碍眼，还不如一走了之，大家眼不见心不烦。"

第二天一早，钱永旺和魏芸就离开了。出发之前，钱永旺去跟母亲告别，除了叮嘱她保重身体，也劝她想开些，毕竟夫妻一场，没必要在离婚这件事上，把父亲逼上绝路。这么长时间来一直表现得斗志昂扬的这个老女人，终于扯着嗓子哭了起来："你们也真是不争气啊！要是早点让老东西抱上孙子，家里还会出这样的乱子吗？"钱永旺笑了笑道："您得这么想，幸亏我们没生孩子，要是真生下一个大胖小子，岂不也太遂了老东西的心愿！"说得他母亲愣在那里，半天也没回过味儿来。

在回巨石镇的路上，魏芸一直在念叨小黄丢失的事。她不止一次地自言自语道："老六太命苦了，生下来就一身病，连它的狗娘都不待见。好端端的，怎么说丢就丢了呢？我只希望它能活着，可那么一只病病歪歪的狗，恐怕没有谁会收留吧。"钱永旺其实也一直在琢磨这件蹊跷的事。在六只狗中，老六小黄和老二小花是关系最亲密的，他总觉得小黄的失踪跟德牧小花有关。听见魏芸这样说时，他几乎是下意识地接茬道："你放心，小黄应该活得好好的。"魏芸忧伤地说："何以见得？你就别瞎安慰我了。"

钱永旺自知失言，便没敢再说什么。

44

钱永旺和魏芸开车回到巨石镇时，已是暮色四合、华灯初上的时候。路过镇西，钱永旺朝王民家的院子瞅了一眼，见屋里似乎有灯光透出来。他说："咦，民哥他们也没过十五就回来了。"魏芸说："不会吧？是不是也请了人看守院子？"钱永旺说："去看一眼，如果回来了，晚上正好一起吃饭。"说罢他掉转方向，将车子开到小院门口停了下来。

王民家院门关着。钱永旺拍了好几下门环，里面无人应声。魏芸说："不是民哥他们，否则尼采早就叫起来了。"钱永旺说："也是，他们不可能把狗留在北京。"两人正打算离开，却听见有人在里面叫道："来了来了！"钱永旺对魏芸说："咦，真是民哥！"门吱的一声打开，出来的人果然是王民。

钱永旺和魏芸真有些喜出望外。钱永旺说："哎呀民哥，你什么时候回来的？"王民见是他们二人，也颇为吃惊地说："我是昨天上午到的。你们怎么也回来这么早？"钱永旺说："一言难尽啊。走走，叫上嫂子，咱们一起去吃晚饭。"不料王民说："我一个人回来的。明天要起大早，我已经吃过饭准备睡觉了。"钱永旺这才注意到，王民身上穿着的，确实是一件长袍棉睡衣。钱永旺说："大正月的，什么事这么急啊？真的不打算出去喝两杯吗？"王民似乎有些欲言又止地说："过两天吧，我约你俩。"钱永旺见王民态度坚决，也不便强求，只好说："那你睡吧，有事随时打电话。"然后便告辞了。

一回到车上，魏芸就说："有点蹊跷啊！民哥和嫂子的婚姻状况，肯定出什么问题了。"钱永旺说："别瞎猜了，世界上如果有最稳定的婚姻，那一定非他们二人莫属。"魏芸说："不光是这次他一个人回巨石镇，上次回北京，两人数月没见，民哥见到嫂子的状况就让我起疑。"钱永旺说："见面很正常啊，我没觉得跟平常有什么不一样。"魏芸说："这是女人的直觉，你不懂。"钱永旺笑道："我只懂我现在的直觉，就一个字：饿！真他妈饿了。咱们去汪记吃羊肉吧。"

到了汪记羊肉铺，却发现店门紧闭，里面黑灯瞎火的。两人下车到隔壁小卖店一打听，竟听说了一个令人吃惊的消息：羊肉铺发生了集体食品中毒事件，春节前就被查封了。更不可思议的是，据小卖店店主说，镇上都风传投毒者是汪兰花，她因为父亲汪福田分家不公而怀恨在心，抱着"不让我好过，谁也别好过"的心态，一狠心便给羊肉汤里下了毒……

"短短一个来月的时间，巨石镇居然发生了这么离奇的大事。"钱永旺感慨万千地说，"汪兰花真是娘儿们见识。一个老字号，创业几十年，毁之一瞬间啊。"魏芸说："别听风就是雨，汪兰花不可能干出这么蠢的事。"说着话，夫妻两人也没了再另找一家饭馆吃饭的兴趣，加上魏芸一直惦记着狗子们，干脆顺手在小卖店买了些火腿肠、熏干、方便面之类的食品，打算回家凑合一顿了事。

车到草滩，钱永旺老远就看见裴守邦等在小院门口。寒风中老人的脸冻得通红，一看见从车上下来的魏芸，他就哭了起来："我老不中用了，狗子让我弄丢了啊。"院子里的狗子们听见主人的声音，隔着门一齐兴奋地吠叫起来。魏芸赶紧安慰老裴道："裴叔，不用自责，这是难免的事。走走，进屋说话。"推门进入院子，四只狗子围着魏芸上蹿下跳，又哭又笑，轻狂得像小孩子见到了久违的母亲。钱永旺笑骂道："妈的！老子被直接无视了，这群喂不熟的狗东西！"

回到屋里，钱永旺切了火腿，煮了泡面，让着裴守邦坐下来一起随便吃点。老人又一次流下了眼泪："我哪里还有脸吃饭。"在魏芸的千哄万劝下，老人总算是拿起了筷子。待他情绪渐渐稳定，才说出了老六小黄丢失的过程：春节前后，有关影狼祸害的传闻不仅变得愈加频繁，而且呈现出群狼团伙作案的新态势。那段时间，一条最为让人惊骇的消息到处风传。说是专门对付影狼的巡山小队，猎狼不成，反被群狼围困于峡谷之中长达一天一夜。据说如果不是作为头领的影狼动了恻隐之心，整个巡山小队早已全军覆没。裴老汉说，尽管也有人说这是巡山小队故意放出来的风声，目的只是为了给他们的消极怠工寻找借口，但他还是多加了几分小心，每天下午遛狗之后，就紧闭大门，以防出现任何差错。但就在出事的前一周左右，平常驯顺老实的老六小黄却不知何故，变得明显烦躁和反叛。它不但白天总是和另外几只狗吵嘴打架，而且一到了夜里，就一边发出呜呜呜的奇怪叫声，一边不停地绕着院墙走来走去……

"我还以为是小黄发情了，但这个想法很快就否定了。一来季节不对，二来我知道您这些狗子都是做了绝育手术的。"老裴一脸蒙圈地说，"腊月九号晚上，小黄前半夜叫得特别凶。我起来给它准备了些好吃的，但它不但不吃，而且远远地躲着我，足足折腾了半宿。后半夜我刚睡下不久，别的狗子却一起叫了起来。我起床看时，院门居然大开着，小黄已经不见了踪影……"

钱永旺还不等老裘说完，就急迫地问："那几天你听到院外有什么动静吗？"

"没有啊。"老裘摇摇头道，"你怀疑是偷狗贼干的吗？不太可能，要不其他狗子早就叫起来了。反正这事有点蹊跷，我到现在都不明白到底是怎么回事。"

听了老裘的讲述，魏芸也一头雾水。她不明白在性格温顺的小黄身上，究竟发生了什么事。但很明显，在小黄丢失这件事上老裘没有任何过错。魏芸再一次安慰了愧疚不已的老裘，并按原定两月时间足额支付了四千元报酬。老裘再三推辞不过，只好千恩万谢地接了下来。

送走老裘后，魏芸将围在身边的四只狗子抱在怀里，一边抚摸一边伤感地说："人生无常，狗生也一样。它们都是苦命的狗子，我还以为自己会改变它们的命运，哪承想到人算不如天算啊。"钱永旺说："别往心里去，小黄也许是去找自己的幸福了。"魏芸说："说来也怪，小花和小黄关系最好，小花死了，紧跟着小黄就出事了。"钱永旺说："别想太多，跑了一天路，我去放洗澡水，你好好放松放松吧。"

话音刚落，四只狗子冲着他齐刷刷地叫了一声。钱永旺笑道："你看，它们一致认为这是最好的提议。"

魏芸的话，也正是钱永旺这两天一直在琢磨的。刚一听到小黄丢失的消息，他就怀疑这跟小花有关。尤其是关于影狼成为狼群头领后，队伍日益壮大，巨石镇不时有家犬上山起义的传闻，更让钱永旺觉得小黄极有可能是在昔日好友的召唤下，奋不顾身地投奔了自由世界。自从认定神出鬼没、凶残阴险的影狼就是小花之日起，钱永旺对它挥之不去的恐惧，更多来自内心一种无法证实的直觉。

在上次魏芸回陕北之前，钱永旺从来没有单独和狗子们相处过这么长的时间。在他和魏芸的婚姻生活中，狗子们是明目张胆的第三者。它们和魏芸亲密无间的关系，经常让钱永旺不自觉就会生出一些嫉妒和恨意。他时不时会背着魏芸让这些得宠的家伙们吃些苦头，比如训斥、罚饿甚至踢上一两脚。在钱永旺看来，狗子们不过就是既不会告状也不会记仇的畜生，它们对自己的疏远，不过是出于习惯性畏惧而已。但自从他预感到影狼就是小花之后，过去自己的认知却在怀疑中变成了一种无法证实的直觉：狗子们除了不会说话，其实具有和人完全一样分明的爱憎和准确的判断力。小花意外怀孕之后，面对动辄来自情绪低落的男主人的施虐，它似乎没有做过任何反抗。可现在钱永旺想起它的眼神，忽然感受到了一种让他浑身为之一颤的阴冷。钱永旺不知道这是不是因为自己的过度解读，但从那时起，对于来自影狼复仇的恐惧，就成了他心中除去对婚姻破裂忧虑之外的又一块心病。在很长一段时间里，钱永旺不是整夜失眠，就是从被影狼袭击的噩梦中惊醒……好在和魏芸那次推心置腹的交谈之后，两人之间的误会和隔阂最终得以消除，重新开始了夫妻关系的又一个蜜月期。这使得钱永旺在这段时间里，渐渐淡忘了小花在自己心头上留下的阴影，深感生活美满，甚至连曾经让他痛感命运不公的不育症，都变成了人生无关痒痛的小瑕疵……但小黄离奇丢失一事，再一次让小花浮现在钱永旺的脑海里。他无法预知这件事的结局，但想起德牧小花那双阴沉的眼睛，总觉得那个据传已经成为兽群头领的影狼，不可能就此放下和自己之间的恩怨。

"是福不是祸，是祸躲不过。"钱永旺感叹了一句，觉得多想也是无益。四只狗子在浴室门口一边打转儿，一边焦急地等着魏芸出来。钱永旺看着它们，想起小花对魏芸视若女王般的忠诚和爱戴，难免又心存一丝侥幸，觉得即便看在魏芸的分儿上，它也不应该对自己做出什么过分的事来。

"活好当下，何必杞人忧天。"钱永旺环顾一下这座惬意舒适的住宅，想着和魏芸远离喧嚣烦恼的二人甜蜜世界，心里顿时轻松了许多。

45

正月十四日一早，王民就进山了。

这天是阳历2月4日，节气正好是立春的日子。但此时的山野里，既有枯枝败叶的荒芜，也有常青植物的茂盛，既有残冬的凋敝，又有早春的生机。在神湖山的深处，王民觉得自己既迷失了季节，也迷失了方向。大半年没有进山，那条隐秘小路不光在他的记忆中变得模糊，老枪为自己在歧路的分界处所做的那些标记，在岁月的侵蚀中也已经变得无迹可寻。王民艰难地行进在荆棘丛生的山路上，只能努力凭借记忆不断地调整方向。他从天麻麻亮时进山，到现在已经是下午一点了，累得气喘吁吁的王民，依然无法准确预判自己何时才能抵达目的地。

王民正月十二驾车回到巨石镇，是因为初九下午，他意外地接到了来自老枪的电话。

那天是星期五。因为尼采"倒时差"的原因，骆小丹的生物钟也被打乱，两口子这段时间总是睡得很晚，起床时一般都到了午饭时分。骆小丹说："正月里天天吃正经饭，今天咱们去吃点不正经的。"王民说："我是正经人，不吃不正经饭。"骆小丹说："你不过是个假正经罢了。"本来是开玩笑的话，王民听了心里却不由得咯噔了一下。

　　按照骆小丹的提议，两人去小区附近那家小店吃卤煮。在王民点菜的过程中，骆小丹忽然问："你的手表呢？这么长时间一直没见你戴过。"王民心里又咯噔了一下。他明白说一次谎要用十次谎来圆的道理，再加上那块西铁城光能手表根本就不是用来看时间的，而是作为爱情的信物一直戴在自己的手上，这么长时间不戴也无法编出一个说得通的理由，所以他干脆说："我一直没敢跟你说，表丢了。"见骆小丹没有说话，王民又说："在回北京途中，我在黄塔镇住了一夜，表就放在宾馆床头柜上，好端端的就没了。我估计被宾馆服务员偷去了。"王民觉得，按照一般人的思维，这样一块意义特殊的手表丢了，骆小丹必然会询问有关的细节。他还在考虑如何回答老婆诸如"丢没丢钱？""为什么贼放着钱不偷，偏偏要偷一块不值钱的老表？"之类的问题，骆小丹却只是"哦"了一声，并没有往下再问。这时候，服务员将几道小菜和两碗卤煮端了上来。骆小丹说："吃饭吧。"

　　王民知道，这是骆小丹一贯的风格。她即便心里有天大的不高兴，一旦认定没有掰扯的必要，或即便掰扯也不会有结果，她都会待之以沉默。王民当然也明白，自己就此岔开话题，这桩本来级别不低的生活事故，就会轻松地不了了之。尽管王民知道这是最好的化解危机的方式，他对骆小丹明明内心不爽偏偏假装不在意的态度却生出了一丝莫名的怒火。他内心纠结了一阵，还是挑衅地说："这么重要的东西丢了，你居然毫不关心？"骆小丹说："要有那么重要，就不至于丢了。"王民声音明显高了起来："多重要的东西都会丢，你说这话明显是在赌气。"骆小丹却依然淡淡地说："你心里有什么邪火，就直接发出来吧。没必要非得找我吵架。"夫妻俩虽然拌了几句嘴，之所以最终还是没能吵起来，是因为一通适时打来的电话，彻底转移了王民的注意力。

王民手机上的来电显示是一个陌生号码。他有些疑惑地按下了接听键时，话筒里传来的居然是老枪的声音："兄弟啊，抱歉给你添乱了，但我再不见你，恐怕咱们这辈子都没有机会再见了。"原来从来不用现代通信工具的老枪，第三次下山到巨石镇找王民时，骆小丹好说歹说，才让他记下了王民的手机号码。

老枪在电话里的口吻听上去充满了焦虑和绝望。王民问他道："你到底出了什么事，这里又没有外人，你直接说出来不好吗？"老枪说："我快死了，必须和你见一面。"王民说："你这个人做事，总是既夸张又爱钻牛角尖。你底气十足，哪里像就要死了的人。"老枪说："我一辈子没求过人，你看着办吧。"激将法原本在王民这里根本不起作用，但这段时间和骆小丹的相处，让他总有些无所适从，加上刚才两人的拌嘴，王民改了主意。他说："那好吧，我这两天就回巨石镇，一到就进山找你。"王民看了看骆小丹，又刻意补了一句"没见到我之前，可别咽气啊"，电话那头老枪居然哭了："兄弟啊……"

放下电话后，王民说："不知老枪出了什么事，要死要活的，我得回巨石镇一趟。你是跟我一道回去，还是在北京再住些日子？"骆小丹说："我听你的。"王民说："正月十五还没过，而且一直说带你去大医院做次全面体检，你还是待着吧。我回去见一下老枪，很快就回来。"骆小丹说："我和你在一起，也打扰你画画。你不用管我，觉得怎么好就怎么来。"王民像是被人识破了谎言一样，心里不由得一阵发虚。

王民是正月十二日一早从北京出发的。由于要开车，头天晚上他没有陪着骆小丹熬夜，早早就独自上床了。早上起来时，骆小丹正在给自己收拾行李箱。他看见她有些浮肿的眼泡，便知道她一夜没睡。这是王民司空见惯的场景，但今天不知为何，他心里却泛上一丝伤感的情绪。王民不知道该说什么，便抱住毫无表情站在一旁的尼采，抚摸着它的头，内心一时五味杂陈。尼采眼神冷漠地看了看他，从他的怀中挣脱开来，走到飘窗前卧了下来，一眼不眨地望着窗外……

想着那天临行时骆小丹苍白的脸色和故作镇静的神情，王民突然像个疯子一样，在空无一人的山中长长地号叫了一声，惊得周围树上的鸟雀扑棱棱地飞走了一群。

王民野兽般的号叫声在重峦叠嶂的山谷间回荡着，让这个初春的午后更呈现出一丝死亡般的寂静。王民忽然想起骆小丹闲聊时说过神湖山闹影狼的事，暗自思忖道：我的号叫该不会招来影狼吧？但这个想法并不让王民觉得害怕。过年期间在和骆小丹相处的日子里，那种让人无所适从的状况总是动摇着王民曾坚如磐石的复仇意志。不知是因为共同生活数十年的情分，是骆小丹身上无法否认的善良，还是自己优柔寡断的性格，王民觉得报复程悦的计划不经意间成了一个越来越实施无望的空想。过去总会让他浑身黑血逆流的关于那对狗男女偷情的想象，也渐渐像熟视无睹的场景一样失去了对复仇情绪的刺激。"不行！这事不可能就此了结，我非得杀了狗日的。"有时王民想起程悦时，内心的愤怒依然会再度燃起。在这个寒冷异常的冬天里，不知是不是因为骆小丹意外晕倒所引发的担忧，王民总觉得这个一向健康的女人看上去总是脸色苍白，显得阴郁而虚弱。这种无比纠结的情绪让王民总是会不由自主地想到死亡这个话题，似乎只有意外死亡才能终结这种万难的局面。至于谁死，却在王民的推论中出现了看似十分荒谬的结果：骆小丹死亡显然是他不愿也不忍承受的，而如果程悦意外死亡，又让王民心有不甘，觉得是命运便宜了这个十恶不赦的罪人，结果便成了只有自己死亡，才能真正结束折磨自己的巨大痛苦……真的，这段时间里，和骆小丹貌似平和但明显变了味道的相处，总让王民对生活有一种生无可恋的无奈。

"来吧影狼！老子既然不怕死，你还能用死来吓唬老子吗？"王民在荒无人烟的山中一边发泄般地叫嚷，一边痛苦地探寻着曾经熟悉的小道。就在这个时候，让他吃惊的一幕出现了：忽然有一只野兽从草丛中钻了出来，站在前方十米开外的山道上，一动不动地看着自己。这是一只似狼非狼、似狗非狗的兽类，长尾拖地，全身毛色呈不对称黑白两色，黑色的眼睛上长着熊猫似的白眼圈，只不过颜色一边深一边浅……

"妈的！这不就是传说中的影狼嘛，老天这是真要成全我啊。"自觉无畏死之心的王民还是吓了一跳。他一边努力让自己镇静下来，一边思考着应对方法。那野兽似乎并没有攻击他的意思，看向他的眼神甚至带着几分慈祥和友善。王民甚至觉得它有几分眼熟，但这个荒唐的念头立即被自己否定了。影狼看了看王民，掉转身子向前走了几步，到了一个左右分岔口时，它又回头看了王民一眼，转身走向了左侧。

"天啊！"王民顿时明白了影狼的意思，"它不是与我为敌，而是来给我引路的。"他试探地跟在影狼身后向前走去。影狼见状，欣慰地伸着脖子叫了两声。那声音听上去有几分像亲切的犬吠，却又夹杂着一丝让人胆寒的低沉的狼嗥。王民几乎在一瞬间信任了这头野兽的善意。他紧跟在影狼的身后，翻山越岭、爬坡过涧地一路疾行，进程明显快了很多。天快黄昏的时候，王民在一轮血红色的夕阳中，终于看见了老枪那间他熟悉不过的低矮的木屋。

影狼站在一道斜坡的坡顶上，夕阳中它黑色的剪影看上去神秘而威武，宛如即将来临的暗夜之王。它仰头向天长啸，低沉的回声在山峦间久久回荡。

随着嘎吱一声门响，王民扭头看时，老枪熟悉的身影出现在了小木屋前的空场上。他看到远处的王民后，兴奋地一边招手，一边大声叫道："兄弟啊，真是盼星星盼月亮啊，总算是把你盼来了。"

王民回头看了看那道斜坡，坡顶上却空荡荡的，早已经没有了那个神秘的身影……

46

老枪在电话里口口声声说自己快死了，王民原本觉得这不过是老枪夸张的戏言，目的只是为了某种拿不定主意的事想和自己见面商量。但见到老枪的那一瞬间，王民真的吃了一惊：这个一直壮实得像一头黑熊一样的男人，半年不见，居然变得苍白虚弱，像一只入秋后在冷风中瑟瑟发抖的夏虫。

"吓着了吧？没骗你，我真的快死了。"老枪把王民迎进木屋坐下，一边往桌上摆下酒菜，一边居然有几分得意地说。

"你还真是病得不轻。癌症吗？"王民依然有些惊魂不定。

"对，就是癌症！"老枪给两人的酒杯中斟满酒，"来，先喝一个，算是老哥给你接风。"

王民端起酒杯和他碰了一下，仰脖一口喝掉后，又问："什么癌啊？你一向身体好得令人羡慕，我还以为我都会死在你前头呢。"

"我身体还是一点毛病都没有。"老枪也喝干了杯中酒，一边给两人添酒一边说，"我这是精神癌症，思想转不过这个弯来，死得比真癌症还快。"

王民听后松了一口气，有些恼火地说："到底他妈的出了什么事？你怎么也变得像个娘儿们似的。"

尽管王民一直觉得老枪是个有秘密的人，但当老枪真的将自己的秘密和盘托出以后，他还是禁不住大吃了一惊。

王民和老枪的相识，说起来还真有几分传奇。那是数年前的一个初冬，刚在巨石镇买下院子的王民，撇下在家里收拾东西的骆小丹，独自进山转悠。与滚滚红尘的北京相比，这是一个让人耳目一新的环境。在好奇心的驱使下，王民忘了时间，也忘记了可能发生的危险，越来越远地走向了大山深处……当王民意识到该反身回家的时候，他却发现自己迷路了。王民试图顺着记忆中的原路返回，但多次艰难地走了一段山路后，却发现自己又绕回了原处。"妈的！真是遇上鬼打墙了。"王民看了看手表，已经快下午三点了，这距离他上午不到九点出来时已经过去了大半天。水米没沾牙的王民又累又饿，终于开始有些害怕起来。他想给老婆打个电话，拿出手机发现根本没有信号。就在王民不知所措的时候，他看见前面山路上有个人迎面走了过来。王民像碰见了救星一样，刚想惊喜地打招呼，那人的样子却吓了他一跳：男人个头不高，最多也就一米七的样子，但块头却很大。眼下已经是初冬，他却依然上身精赤，下身穿着短裤，黝黑的皮肤在冬阳的照射下散发着金属一样的反光。这个年纪大约在五十岁的男人，手握一把寒光闪闪的砍刀，背上挂着一把短管猎枪，从装扮上看像个猎人。王民之所以被吓了一跳，是因为该人的胸口上有多处愈合后长成了丑陋的肉瘤般的旧伤，看上去十分醒目吓人。他投向王民的目光阴沉而充满敌意，像一头随时都保持着高度警觉的野兽。王民吓得没敢吱声，那人从他身边经过时，他闻到了一股浓烈的酒味……王民一直在大山腹地四处探路，直到暮色降临的时候，他彻底绝望起来，心想自己晚上即便不会冻死，大概也会被野兽当成了点心。就在这时，令他惊讶的一幕发生了：刚才那个猎人又一次出现在了他的面前，他说："算你走运，我今天喝多了酒，才会对你一个陌生人生出了不忍。"

那天晚上，王民在猎人的小木屋里过了夜。也许是天生投缘，这两个大多数时间沉默不语的男人，居然喝着烈酒、吃着野猪肉度过了一个不眠之夜。第二天一大早，猎人在一路送王民下山的过程中，在所有岔道的树上，都用砍刀削出了标记。临别前，猎人对王民说："你是我木屋的第一个客人，也将是唯一的客人。如果你愿意，欢迎再来喝酒。"王民说："我会再来的，尽管昨天见你第一面时，我觉得你不像是个好人。"猎人说："善人或恶魔，那都因人而异。"

王民那天回到巨石镇时，已经是下午四点了。担惊受怕了一夜的骆小丹，在钱永旺夫妻的陪同下已经报了警，此刻正在为派出所借口警力不足而毫不作为急得团团乱转。看见王民回来，她愣了一下，随即将一直拿在手中拨号的手机劈头向王民砸了过来，然后就哇哇哇地哭出了声来。待骆小丹冷静下来后，王民告诉了她自己昨天的遭遇。骆小丹听完关于满身刀疤的陌生男人的描述，吓得像刚看完一部恐怖电影。她说："千万别再和这种人来往了。一个人躲在深山老林里，大概率是身背命案的凶犯。"王民说："读人要读心，他是个貌恶心善的人，否则就不会于我有救命之恩了。"

不久王民背着画夹又进了山。他靠着猎人上次所留的标记，总算找到了那间小木屋。他对猎人说："我给你画张像，算是对你上次恩情的报答。"不料被猎人毫无商量余地地拒绝了："不许画我，不许照我，也不许打听不该打听的事，这是咱俩做朋友的前提。"王民尴尬地说："那你总得告诉我你的名字吧，否则我该怎么称呼你？"猎人说："叫我老枪。"当时王民就知道这是一个内心藏着秘密的男人。在随后的数年里，王民和老枪建立起了一种特别的友谊。王民一旦心情不好，就会借口进山写生，到隐藏在深山中的木屋中去住一段时间。他和老枪一起打猎，一起干活，一起煮肉，一起喝酒，像一对知根知底的老朋友。但其实两人大多数时间是相互沉默的，即便聊天，也绝少提及各自的状况。王民喜欢这种友情维系的方式，他曾对老枪说："君子之交淡如水，说的就是咱俩这样。"

尽管从一开始就知道老枪是个内心藏着秘密的人，但今天当他主动把这个秘密讲出来之后，王民还是被震惊到了。

老枪的秘密是有关爱情和复仇的。这本来属于人类情感中最老套的故事，但在老枪这里却展开了令人始料不及的剧情：数十年前，与老枪青梅竹马、情投意合的恋人凌梅，在其父母的包办下，成了村长儿子的未婚妻。老枪私下提议与恋人私奔，却遭到了凌梅的拒绝。在他的再三追问之下，凌梅说出了实情：她在一次下地干活时被村长的儿子强奸，已经有孕在身。年轻气盛的老枪立即便起了杀心，但心上人见状却跪倒在地苦苦哀求，泣言以己不洁之身，已经没有资格和心上人共度余生。她唯一的愿望就是老枪能拥有美好的未来，而不值得为此玉石俱焚。不久，凌梅成为村长家的儿媳并生下了一个可爱的儿子……痛苦和绝望让老枪选择了残忍的自杀，他胸口上那些醒目的疤痕就是当时所留。但从血泊中苏醒之后的老枪，最终还是不甘心一死了之。他从此躲进了深山沃野，一方面不想让曾经的恋人活在愧疚和担心之中，另一方面就是要等凌梅老死之后，再亲手杀了她的丈夫……说到这里，老枪终于哭了起来："几十年来，我就是靠着复仇的意念活下来的啊。可是，可是谁他妈的能想到，造化弄人啊。"

"是那个丈夫死在了凌梅的前头吗？"王民在问这个问题的时候，想起了自己前段时间里关于意外死亡的胡思乱想。

老枪像一个故弄玄虚的故事突然被人剧透了一样，脸上掠过一丝迷惑和尴尬。他点了点头，神情忧伤地说："对，就在去年秋末。那狗日的强奸犯上午还在饭馆里吃肉喝酒，下午心脏病发作，死得干脆利索，连一点罪都没有受。"

这真的是一个让王民唏嘘不已的复仇故事。数十年来，这个生性沉默寡言的男人，为了不给心上人造成困扰，远离熟悉而亲切的生活，像个野人一样生活在荒无人烟的大山深处，唯一支撑他活下去的，就是铭心刻骨的夺妻之恨。王民能想象老枪心中的纠结：等待自己心爱的女人的死去，是一件非常矛盾和痛苦的事。凌梅活着，为了避免对她家庭和人生的毁灭性打击，老枪的复仇计划自然无法实施。但为了复仇而盼望着凌梅早日死去，又是老枪根本无法承受的心理折磨……数十年来，老枪就是在这种纠结和痛苦中等待着复仇时机的来临。虽然度日如年，但复仇的强大意志不但没有让他在枯燥重复的岁月中消沉，反而一直保持着昂扬的斗志和旺盛的精力。他会定期去那个远在山外的村庄查看爱人和仇人的状况，幻想着爱人平安谢世之后那场期待已久的刀光剑影。对于复仇时刻痛快淋漓的感受的想象，支撑着老枪苦行僧一样漫长而寂寞的人生。但谁能想到，等来的结果却是仇人在毫无痛苦的情况下寿终正寝，老枪就如同一个追踪猎物长达半生的猎手，忽然失去了目标一样变得彷徨和手足无措……

"世界把我抛弃了啊！"老枪声音哽咽，像个委屈的孩子。他说自从去年秋天得知仇人死去的消息之后，他茶饭不思，几乎没有睡过一个安稳觉。在强大意志突然被瓦解的同时，老枪的身体也急速地虚弱起来。短短半年时间，他从一个虎背熊腰的壮汉变成了瘦骨嶙峋的老人，他曾坚定的目光也变得恍惚空洞。

"不杀人的话，我活着还有什么意义？兄弟啊，我就你一个朋友，你得给我出出主意啊。"老枪猛地灌下了一杯酒，他拿酒杯的手在不停地颤抖着。

王民突然想笑。这出沉重的人生悲剧，在他眼里却显示出了让人忍俊不禁的荒诞。他不知道自己该跟老枪说点什么，劝老枪干脆娶了凌梅，有情人终成眷属？既然仇人死了，老枪也该放下执念，从容地度过自己的余生？……王民知道所有这些都是无用的废话，他无法给老枪出任何主意，是因为他理解这个一生都活在仇恨中的男人，当仇恨失去目标的时候，他便注定失去了一切。

"喝酒吧，老枪，我没有主意，你算是找错人了。我现在也遇上了难题，我连自己的事情都拿不定主意。"王民说。

"啊，快说快说，你遇到什么难事了？"老枪一听竟兴奋了起来，"横竖我得杀一个人，哪怕是帮你去杀一个仇人。"

王民终于忍不住大笑了起来。在这个冬末春初的深夜，在大山深处这间简陋的木屋中，王民忽然就这样肆无忌惮地笑了起来。他无法控制自己停下来，直到笑出了眼泪，才对坐在对面的老枪说："实在不行，你干脆杀了我吧。"

老枪一脸蒙，半天也没弄明白这个兄弟到底哪根神经搭错了地方。

47

12月31日跨年之夜，吕淑贞是陪欧阳梵音一起度过的。在这样一个重大节日，舍弃和家人的团聚而选择与外人相守，她当然知道这样做多有不妥。尤其是长年在外地的女儿女婿回家吃饭，自己更不应该随便缺席。但那天晚上欧阳梵音像个离不开人的小女孩一样黏着自己，让身临其境的她最终实在不忍拒绝而留了下来。

在此之前，吕淑贞给欧阳打过多次电话，想约个时间一起吃饭，然后顺便将那本黑皮书还回原处。但欧阳的电话不是无人接听，就是"您所拨打的电话已关机"的人工语音。想着老太太一个人过日子，吕淑贞担心她会突发疾病而导致什么不测，甚至都动了打电话报警的念头。但12月30日下午，欧阳却回拨了电话给她。欧阳说："抱歉啊大姐！我生病住院，手机落在家里了。"吕淑贞说："我正担心呢。在哪家医院？我去看你。"欧阳说："不碍事，我今天已经出院回家了。"还不等吕淑贞说约局的事，欧阳梵音就急切地说："马上要过元旦了，咱们一起聚聚吧。"吕淑贞说："我打电话就是为这事。"欧阳高兴地说："那就明天晚上吧，你来我家吃饭。"吕淑贞本来觉得跨年夜去外边吃饭有些不妥，但欧阳兴致勃勃的口吻让她不忍拒绝，心想吃过饭早点回家，便顺口就答应了。

一场从29日晚上开始下起的大雪，直到31日中午方停。由于担心路面湿滑难行，加上想让聚餐早点开始也早点结束，吕淑贞下午三点就到了欧阳的家里。她趁欧阳去厨房烧水沏茶的工夫，将那本黑皮书完璧归赵地放回了原处，一直忐忑不安的心总算放了下来。聊起欧阳这次生病住院的事，吕淑贞关切地说："毕竟年纪大了，一个人生活太让人担心，你还是应该找个人。"她本来是想建议欧阳雇个居家保姆照料起居，但被欧阳误解了。老太太闻言，脸上的表情明显变得凄楚感伤起来，她说："不可能了。曾经沧海难为水，有过老满这样的丈夫，就不可能再跟任何男人一起生活了。"吕淑贞知道欧阳误解了自己的意思，但她没有解释，因为欧阳对老满视若珍宝的态度，和黑皮书中老满对欧阳的评判有着云泥之别，这让吕淑贞对他们这桩婚姻产生了无法遏制的好奇心。

"您的婚姻实在让人羡慕啊。"此话刚一出口，吕淑贞就为自己的虚伪感到一阵脸红，但人情世故让她也只能这样言不由衷，"一个女人，尤其是经历了这么长久婚姻的女人，还能对自己的丈夫赞不绝口，绝对不是一件易事。在一般人心目中，知识分子一般都是智商比情商高，看来老满教授是个例外啊。"

这话果然让欧阳梵音很受用。她脸上甚至泛起了一丝少女般的羞涩，深情款款地说道："老满智商高，情商更高。相伴数十年，不是王婆卖瓜，我真的找不到他的任何一个缺点。"

"您这虽然不是王婆卖瓜，但肯定是情人眼里出西施。凡人在世，谁都会有缺点，天下哪里有真正的完人。"吕淑贞故意激将地反驳道。

"你说得对。"欧阳笑了起来，"是他对我的好遮蔽了我的眼目，即便在外人眼里他全身毛病，在我这里都是白璧无瑕。"

"看来我是选错了人啊。"吕淑贞叹口气，有些自怨自艾地说，"您说说，一个男人对一个女人再好，能好到哪里去？"

一提起老满，欧阳一如既往地像个恋爱中的少女一样，变得热烈、单纯而絮叨。她喋喋不休地给吕淑贞讲述她和老满的诸多往事，其中有不少是已经讲过了多遍的老生常谈。吕淑贞先是耐心地听了一阵，然后转移话题地问道："您对老满的打分是10的话，您觉得老满会给您打多少分？"欧阳听完后，几乎没加思索地脱口说道："他很少评价别人，包括我在内。但如果打分的话，他起码也得给我打8分以上吧。如果打分太低，他就不可能一辈子对我那么好。"

看着欧阳一脸幸福的样子，吕淑贞心里确实有过将老满在黑皮书中对她的评价如实讲出来的冲动。但这个想法太残酷了，尤其对这样一个在虚妄中活了一生的女人而言，其打击的毁灭性是可想而知的。想起老满那些充满苦闷、压抑和痛苦的文字，想起一个无处诉苦的男人在深夜里独自对着一只角蛙倾诉苦闷的情形，吕淑贞心里有些五味杂陈。她不由得感慨道:"人常说婚姻是鞋子,合不合脚只有自己知道,其实也不见得啊。"欧阳说:"当然,婚姻是两个人的事,一个人觉得合脚,另一个人却可能未必。"吕淑贞笑了笑道:"如果不合脚的一方,把自己的痛苦说出来,另一方也就不可能觉得合脚了。"

晚餐是欧阳梵音在清真饭馆阿娜尔罕叫的外卖,主菜是烤羊排,还有几道下酒小菜。看见欧阳取酒,吕淑贞说:"您刚出院,就别喝酒了吧。"欧阳说:"我是老毛病犯了,跟喝不喝酒没有关系。今天是跨年夜,每年我和老满都会喝酒庆祝。"吕淑贞说:"不光是跨年夜这么简单吧,是不是你和老满某个特殊的纪念日?"欧阳显然吃了一惊:"你是大仙啊!还真让你猜对了,今天也是我和老满确定恋爱关系的日子。"吕淑贞知道这是欧阳比较含蓄的说法,因为她在黑皮书中知道细节,今天其实是昔日一对恋人偷吃禁果的日子。

说到大仙这个话题,两人自然就聊到了默姑。吕淑贞说:"你可能还不知道,默姑在巨石镇得罪的人越来越多,都快混不下去了。"欧阳说:"那样更好,她这么一个神人,窝在巨石镇那个偏远的小地方,实在是对天才的一种浪费。"吕淑贞说:"那可不一定,原来巨石镇偏远安静,默姑一直如鱼得水。现在正是因为变得热闹发达、人心不古了,她才越来越没有了市场。"欧阳说:"默姑是我的救星,谁不服她我都服。我最近还在琢磨,反正财产也没有继承人,与其全部捐出,还不如赠送一半给默姑养老。"

依吕淑贞的性格,别人不止一次说过要保密的事,她一般是不会冒昧再提的。但这天她多喝了两杯红酒,欧阳的话让她对默姑有关老满的秘密又一次充满了不可遏止的好奇。欧阳在谈及老满时,口吻总是让人感到他已经不在人世。但老满在黑皮书中,却强烈地表达了渴望逃离这段令他窒息的婚姻,用一种无拘无束的、完全颠覆过去的方式度过晚年。一个对自由充满渴望的人，身体又非常健康，怎么可能就死去了呢？这种越来越强烈的好奇心让吕淑贞终于突破了自己的原则，实在忍不住地问道："别怪我多嘴了，老满究竟是死是活，默姑到底告诉了您什么？"

欧阳犹豫了片刻，轻轻地叹口气道："既然咱们俩已经无话不谈，我也就不瞒你了。只是再见到默姑时，别说破就好。"欧阳随后语气沉缓地讲了一个令吕淑贞大感意外的故事：欧阳梵音在老满无端走失、生死不明的情况下，一直困守在巨石镇清水客栈，在对丈夫消息的绝望等待中度日如年。如果不是默姑适时出现，按欧阳的话说，自己肯定会像一株失去土壤的植物般枯死在那个季节。默姑给欧阳带来了一个既让她心痛不已又感动万分的消息。她说，她曾在山谷中偶遇过一个貌似老满的男人，时间就在欧阳的丈夫走失两天之后。默姑在一处僻背的谷地偶遇他时，那个男人已经因为疲惫和饥渴而几乎虚脱。但他却执意谢绝了默姑提供的水和食物。那个男人告诉默姑说，自己本来就是刻意求死的。在默姑的询问下，那个男人说出了自己的境况：他是北京一所大学的退休教授，相濡以沫几十年的妻子既是同学，又是同事。本来两人事业有成，家境优渥，正该是安享幸福晚年的时候。不料今年初春的一次例行体检中，自己却在毫无征兆的情况下查出了肝癌晚期。他既要承受越来越难以忍受的病痛的折磨，又怕老妻伤心而不敢告诉她实情。在肉体和精神的双重压力下，他只好以故意走失的方式离开妻子，然后在无人之地悄然结束自己的生命。自己之所以一直徘徊在山间，而没有决然从万丈悬崖上一跃而下，就是因为心中对爱妻怀有强烈的不舍……讲到这里，欧阳忍不住失声痛哭起来。哭到伤心处，她甚至扑进吕淑贞的怀里，一边哭泣一边伤心万分地说道："老满肯定不在人世了，呜呜……他到死都舍不下我。一想到这一幕，我就……我就心如刀割啊。呜呜……"吕淑贞虽然安慰着怀里像个无助的小女孩一样哭得全身抽搐的欧阳，但内心毫不迟疑地否定了这个故事的真实性。一是它太离奇，人为编造的痕迹过于浓厚，二是在那本黑皮书中，老满对初春那次例行体检的结果有着明确的记载，根本不存在罹患晚期肝癌的可能性。

"默姑啊默姑！也就是一个处在绝望之中的人，才会对这么明显的谎言信以为真啊。"吕淑贞心里虽然这样感慨着，但她却毫不怀疑默姑这样做是出于安慰欧阳的善意。现在看来，也许只有这样的谎言，才能让欧阳对自己持续了一生的婚姻毫无遗憾，才能让她的余生活在欣慰和坦然之中。

"虽是好心，其实默姑也蒙在鼓里啊。"吕淑贞想起欧阳所说的要将财产的一半赠予默姑的话，忽然觉得她可能对自己所拥有的财富太过乐观。

真相往往是残酷的，吕淑贞当然不会说破。她轻声细语地安慰着欧阳，让这个沉浸在一种甜蜜的哀伤中的女人渐渐地平静了下来。其间，女儿骆小丹给她打来了电话，口气明显不悦地问她怎么到现在还没回家。看着欧阳可怜巴巴地看着自己的婆婆的泪眼，吕淑贞明知女儿会不高兴，但还是硬着头皮说自己晚上决定留宿朋友家，无法回去一起跨年了。

48

今年这个冬天，北京似乎比往年任何时候下雪都多。在骆保堂的印象中，似乎总是上一场积雪还没有完全融化，新的一场雪就急不可耐地落了下来。小时候他在东北老家，曾经听到过一个至今令他记忆深刻的古怪说法：下雪是天地披麻戴孝，一定会有灾难发生。骆保堂当然知道这是迷信的说法，但当正月十五清晨，又一场大雪开始纷纷扬扬地开始飘落时，他还是条件反射般地心里咯噔了一下。骆保堂明白，这其实跟下不下雪没有一毛钱的关系。自己担惊受怕根本不是受了某种暗示，而完全来自一种实实在在的感觉。这种感觉产生的根源，则是发生在妻子吕淑贞身上的明显变化。

在跨年夜的家庭聚餐之前，这种变化对于骆保堂而言，是让他欣慰甚至惊喜的。长达数十年的共同生活中，吕淑贞愁眉不展的表情就像乌云般笼罩着骆保堂的情绪，也笼罩着他们这段来之不易的婚姻。但在去了一趟巨石镇之后，一种变化渐渐在她的身上显现出来，而且越来越明显：这个素来非常挑剔和严重教条的女人，居然变得宽容和不再那么原则分明。对于妻子的变化，骆保堂起初归因于她在年龄上到了耳顺之年，后来又觉得可能是因为巨石镇之行交到了知心朋友。不管是何种原因，这种变化都是令人感到轻松和欣慰的。对于向来"可远观而不可亵玩"的妻子，骆保堂有时甚至敢轻狂地开几句不着调的玩笑，这在过去纵使借他胆子都不敢的。

"时间终于让一个坚硬的女人变得柔软，不易啊！"骆保堂不由自主地这样感叹，心中充满了对终于向自己露出一丝微笑的生活的千恩万谢。

但在跨年之夜的家庭聚会上，儿子大毛酒后信口开河的一句话，却让骆保堂陷入了无法摆脱的疑虑和郁闷。当天儿女们为这件事在言语上起了争执，骆保堂并没有说太多的话。但从当晚开始，他对老伴儿性格变化的原因，忽然就有了一个全新的答案。"儿女们都看出来了，你这个老傻×，居然还拿着毒药当糖吃。"骆保堂一边咒骂自己，一边回想吕淑贞各种反常的表现，越想越觉得只有"梅开二度"才能解释她性格突变的原因。是啊，一个一直古板阴沉的女人，忽然像个少女一样变得细腻敏感，捧着一本书都能读得又哭又笑，不是进入了恋爱期还能是什么？她对自己和这个家庭不再过分挑剔，原来并非因年龄趋老而变得宽容，而只是因为她心有旁骛，根本没有心思再为别的事情分心……这天晚上骆保堂失眠了，老婆脸上那种曾让他感到安然和宽慰的开朗和豁达，都变成了对自己的忽略和无视。在无眠中度过跨年之夜的这个老男人，整晚上脑海里浮现的是对夜不归宿的吕淑贞的各种猜忌，像个多情而忧郁的少年一样充满嫉妒和苦恼。

另一件让骆保堂笃定地认为吕淑贞有了外遇的事，是她和女儿骆小丹关系的变化。在过去的几十年中，吕淑贞的所有心思几乎都放在了女儿的身上。她对女儿事无巨细的关心和支持，在骆保堂看来，完全像是在守护和重塑自己失败的人生。但这次从巨石镇回来后，骆保堂发现她和女儿之间曾亲密无间的关系似乎也出现了疏离。吕淑贞不再像过去那样，如果三五天女儿没有打来电话，就会显得心神不宁。不是主动找个理由打电话过去，就是独自疑神疑鬼地嘀咕个没完。甚至女儿女婿回北京之后，她既没有去他们那里小住，也很少打电话过去嘘寒问暖。更让人难以置信的是，在女儿女婿回家团聚的跨年之夜，吕淑贞不但外出与他人吃饭，而且在女儿打电话催问时，居然毫无顾虑地说自己决定在外留宿。"女人一旦坠入了爱河，往往就会变得六亲不认。"那天骆保堂在看一个电视剧时，正在饱受遭老婆抛弃之苦的男主人公的一句台词，在他内心引发了极大程度的认同。他猛地在大腿上拍了一把，以至于震得尚未完全愈合的胯骨一阵剧痛。

即便认定老婆的情感已经游离在了这个家庭之外，骆保堂也只能在内心默默地承受被背叛的痛苦。这个在众人眼里不乏血性与刚烈的男人，一见到吕淑贞，永远如同一堆燃烧正旺的柴火遭遇了一场大雨，顷刻间就会被彻底浇灭，变成一缕无奈的青烟。骆保堂甚至都没有勇气去探寻真相。如果真的有情敌存在，他怕的不是刀光剑影的决斗，而是真相浮出水面时对自己呵护了一生的女人造成的伤害。

"妈的！我大概上一辈子欠她的。"每当骆保堂因为猜忌而心烦意乱的时候，他都会这样无奈地感叹一句。

这段时间里，其实吕淑贞也感受着同样的困惑：似乎自己越刻意改善与丈夫的关系，两人之间的隔阂不但没有消除，反而变得越来越大。

尽管早已经认命，吕淑贞对命运不公的怨愤却延续了几乎整整一生。她对丈夫骆保堂的感情是非常复杂的，既有感恩，又有嗔恨；既有亲切，又有隔膜。各种矛盾对立的情感交织在一起，让她一生都和这个男人处在一种奇怪的关系中，既不离不弃，又形同陌路。吕淑贞总在想，如果不是骆保堂当年出手相救，自己恐怕早已殒命于年少青春，对于能有机会活至人到中年，自然应该感恩戴德。但与此同时，另一种念头又会让她对骆保堂当年的鲁莽之举生出嫌隙：当年如果早早地追随父母而去，少了这么多年并无幸福可言的人生，未必不是一件更好、更清静的选择。吕淑贞觉得自己和骆保堂之间，有的只是恩情和亲情，而从来就没有过爱情，这让他们的婚姻既牢不可破，又充满缺陷和遗憾。对吕淑贞这样一个出身于富贵人家的女人而言，那些被财富和地位装饰过的婚姻丝毫不值得羡慕，她所梦寐以求的，是夫妻二人在情感和精神上的高度契合，是彼此互为孤独人生灵魂伴侣的绝好安慰。这显然不是骆保堂这个男人能给予自己的，这一点吕淑贞心里当然明白。这么多年来，她没有做过无谓的要求，但内心的不甘也磨灭了她对生活的主动和热情，让她把对人生曾经的憧憬变成了一次次意义不明的深呼吸，仿佛那是缓解人生窒息的一种仪式。

在巨石镇刚认识欧阳梵音的时候，这个老太太的幸福婚姻着实让吕淑贞深感羡慕。欧阳和老满既是同学，又是同事，既是生活中的伴侣，又是事业上的相知，这在吕淑贞看来基本上已经属于完美的夫妻关系。何况欧阳对失踪丈夫茶饭不思的牵挂，更印证了两人几十年来相濡以沫的笃深情感，这甚至让吕淑贞的羡慕变成了隐隐的嫉妒。

没有比较就没有伤害，欧阳的婚姻像一面镜子，让吕淑贞清楚地看见了自己人生的灰暗与残缺。她并不能因此而对骆保堂有更多的怨言，要怪也只能怪命运的捉弄。这样的比较甚至让吕淑贞对婚姻有了新的觉悟，她开始认识到丈夫其实也是个不幸的男人。如果不是错误地爱上自己，骆保堂完全可以拥有远比和自己在一起的快乐。正是基于这种觉悟，吕淑贞看着他已经渐入老境依然唯自己马首是瞻的样子，忽然对丈夫动了一丝恻隐之心。那段时间，骆保堂上山采挖野草时不幸摔伤，她开始试着放下身段，不再以挑剔的眼光看待曾被自己定义为灰暗失败的人生……但真正让吕淑贞彻底改变认知的，还是通过黑皮书对欧阳梵音婚姻真相的了解。那个曾让自己羡慕不已的女人，其实一生都活在假象之中。那个在欧阳心目中宽容体贴、温存细心的丈夫老满，其实一直是一个戴着面具与她相处的男人。他内心对这桩婚姻真正的感受，不是爱和相知，不是琴瑟和鸣，而是虚与委蛇，是同床异梦。他对妻子欧阳、对这桩婚姻充满了厌恶和憎恨，在他貌似平静的内心深处，其实一生都在谋划那场最终的逃离。

那本黑皮书所呈现的秘密，让吕淑贞的婚姻参照系发生了颠覆性的变化。她在对一无所知的欧阳梵音充满同情的同时，对自己和骆保堂的关系也有了全新的认识。吕淑贞在认识欧阳之后，曾多次设想假如自己拥有老满那样的丈夫，生活该有多么地完美。但在读完黑皮书之后，她倒吸了一口凉气，顿时觉得一切秘密都写在脸上的骆保堂，竟然是如此地诚实和可贵。

吕淑贞对丈夫态度的转变，不但没有达到她预期中两人从此坦诚以待、和平共处的目标，自己的主动示好甚至起到了相反的效果。骆保堂像个原本老实本分的少年突然进入了叛逆期一样，虽然不至于有离经叛道的斗胆，却会时不时做些叫板权威的事来。

正月十五一大早开始飘落的这场雪，起势并不算猛，但却越下越大，几乎一眨眼的工夫，天地间又是一片白茫茫。这天下午，吕淑贞午睡醒来后，见家里除了自己再无别人，心想大家或许都外出去看雪景了。她打开所有的窗户，刚打算通风换气，骆保堂却大呼小叫地开门进了屋。依然拄着拐杖的丈夫身后还跟着一个黑红脸膛的男人，两只手里都提着商场里的塑料袋。此人吕淑贞认得，是丈夫的工友老乔。老乔有些紧张地说："嫂子好！给您添麻烦了。"还不等吕淑贞反应过来，骆保堂说："来来来，这边请。"便带着老乔进大屋里去了。

听着大屋里拉桌子摆碗筷的动静，吕淑贞这才弄明白，原来是丈夫将老乔请到家里来喝酒了。这可是破天荒的第一次。骆保堂知道自己一直对他那些身为粗人的工友颇有微词，所以从来没有邀请他们来过家里。吕淑贞回到自己的小屋里，她对自己的反应感到陌生和惊讶：面对来自丈夫对旧秩序的公然挑衅，自己不但没有理所应当地表现出愤怒和不满，反而在平静中夹杂着一丝欣慰和坦然。

伴随着骆保堂嘟嘟囔囔的抱怨，外面传来了一扇扇窗户被用力关闭的动静。"好啊，还真的蹬鼻子上脸了。"吕淑贞坐在小床上，心里居然泛起一阵小两口执意赌气的调皮心。这种久违的感觉让她既感到新奇，又有几分忐忑。正当她琢磨骆保堂有没有胆量走进小屋来关闭窗户时，小屋的门却被他从外面带上了。

"世事就是这么拧巴，现在开始轮到我上赶着了。"吕淑贞有些无奈地想。

49

"老镇长死于非命之时，便是巨石镇败象之始。"裘镇长在万圣节之夜蹊跷死亡一事，本来就有各种对默姑不利的流言蜚语四处传播，默姑不但不为自己辩解，反而到处散布巨石镇将走向衰败乃至毁灭的惊人言论。

那时正是巨石镇极速发展、日新月异的时候，心中的梦想正在不断膨胀的镇民们，对默姑的反动言论几乎人人恨之入骨。裘镇长死于非命的有关流言，让越来越多原本视默姑预言为信口开河的人们，开始怀疑这个行为古怪的女人或许真的怀有邪恶的超自然魔力。"这个讨厌的老巫婆啊，真是长着一张乌鸦嘴。"想起她在裘镇长临死之前所说的"你死了都不知道自己是怎么死的"那句话，人们一方面在对默姑心生憎恶的同时，又对她总是一语成谶的预言能力充满了忧惧。

真正让巨石镇人在蓬勃发展中感受到一丝败象的，既不是默姑越来越露骨的诅咒式的预言，也不是发现恐龙蛋所引发的集资新建恐龙生态园不过是一场骗局的有关传言，而是发生在春节前的集体中毒事件。这桩在巨石镇餐饮业历史上闻所未闻的突发事件，就如同一个健康青春的孩子在毫无征兆的情况下身上忽然生出了一个恶疮，虽然不大，却难免引起人们恐慌的联想。

中毒事件发生在腊月二十六日。这天，为了腊月二十九日例行的祭祖仪式，裘姓镇民组织人对宗祠进行了一整天的大扫除。参与扫除的人员晚上被安排在汪记羊肉铺吃饭喝酒。结果饭菜上桌没多久，就有人出现了上吐下泻的状况。刚开始大家并没有太在意，以为是个人身体的原因。但当就餐者大量出现不适状况时，大家才意识到这是发生了集体中毒事件。于是报警的报警，给医院打电话的打电话，整个汪记羊肉铺乱成了一团……这起突发事件的最终结果算是有惊无险，二十二名就餐者虽然都不同程度地出现了中毒症状，但除四人被送到县医院外，其余人都只是在镇卫生所做了简单的处置。症状较重的四人在县医院经过输液治疗后，也都于大年三十那天出院回家，并未耽误和家人的除夕团聚。警方虽然对此进行了立案侦查，由于事发突然，巨石镇人又缺乏保护现场的意识，使得后来的调查取证工作进展缓慢。警方给出的结论很明确，将其定性为故意投毒案，但嫌疑人和其作案动机却迟迟没有结果。

在真相没有被揭露之前，永远是流言蜚语在大行其道。那段时间里，有关这次投毒案的各种传言几乎日日翻新，让人应接不暇。除了众多传播范围不大、相信者人数不多的版本外，当时广为流传的版本就有三个：其一认为这是餐饮业恶性竞争的结果。看到汪记羊肉铺生意兴隆，日进斗金，某个生意不好的饭馆老板起了黑心，乘人不备混入汪记操作间而实施了投毒。其二认为这是巨石镇裘姓镇民和非裘姓镇民由来已久的矛盾爆发的结果。裘姓镇民自诩为巨石镇资格最老的原始住民，长期以来不仅占据巨石镇权力中心，而且夜郎自大，目中无人，招惹众怒。眼下裘姓老镇长死于非命，权力旁落，非裘姓镇民多年的积怨导致了这场针对性的投毒报复。其三则认为是汪记内部矛盾所致。在这个版本中，人们将矛头直指汪兰花。众人认为不久前汪家分家时，汪兰花两口子基本上等于净身出户。由于这是她丈夫陈关的主张，而陈关现在已经混成了对巨石镇大事都说一不二的人物，何况汪家分家这点屁大的小事？汪兰花虽然没有表示反对，心里却对父亲和兄弟埋下了仇恨的种子。抱着"不让我好过，那就谁也别想好过"的想法，汪兰花买通一名帮厨实施了投毒计划。这个版本说得有鼻子有眼。因为在春节来临之前，确实有一名外地帮厨，在毫无征兆的情况下，忽然辞职回了老家。至于为什么没有毒死一个人，其原因倒是有比较统一的说法：嫌疑人人算不如天算，所投毒药是一包当地生产的鼠药，因为存放时间太长，已经失去了大半的药力……

这桩投毒案在整个正月里都是大众的热点话题，在这种热闹的背后，一丝颓败之象开始在巨石镇悄悄蔓延。最先受到影响的当然是餐饮业。投毒事件虽然只发生在汪记羊肉铺，却等于给所有食客投下了一道心理毒药。巨石镇所有的酒店、饭馆和小吃铺，一夜间变得门可罗雀，几乎没有了客人。就连那些在巨石镇打工的外地人，不是买些方便面、火腿肠之类的食品凑合，就是开始自己起火做饭。短短十几天的时间内，巨石镇上的饭馆倒闭了将近一半。其次，投毒事件对巨石镇旅游业整体也造成了明显的冲击。随着这一负面新闻通过各种渠道被越来越多的人知道，加上案子一直悬而未破，那些有到巨石镇来旅游观光意向的外地人，纷纷取消了计划，使得许多酒店、宾馆和客栈的住宿预订被临时取消。就连曾因一床难求而价格几乎翻番的温泉度假酒店，居然也有了闲置的房间。正月的巨石镇刚开始呈现出一种久违的清静时，不堪喧哗和拥挤的老人们还以为这是过年的缘故，许多外乡人暂时离开了巨石镇。他们无不怀念地说："这才是巨石镇应有的样子，只可惜很快又会闹腾起来了。"

一个正月过去了，理所当然的热闹和繁华不但没有恢复，反而一种更加冷清和萧条的局面开始呈现出来。伴随着这股颓败气息而来的，必然又是各种各样无法证实的传言。众人对投毒事件的关注度已经降温，这段时间里的热点话题转移到了另外两件事上：一是温泉浴场和温泉度假酒店的经营权面临易主，裘荣公司有可能接替商贸协会成为新老板；二是关于影狼的传闻再一次甚嚣尘上。

第一条传闻的背景是"浑球管委会"在老镇长裘成山离奇死亡、外乡人胡军旗接任之后，原来本地和外乡两股势力可以相互牵制的平衡被打破，巨石镇的所有权力都落到了外乡人的手中。失去了约束的权力必然会导致绝对腐败。以洪主任为首的一帮外乡人，开始像一群白蚁一样啃噬巨石镇的基建资金，以致许多项目因缺钱而成了或正在成为烂尾楼。这使得人们不禁想起了当初默姑对于恐龙生态园项目就是集资诈骗的判断，心里难免开始惶恐起来。但巨石镇有线电视台针对坊间流传的各种消息，每天都在及时且大力度地进行辟谣。譬如这几天有关管委会投资项目成为烂尾楼的传言刚成为热点，有线台就一连数日力证这不过是因为过年而暂时停工。为证明资金充足，电视画面上赫然出现了成箱成箱现金的镜头。但很快有人说那些钱不过是已经被某某贪官据为己有的私财，于是电视上又开始播放关于廉政建设的系列访谈，访谈中该官员简朴自律的生活常态不时穿插在节目当中……

"这不过是拆了东墙补西墙的救急之举，距离大崩盘的日子不会太远了。"默姑的预言阴魂不散地回荡在巨石镇的每一个角落。尽管招人讨厌，尽管人们依然抱有侥幸心理，不可否认的是，一丝颓唐萎靡的气息明显地弥漫在巨石镇这个早春的季节里。

第二条关于影狼的各种传闻，本来一直是人们饭后茶余热议的话题。从这个春天开始，人们在谈论影狼时的态度却发生了明显的变化。过去它是以一个狡诈、凶残、阴险的恶魔形象出现在巨石镇人口中的。但不知什么原因，从过完年开始，有关影狼的传闻渐渐变成了类似除暴安良、杀贫济富之类的侠义之举。人们口风发生变化的第一个有关影狼的故事，据说就发生在除夕之夜。这天傍晚，居住在神湖山北岳一处谷地的某山民家里的年夜饭刚摆上桌，看家狗却在院坝中不安地狂吠起来。中年山民还在纳闷之时，房门就被人猛地踹开，五个要债的彪形大汉随即闯了进来。原来在腊月初，育有三女一子的该山民的宝贝儿子突发怪病。中年山民为了拯救独子，只好向巨石镇放高利贷的"裘善人"借款五万元。按说像这样一贫如洗的家庭，根本没有还款能力，裘善人按常理不该放贷出来。但据说裘善人早就垂涎山民在镇宾馆当服务员、其实尚未成年的大女儿，便一口答应借钱给了他。大年之前，年近六十的裘善人已经多次向山民暗示过"以女抵债"的方案，都被山民想也没想地拒绝了。山民说："我就是摘肝割肾，也会还清欠款。打我女儿的主意，没门！"于是在除夕之夜，裘善人的手下奉命闯进家里，他们给山民的选择只有两个：要么还清本息十五万元，要么让他们带走女儿……什么年代了，居然还会发生如此伤天害理的事？故事讲到这里，听众们满腔的愤怒都被点燃，恨不得自己提把菜刀，前去为可怜的山民讨要公道。也就是在这个点儿上，影狼出现了！这个来无影去无踪的传奇怪兽，适时地出现在了山民的院坝上。影狼已经贵为三军统帅，当然无须它亲自动手。那些骁勇善战的狼兵犬将，早已经将几个催命的恶人团团围住。影狼部队并没有当着山民和孩子们的面大开杀戒，而是劫持着催债者离开了现场。那五个如狼似虎的恶人，从此就彻底失去了踪影……此后，许多关于影狼的传奇故事，基本上都延续了这一模式。那个昔日被人们诅咒的恶魔，渐渐地化身为替天行道的游侠，随时可能出现在需要除暴安良、济困扶弱的故事情节之中。

"恶魔都成了人们心目中的英雄，足见世道已经烂到了什么程度！"默姑对有关影狼传奇的真伪概不涉及，她以此为教材，想告诫世人的只有一点：巨石镇所表现出来的衰败迹象，只是走向崩溃的一个开端。就像一个身患绝症的病人，初期表现出来的只是并不起眼的普通症状，死亡却已经注定是不可避免的结局。

50

一直悬而未破的投毒案，对汪记羊肉铺生意的打击是毁灭性的。对于陈关而言，这却不是损失钱财这么简单的事。它是一个信号，一个让他预感到某种危险正在向自己逼近的明确信号。

案子刚发生的那段时间里，镇上流言四起，怀疑是汪兰花因分家不公而买凶作案的人不在少数。这让汪兰花深受伤害。外人不明就里地乱说一通也就罢了，就连父亲汪福田和兄弟汪大枣看她的眼神都有了异样。汪兰花心里窝火，除了给父亲和兄弟甩脸子外，回到小家只能把怒气都发在陈关身上："你吃饱了撑的，张罗着分什么家啊？这真叫羊肉没吃着，惹得一身臊。"陈关对她的数落也不生气，而是问她道："你觉得这是何人所为？"汪兰花说："镇上那帮傻×只会瞎猜，我认定这件事是默姑干的。"陈关说："你这才是瞎咧咧！默姑也就长着一张碎嘴，真正下手的事，一样也干不出来。"汪兰花便跟陈关说了上次在装修隔壁老费家的房子时，默姑有关买下费家房子一定"不会招财，只会招灾"的预言，断定投毒就是默姑为了证明自己先知先觉的能力而做的手脚。

"我记得非常清楚，那天就是你通过镇上大喇叭放了一个响屁的日子。"汪兰花言之凿凿地说。

"人狂没好事，狗狂挨砖头。招灾都是由我张狂而起的啊。"陈关闻言轻叹了一声，忧心忡忡地道，"其实谁都没有猜对，投毒的正是裴姓之人。"

"怎么可能?!"汪兰花惊诧莫名地说，"中毒的都是清扫裴氏宗祠的自家人，裴姓人怎么可能自己害自己。"

"无毒不丈夫，这正是裴姓人的恐怖之处。"陈关随即更是语出惊人地说，"全镇人都怀疑是我在洪主任的指使下杀了裴成山，其实干掉老镇长的，也正是他们裴姓之人。"

看着汪兰花惊掉下巴的样子，陈关第一次向她道出了自己深埋内心多年的秘密：当年自己父母在一场大火中双双死于非命，那场大火其实并非人们传说的意外失火，而是人为纵火所致。当时年少的自己，因为起夜而逃过了一劫。躲在暗处的陈关，从两个蒙面纵火者的对话中，清清楚楚地知道了这场灭门案的幕后主使，正是巨石镇最古老、最有势力的裴氏头人会。而时任会长不是别人，正是后来成为镇长的裴成山的父亲裴正东。至于为什么会被裴姓人起意谋害，陈关说当初他也不明就里，但随着对父母往事的了解，他将其归因于父母行事的张扬。因为手艺出众，陈关父母的裁缝店在巨石镇可谓一枝独秀，几乎抢了所有裁缝的生意。这本来就是一件招恨的事，但父母不但不低调以避风头，反而以行业老大自居，为人做事都十分高调张扬。陈关说，父母招致杀身之祸的具体原因，据他后来了解，可能与一桩制作寿衣的纠纷有关：裴正东老母以近百岁高龄谢世，由于其在晚年身体逐年变形，原来准备的寿衣已经极不合身，裴正东便委托陈氏夫妇为老母亲重新缝制一身新的寿衣。这件事在裴家看来，是给陈姓外来裁缝赏脸的事，可陈裁缝偏偏给脸不要脸，说自己只给活人做衣服而直接回绝了裘正东。这本来也算不上什么太失礼的事，但小镇上流言四起，说陈裁缝不是不给死人做寿衣，而是嫌弃裘家老母不但为人刁钻，而且长相古怪丑陋，为其量身会招致霉运。正是这种不负责任的流言蜚语，彻底激怒了裘氏头人会。他们不忿于一个外地来的手艺人，居然在巨石镇的裘家地盘上敢如此嚣张，于是便下达了灭门的指令……

"原来裘姓人与你有杀父之仇啊。"汪兰花倒吸一口凉气，"我迄今都以为那是一场意外。这么多年，你是如何做到如此平静地和仇人们共同生活在巨石镇的？"

"不共戴天的办法只有两个：一个是复仇，一个是逃离。在巨石镇向裘姓人复仇，完全是以卵击石，最终的结果必然是我们老陈家最终在这个世界上闭门绝户。所以多少年来，我夹着尾巴做人，目的只有一个，那就是逃离杀父仇人，逃离巨石镇，让我们陈家唯一的血脉得以延续……"说到这里，陈关叹了一声道，"我最终还是犯了父母的毛病，稍一得志便猖狂，让本来已经对我彻底放松了警惕的裘姓人，再一次把敌视的目光投向了自己。"

"你这就有点风声鹤唳、草木皆兵了。不过也难怪，你担惊受怕了这么多年，恐惧已经成了一种习惯。"汪兰花对作为孤儿的丈夫的同情和怜爱，在这一刻又满血复活了。她抚摸了一下陈关的头，豪气地说："放心吧老公，你现在已经不是过去的你了，巨石镇没有谁再有胆量给你挖坑。再说了，你身后还有我呢，谁要有种尽管放马过来，老娘也不是吃素的。"

"巨石镇的水深水浅，你心里不会有数的。"陈关摇摇头道，"我和那帮外乡人搅和在一起，目的还是为了尽快地赚到钱后，带着你和孩子逃离巨石镇。我主张分家并净身出户，也是因为我们以后可能无法孝敬父母，所以才把所有财产都留给了大枣。"

"你是真的打算离开巨石镇啊?"汪兰花一脸疑惑地说,"那我们要去哪里呢?"

"只要不在巨石镇哪里都行,而且越远越好,越快越好。"陈关说,"一场血雨腥风随时可能降临到巨石镇,而我会成为首当其冲的替罪羊。"

在丈夫陈关的口中,汪兰花第一次听到了关于老镇长之死和自家肉铺投毒案与他人迥异的推论:陈关认为这一切都是裘姓人所为。老镇长裘成山被族人怀疑表面上与外乡人洪主任意见相左,其实两人相互串通,以牺牲裘姓众人利益而为自己谋取了大量私利。温泉浴场和度假酒店的经营权,就是他被外乡人买通后私自所做的让步。裘姓人对裘成山已经积累了太多的不满,这次他的表现终于让新崛起的掌权派动了杀机。而在汪记羊肉铺投毒一事,则是他们对外乡人宣战的信号。自从商贸协会成立之日起,裘姓人就视其为外乡势力的代言人,这次他们不光是要搞垮协会,而且很快就会将枪口对准所有来巨石镇捞金的外乡人。他们屡屡选择裘姓人作为受害者,就是在舍小保大、舍局部保整体的前提下,最大限度地激化裘姓人和外乡人及非裘姓人的矛盾,以便搞乱巨石镇现有的平衡和稳定,乱中夺权,重建以裘姓镇民为主导的新秩序……陈关这些观点,并非全部出自推断,许多情况是洪主任私下亲口告诉他的,所以有着非常高的可靠性。

汪兰花即便相信陈关所言非虚,还是觉得他的表现太过杯弓蛇影了。她觉得这都是少年时那场可怕的火灾,在这个可怜的男人内心留下了终生的阴影所致。她安慰陈关说,离开巨石镇也不是不可以,这个人人都戴着有色眼镜的地方,也着实让她受够了。但要另择陌生地而居,不是一件一蹴而就的事,一定要慎重而为。再说了,眼下还远没到火烧屁股的程度,去哪里定居,什么时候离开,都应该从长计议。汪兰花提议说，她可以找草滩三姊妹的骆小丹和魏芸好好咨询一下。她们是走南闯北的人，自然要比巨石镇的人见多识广。陈关一听，立即惊叫道："这事千万不得让任何人知道，包括你的父母家人。别说走漏风声，即便被人窥到苗头，我们都可能会死在巨石镇。"

面对汪兰花的疑虑，陈关第一次向她透露了有关逃离巨石镇计划的进展和细节：鉴于在巨石镇没有任何人值得信任，陈关最近在网上联系到一家边境城市的中介，委托他们办理诸如购房、落户等一切事宜，而且已经交了三十万的定金。一谈及此事，陈关刚才紧张抑郁的情绪终于有所缓和，他欣慰地说："自从我父母被杀后，我唯一的梦想就是逃离巨石镇。几十年来，我一直夹着尾巴做人，就是因为缺乏逃离的本钱。感谢老天慷慨给了我一夜暴富的机会，才能使得梦想成真啊。"汪兰花一脸疑惑地问："一夜暴富？这短短半年的时间，就算再能捞钱，你还能攒下一份能和羊肉铺相比的家业？"陈关闻言走进卧室，然后手执一个存折走出来递到汪兰花手上，眼睛中闪过一丝得意的神色道："上次给你的存折只是零头。我本来没打算告诉你，主要是怕吓着你。"汪兰花打开那本写着自己名字的存折，看着上面的数字，顿时惊得变了脸色："天啊！这得开多少家羊肉铺才能赚出来呀？有了这个存折，就算我不想离开巨石镇，但不走也得走了。"

关于温泉游泳馆和度假酒店经营权将要易主的小道消息，从腊月里开始到处流传，直到4月初才变成了现实。而裘荣集团能够最终拿下这个垂涎已久的项目，无疑要归功于发生在3月底的那场大火。

大火发生于3月26日深夜，地点是草滩。这一天是星期日，由于第二天要上班，很多人早早就进入了梦乡。加上草滩地点偏远，没有多少人注意到那场照亮了巨石镇半边夜色的熊熊大火。很多人在后半夜被消防车的鸣笛声惊醒时，恍惚间还以为自己依旧身在梦境。第二天，这场大火造成的结果呈现在了人们面前：陈关家的房子被彻底烧毁，只剩下了依旧在冒着白烟的残垣断壁。这场大火是同样居住在草滩的外乡人钱永旺首先发现并报警的。他披着浇透了水的棉被冲进火海，将已经烧得面目全非的陈关救了出来。但直到赶来的消防队员奋力扑灭了大火，女主人汪兰花和他们的儿子却活不见人，死不见尸，彻底地失去了行踪……

火灾立即就成了巨石镇那段时间里最热门的话题。这场蹊跷的灾难，到底是意外失火还是人为纵火？如果是人为纵火，作案者是外乡人还是裘姓人？众人除了对这些问题争执不下外，最为关注的问题却出奇地一致：在火灾中莫名失去踪影的汪兰花和她年幼的儿子，究竟是死是活？……随着时间的流逝，这些流言蜚语又一次如同水面上的涟漪一样，最终无果而终。倒是巨石镇的老人们想起当年陈裁缝夫妇死于火灾的事，不无宿命色彩地感慨道："两次火灾都逃过一死，看来陈家的后人当真命不该绝啊。"

51

开春了。在冬季里看上去沉郁苍凉的神湖山，随着气温回暖，重新变得新绿满眼、春花初绽。绵延不绝、重峦叠嶂的山体如同脱去了沉重冬衣的人们一样，显得轻盈灵动起来。冬天里在巨石镇一度明显可感的颓败迹象，在这股春天的暖流里，似乎渐渐烟消云散了。许多在寒冷的冬天里消失不见的外乡人又回到了巨石镇，镇街上再一次变得热闹拥挤起来。但细心人还是看出了其中的变化：过去来巨石镇的外乡人，多是前来洽谈生意的商人、建筑工地的打工者和形形色色的游客，他们的面孔如同走马灯般日日翻新。但从这个春天开始，镇街上无所事事的闲人明显多了起来。前段时间因汪记羊肉铺投毒案而遭受重创的餐饮业，在这帮闲人的加持下，竟然又渐渐生意红火了起来。而诸如夜总会、酒吧、歌舞厅、按摩院、洗头房之类的夜店，更是"忽如一夜春风来，千树万树梨花开"，不但数量急剧增加，而且营业时间大幅延长，其中通宵达旦者也不在少数。夜店的繁荣，必然会同时让藏污纳垢的非法勾当随之兴起。过去一直偷偷摸摸的黄、赌、毒行业变得越来越明目张胆，为此引发的恶性事件和家庭悲剧时有上演。3月底的一天，居然发生了裘姓镇民和外乡人因为一个据说床上功夫"技盖群芳"的暗娼争风吃醋而引发的群殴。这次规模浩大的群殴事件，不仅双方都有不少人受伤，而且多个原本风平浪静的家庭从此夫妻间战火不断，甚至有几十年的夫妻因此而分道扬镳。

"世风日下，人心不古啊，没想到巨石镇也会有堕落的这一天。"胡须花白的老人们看到发生在眼前的变化，只能摇头感慨，连最初捶胸顿足的心气都没有了。默姑又适时地跳了出来，带着一脸看热闹不嫌事大的神情说："哼，现在还不到哭爹喊娘的时候，巨石镇毁灭的宿命已定，没有谁能逃脱得了。"此话让绝大多数巨石镇人觉得既反感又可笑，众人不屑地说："这老巫婆，真是语不惊人死不休啊。眼看着巨石镇又一次变得繁荣热闹起来，自己过去的预言破产，又寡廉鲜耻地说出这样的屁话！"

众人的判断当然也不是空穴来风。开春以来，尽管有关基建资金链断裂、恐龙生态园项目纯属集资诈骗的流言蜚语依然不时有所耳闻，但有些在冬季里一直停工的工地开始复工的事实，让这些传闻变成了人们心目中的谣言。加上裘荣集团在巨石镇的权力占比逐渐加重，昔日为外乡人所主导的项目，越来越多地有了来自本土的声音，这让许多巨石镇人高悬的心彻底放了下来。"外乡人注定只会捞钱，要说在乎后续发展的，只能是我们巨石镇人。"众人这样欣慰地感叹时，早已经忘了裘姓镇民和杂姓镇民由来已久的矛盾和冲突，所有巨石镇人似乎成了亲密无间的一家人，只要大家齐心协力，巨石镇前程似锦的未来指日可待。

对于外乡人钱永旺而言，巨石镇的前途如何，并不是他关心的事。在这个季节里，他却远比巨石镇人更加真切地感受到了盎然的春意。曾经横亘在他和魏芸之间的隔膜彻底消除了，夫妻二人的爱恋和相知梅开二度，比新婚燕尔之时还要甜蜜和热烈。

"默姑老说巨石镇要毁灭，我不但毫无担心，而且希望她的预言能够变成现实。"沉浸在幸福中的钱永旺，有时会突然没头没脑地说出类似这样的话来。魏芸问他何出此言，钱永旺会一脸酸腐地摇头摆尾道："像你我这样的爱情，才配得上海枯石烂的末日检验。"

在父亲钱有道的私生子风波中，钱永旺失去了强大的经济后盾，但同时却收获了爱情的真谛。事实证明，魏芸确实有着一颗金子般珍贵的心。她面对丈夫失去财富所表现出来的坦然、豁达甚至欣慰，不但抵消了钱永旺的失落和忧患，更丰富了他对人生的期待和对自己这段婚姻的珍惜。钱永旺是个生活非常简单的人，过去父亲的巨额财富于他，只不过是一道心理保障，他并没有过一丝一毫富家子弟的纨绔奢靡之风。甚至在某种意义上，父亲的财富给自己的生活和婚姻反而造成了困扰和纠结，让他无从判断走向自己的女人究竟带着什么样的动机……这段时间里，钱永旺觉得自己和魏芸像两个刚从大学校园里走出来的情侣，完全沉浸在纯粹的精神和情感世界里，一切物欲都从生活中退化成了模糊的、可有可无的背景，甚至关于未来的远虑都变得多余。

　　除了父母婚变的家庭风波，让钱永旺倍加珍惜当下情感的另一个因素，是老友王民的婚姻居然也出了状况。尽管王民从来都没有说过他和骆小丹之间的任何问题，但钱永旺确信他们之间发生了某些不便为外人所道的事。而且此事依然在发酵，其后果更是无法预测。从来不轻易在背后议论别人的魏芸，这次也例外地参与到了钱永旺关于这个话题的讨论。魏芸说："我也觉得你说得有道理。可是，如果连民哥和小丹姐的婚姻都出了问题，世界上还有什么可以天长地久的男女关系？"他们分析半天，也想不出这样一对夫妻，究竟哪一方做出了什么事，才能伤害到他们一直固若金汤的婚姻关系。

　　钱永旺和魏芸确信王民的婚姻出了问题，是因为他们两人明显回避式的分居状态。而问及分居的原因，王民支支吾吾说出的理由，又都无法令人信服。

　　正月十三日钱永旺和魏芸回到巨石镇后，意外发现王民竟先于他们回到了镇上。当时正值晚饭时分。钱永旺敲开门后，王民居然已经准备睡觉了。在随后的数天时间里，钱永旺打他手机打不通，去他家里也是院门紧锁，处于彻底失联状态。钱永旺猜想王民可能进山去找老枪了，因为除此之外唯一的可能就是他出了什么意外。直到正月十八日下午，钱永旺才接到了王民约酒的电话。钱永旺没有猜错，他果然进山去找老枪了。

　　当时汪记羊肉铺投毒案正闹得人心惶惶，大部分餐馆不是歇业，就是无人问津。王民在电话里说，他晚上动手做几个菜和钱永旺两口子聚聚。钱永旺笑道："拉倒吧，魏芸一看男人这么贤惠，我以后在家里就不好混了。"不由分说就让王民来草滩，毕竟魏芸在家，手艺再不济也比一个大老爷们儿强。王民也不坚持，而是调侃道："还是哥们儿你懂我，知道我不过就是假模假式地一说而已。"晚上去草滩钱家的时候，王民特意带了一瓶茅台。

这天晚上，钱永旺以为王民一定有满肚子关于他和骆小丹的心事要说，他甚至根据自己的婚姻经验准备好了从各种角度劝导安慰的话。但令他没有想到的是，整个晚上王民只字未提骆小丹，而王民所讲的一个古怪离奇的故事，让钱永旺两口子也被深深吸引，早就忘记了初衷。

王民所讲的，正是怪人老枪复仇的故事。一个因为恋人被横刀夺爱的男人，大半生隐身深山老林，就是等着心上人死去后，再去无所顾忌地实施自己预谋了一生的杀人计划。是复仇的坚定意志和想象中将仇人千刀万剐的快意，支撑了这个男人孤绝的一生。但谁料造化弄人，仇人却无疾而终地死在了恋人的前面，让他像突然丢失了猎物的猎人一样，人生顿时失去了全部意义……这原本是一个剧情离奇、让人唏嘘的故事，其中让钱永旺最感到揪心的，却并非老枪这个人的命运，而是王民无意中提到的关于影狼的事。王民说，失去人生目标和意义的老枪，不知道怎样才能重新拾起活下去的勇气。他整日躺在深山的小木屋中，茶饭不思，就像一架失去了动力的机器一样，正在走向锈迹斑斑乃至烂成一堆废铁的宿命。魏芸闻言道："人比机器脆弱多了，几天不吃饭就得饿死。你怎么不把他弄到山下来啊？"王民说："我和他待了三天三夜，就是想劝他下山。但就算我磨破嘴皮，怎么可能劝得动一个彻底死心的人？"王民劝魏芸两口子不必过于担心，说老枪一时半会儿还死不了，因为"有人定期给他送饭"。

在王民随后的讲述中，钱永旺被故事的这个意外转折吓了一跳：因为王民口中的"有人"并不是人而是狼，是影狼！王民说，自己去找老枪时，因为许久没有上山，以至于居然在山中迷了路。

要不是影狼适时现身并带着他找到老枪隐秘的小木屋，自己那天没准儿会冻死在野山里。他后来是从老枪的嘴里，才知道了他和那只影狼的故事。

"什么影狼，都是以讹传讹罢了。老枪说那不过是一只被人遗弃的狼狗。因为有孕在身，是自己收留并照顾它产下六只狗崽的。狼狗在小木屋里待了不到一个月，就带着狗崽们离开了。谁知道短短数月之后，它不但没有饿死，而且完全适应了荒野生活，变得越来越像一头健壮的野狼。"王民说，"现在每天影狼都会弄来食物送到老枪门口。不过说怪也怪，影狼不但知恩图报，而且特别善解人意。它每次给老枪带来的，居然并非生肉野果之类，而是不知从哪里搞来的人类的食物。"刚听到这里，魏芸就忍不住骂出声来："怀孕的狗子都能抛弃，这是些什么猪狗不如的人啊。"

这段时间里，钱永旺沉浸在与魏芸梅开二度的甜蜜爱情之中，将曾让自己深感忧惧的影狼之事，早已经抛到了九霄云外。王民关于影狼的故事，魏芸愤怒至极的骂声，一下子让他重新跌回了惊恐之中。关于影狼就是德牧小花的猜测，至此已经毫无疑义地得到了证实。钱永旺想起关于影狼的种种传言，心中又一次变得忐忑和紧张。他有些失神地自语道："影狼既然知恩图报，你说它会不会记仇呢？"王民说："当然了。快意恩仇嘛，有恩必还者必然有仇必报。巡山队那帮人，就是因为知道这个道理，才有意躲着影狼。"魏芸说："那它原来的主人估计早已经去见阎王了。"

钱永旺忽然就烦躁了起来。他端起酒杯，猛地灌了下去，说道："喝酒喝酒，不聊这些没影的事儿了。"魏芸说："对对对，尽顾着听民哥讲故事了，我还有两个菜没炒呢。"说罢赶紧站起身来，又回厨房去了。

52

去年11月9日和魏芸推心置腹的谈话，被钱永旺称为两人婚姻史上里程碑式的"草滩长谈"。钱永旺不仅承认了自己伪丁克主义者的身份，而且开诚布公地交代了自己内心几乎所有的秘密。之所以说"几乎所有"，是因为在德牧小花一事上，他在反复纠结之后，最终对当初的隐瞒还是选择了沉默。魏芸对她的狗子们太上心了，钱永旺觉得自己遗弃小花的做法，根本不可能获得她的原谅。在随后两人和好如初的日子里，这个秘密一直是钱永旺对魏芸心存的一份愧疚。他曾多次想坦白这一秘密，但总觉得自己的动机并不纯粹，坦白的目的似乎更多的是为了从小花的女主人那里寻求保护。

"算了吧，让这个秘密永远成为秘密吧。"每次刚鼓起勇气的钱永旺又打了退堂鼓。他觉得还是走一步算一步，也许成为群兽之王的德牧小花早已经放下了过往，将与自己和魏芸的恩怨都化为了过眼云烟。

这种侥幸心理可以缓解自己对小花报复自己昔日虐待和无情抛弃的恐惧，但无法削弱钱永旺对魏芸的愧疚。他只能用加倍的爱意和体贴来弥补。钱永旺作为一个男人和丈夫的表现，甚至让魏芸都感受到了近乎刻意的完美。她有些诚惶诚恐地对钱永旺说："爱情是过日子，不能太过用力，松弛才能长久啊。"钱永旺说："就算是过于用力，也是受真心驱使，该松弛的时候，它自然就会松弛下来。"他依旧我行我素地体贴、宠爱着魏芸，两口子如胶似漆的腻歪劲儿，让巨石镇许多夫妻感到羡慕的同时，内心也浮上一丝疑惑：就算钱永旺是个彻头彻尾的暖男，但这种暖法也太离谱了。一个男人对女人表现出如此夸张的爱意，如果不是因为有过出轨之类的背叛而心怀愧疚，就是预感到了爱情的末日，恨不得将每一个普通的日子都当成纪念日来过。

"钱永旺看上去不像是个会背叛婚姻的人，八成是他的女人得了什么绝症，将不久于人世了。"人们在私下谈论起这对日日演绎完美爱情的夫妻时，时不时总会浮上一丝不祥的预感。

谁也不会想到这样的议论会在不久的将来一语成谶。在这个春天即将结束、天气一天天变得炎热的季节里，魏芸真的告别了人世。不过她并非因为生病，而是死于一场惨烈的意外。

5月13日是个普通的星期六。这天上午，钱永旺和魏芸上了一趟五王峰。钱永旺夫妇是不喜欢热闹的人，当初他们从北京来到巨石镇，就是为了逃避喧嚣。在巨石镇将院子买在草滩，更是静中求静。所以自从干涸了不知多少年的古泉突然复活、五王峰因此而成为日益热闹的旅游景点之后，他们二人竟一次也没有来过。即便后来借此兴建的温泉浴场、温泉游泳馆和度假酒店，他们也只是在巨石镇有线电视台和省台的旅游频道上见过，而从未亲身光临。这天夫妻二人之所以去了五王峰，是因为近日出现了一个让许多巨石镇人寝食难安的现象：早已经成为巨石镇旅游金字招牌的忘忧泉，突然变得缺乏活力起来：原来喷出的可高达七八米的水柱，自打开春以来不但越来越低，而且由粗变细，原来数百米之外便可听见的喷水的咆哮声，也日复一日地暗弱了下来。这种情形刚出现时，人们并未在意，以为不过就是底下水位的变化而已，强弱交替，不值得大惊小怪。但此时默姑到处宣称，泉水复活不过是老天品鉴巨石镇人性的试金石，巨石镇早已人心不古，古泉再次干涸是必然的事。默姑这段时间常说的"一切都将终结于这个夏天"这句话，被许多人认为是这个老巫婆对忘忧泉断流具体时间的预言。尽管默姑预言的影响力在巨石镇已经微不足道，但忘忧泉日渐疲软的喷水却让人们无法将默姑的预言视为毫无意义的妄语。这段时间里，忘忧泉一丝一毫的变化都牵动着巨石镇民众敏感的神经。任何其他本应成为热点的事件，都暂时被人们遗忘在了脑后。甚至从5月初开始，多人曾目击影狼带领六只半大狼崽现身巨石镇的不寻常之事，也没有引起人们的过分警觉。

5月13日早饭过后，钱永旺对魏芸说："看有线电视台，你最喜欢吃的山竹上市了，一会儿去街上买点。我昨晚下了好几部不错的片子，上午一起看电影消磨时间吧。"但魏芸说："别老在家待着了，咱们今天去五王峰玩吧。"钱永旺说："你怎么忽然有兴趣凑这份热闹了？"魏芸说："大家都在传忘忧泉又要干涸了，咱们怎么也得洗一次温泉吧。"钱永旺说："不会吧？默姑就喜欢耸人听闻。不过都听你的，想去咱就去。"

夫妻俩上了五王峰，没想到温泉浴场当日临时歇业了。原来周围只修建了围栏的泉眼，也彻底被数米高的蓝色幕布遮挡了起来。面对众多游客关于泉水是否已经断流的诘问，管理人员却给出了否定的回答，说只是设备故障，等检修过后就会重新开放。魏芸不无遗憾地说："唉，这事我琢磨好几天了，却偏偏没能赶上。"钱永旺说："咱们又不是游客，随时再来就是了。"魏芸却说："人生许多事，一旦错过便是终生。"钱永旺笑着安慰道："你这两天有点多愁善感啊。如果忘忧泉真的干涸了，也不值得遗憾，我带你去日本泡温泉作为弥补。"事后每当钱永旺想起妻子当时的表情，都觉得她当时的话中充满了神秘的寓意。

两人回到草滩后，整个下午魏芸都在拆洗狗子们的棉衣。家里剩余的四只狗子在她身边打闹嬉戏，像在母亲跟前邀宠卖萌的幸福孩子。钱永旺觉得上午刚爬山回来，这些事没必要急着赶着去做，但看到魏芸和她的狗子们亲密相处的慈祥模样，他话到嘴边却又咽了回去。晚上吃过饭后，魏芸叮嘱钱永旺说："明天是母亲节，你今晚或明早打个问候电话。老人现在闹离婚，儿子的关心就显得尤为重要。我今天有点累，早点去睡觉了。"钱永旺笑道："我妈最近老挑礼，主要是觉得她在为我争财产，而我爱搭不理的，心里有点不平衡。"

魏芸睡觉后，钱永旺把要给母亲打电话的事早就忘得一干二净。他百无聊赖地看了会儿电视，打算也早点休息时，王民却打来了电话。刚一开口，钱永旺就知道他喝醉了。钱永旺说："我的哥啊，你这是跟谁喝酒，这才八点刚过，就已经喝高了。"王民说话根本不着调，东一榔头西一棒子的，让人云里雾里地找不着北。钱永旺和他牛头不对马嘴地聊了半天，才大概其弄明白了王民的眼下的状况：他是在家里一个人喝闷酒，而最近频频喝酒的原因，是骆小丹的身体确实出了问题，最近决定要做手术了。按他的话说，是"情况非常不好，我心乱如麻"……王民又哭又笑，又唱歌又骂娘，情绪已经极度混乱。钱永旺知道，这是一个突然遭受心理重创的男人在酒后的必然反应。尽管具体情况不详，但骆小丹的病情肯定不容乐观。钱永旺很难过，也知道此刻所有的开导都苍白无力。他像对待一个小孩子一样耐心地哄劝着王民，直到电话那端传来鼾声才挂断了电话……这个意外的消息让钱永旺大为震惊。他猜测着骆小丹"情况不好"的病名和可能产生的结果，想着民哥日后可能面临的令人心疼的状态，不禁悲从心来，难以自已，整整一个晚上都辗转反侧，怎么也无法入睡。

不知凌晨几点，外面渐渐响起了淅淅沥沥的小雨声。这让钱永旺更是睡意全无。在无意之间，钱永旺忽然觉察到了雨中的一丝异样。他屏声静气地仔细分辨时，果然听到了院墙外不时传来的低沉的、有着长长拖腔的犬吠声。是小花！这声音太熟悉了，它不但在过去很长一段时间里陪伴过自己，而且后来也曾多次出现在梦境中。不知是何缘故，在这个雨夜里，当钱永旺再次听到小花的叫声时，过去的恐惧和担忧忽然间都变成了不可遏止的愤怒。

"你到底想怎样？好吧，那就做个了断吧。"他这样想着，便摸黑穿衣起床，蹑手蹑脚地打开院门来到了外面的空场上。

天色朦胧，细雨霏霏，蹲在咫尺之外的影狼像一个黑色的剪影。它身后不远处，并排而立着六只体形已基本接近它们母亲的幼兽。钱永旺在那一刻，心里甚至有一种与家人重逢的感动。但他知道这份感动是虚妄的。他虽然看不清昔日小花、今日影狼的表情，却能明显感受到从它那双眼中投向自己的带着恨意的目光。"来吧！来做个了断！"钱永旺一边在心里念叨着，一边从口袋里掏出那把一直随身携带的折叠刀来，迎着前来复仇的敌人走了过去。影狼站了起来，嘴里发出一声寓意不明的低沉的叫声，一步一步地向前走来。钱永旺终于看清了影狼的面目，看清了它右眼上那熟悉的白眼圈，看清了它那双颜色似乎发生了变异的眼睛中复杂难辨的眼神。

"来吧！你这个睚眦必报的畜生！"钱永旺一边愤怒地叫着，一边挥起了手中寒光四射的尖刀。但还不等他胳膊落下，影狼飞身扑起，一口便咬住了他握刀的手腕。锋利的牙齿立即刺穿了骨肉，伴随着撕心裂肺的疼痛，钱永旺在影狼低沉的咆哮中，听到了咣当一声刀子落地的响动。他本能地用左胳膊顺势紧紧地勒住了影狼的脖子，猛地将它摔倒在地上。在一团混战中，身体不断翻滚的钱永旺，在朦胧的晨光中，一次又一次地看见了正在甩动、撕咬着自己的那张兽脸，它一会儿是自己熟悉的德牧小花，一会儿又是陌生的狼王……

后来的一幕，钱永旺一直和反复出现在深夜的梦境混在了一起：就在自己被那头恐怖的野兽即将撕成碎片的时候，魏芸尖声大叫着从远处飞奔了过来。那头凶残的野兽忽然变成了一只温顺驯服的狗子，对着昔日的女主人摇尾乞怜，刚才还凶光四射的眼睛里流露出了无限的委屈与伤悲。钱永旺看见怒不可遏的魏芸一边发疯般地尖叫着，一边将手中的菜刀挥向了已经臣服在自己面前的狗子。就在狗子诉说心事般的哀鸣声中，那六只一直并排站在一旁的幼兽，狂吠着冲向了那个正在挥刀屠杀它们母亲的女人……

钱永旺分不清这一幕是正在上演的真实，还是自己身在恍惚的梦境。他满目都是一片殷红，那场一直盘绕在自己梦中的积雪融化了，正和着成片的鲜血流成了一条红色的小河……

53

当一股冰凉的液体浇在脸上时，王民还在云里雾里地做着梦。他被这突如其来的刺激惊醒后，看见尼采嘴里叼着一瓶昨天没有喝完的啤酒，正在往自己的脸上浇着。他一骨碌坐起来，才发现昨天晚上喝多后，就地卧倒在沙发上睡了一夜。

"我真想把你炖成一锅红烧狗肉！"王民恼怒地扬起手骂了一句。尼采将嘴里的啤酒瓶放回茶几，眼神冷漠地看了看他，蔫头耷脑地走到一边去了。王民看了看墙上的挂钟，时间已经指向了将近九点。他想起此刻还在医院里的骆小丹，这才意识到尼采并不是在搞恶作剧，而是在叫醒自己。

王民脑子还晕乎乎的。但他除了立即起床洗漱，然后买好早点赶去医院，精神抖擞地出现在骆小丹面前之外，没有任何别的选择。洗漱完毕后，王民看了一下手机，上面居然有十几个未接电话和未读短信，清一水都是文方发来的。他看了看时间，基本集中在凌晨六点。"这个神经病！"王民嘟囔了一句。他猜想不是文方喝酒喝到了凌晨，就是他的院子又出了什么状况。没想到回拨过去后，却听到了一个令他震惊万分的消息：钱永旺和魏芸两口子遭到了影狼的伏击，一死一伤。文方打电话过来，就是想问他是否知道钱永旺家人的电话，因为手机上他父亲的号码根本打不通。当王民得知住院的钱永旺需要用钱而文方一时手头拮据时，他立即用手机给文方转了二十万。王民说："不够时再告诉我。别担心钱的事，一切都用最好的，钱家最不缺的就是钱。"

在给骆小丹买好早点，开车去医院的路上，这个消息依然让王民回不过神来。他昨天晚上喝醉酒后，还和钱永旺在电话里聊了半天。一觉醒来，居然就发生了这样的事。"畜生啊！"想起肇事的影狼，王民恨意满腔地骂出了声来。本来他对这头传奇野兽并不反感，当巨石镇刚开始出现关于它的传言时，王民就觉得这是一只个性分明、特立独行的野兽，对它怀有的只是惊讶和好奇。那次进山去找老枪时，王民不仅被影狼拯救于迷途，而且还从老枪口中得知了其知恩图报的义举，这使得他对影狼更是充满了感激和敬重。但他万万没有想到，自己的两个好朋友会遭到它的伏击，而且造成了如此严重的后果。王民左思右想，怎么也想不通善良老实而且热爱动物的魏芸何以会被影狼咬死。"畜生就是畜生，要不怎么会无缘无故地伤害一个好人！"王民一边感慨影狼无厘头的作恶，同时又在纳闷，一个让巨石镇惶惶不可终日、连巡山小队都无力对付的猛兽，居然真的死在了手无缚鸡之力的魏芸手中？王民在电话里向文方反复求证这个细节，文方说："影狼死在了魏芸的菜刀下，千真万确。"王民问："这怎么可能？"文方说："天下越看似不可能的事，越会真实发生。别忘了，这可是你的名言啊。"

影狼死了，王民第一个想到的就是老枪。老枪作为一个失去了跟踪多年猎物的猎人，同时也失去了生活下去的目标。他万念俱灰，茶饭不思，整日挺尸般躺平在大山深处的小木屋中。过去食物都是影狼定时送上门的，如今影狼死了，老枪的生活将何以为继？老枪杀人的渴望已经到了饥不择食的地步，他甚至可怜巴巴地问王民说，你有仇人吗？什么样的仇人都行。你是个拿画笔的书生，干不了杀人越货的事，你就让我替你去杀人吧，也算不辜负咱们兄弟一场交情。对于这样荒唐的提议，说实在话，王民不是没有动过一念。当时看着老枪近乎祈求的眼神，他内心里立即想到了让自己感到不共戴天的程悦。干脆让老枪干掉那孙子，既满足了老枪的夙愿，也解了自己的心头之恨，岂不是一举两得的事？这个想法刚一冒头，就立即遭到了理性和男人自尊无情的嘲笑：王民啊王民，你居然会阴暗无耻到这一步，你还算个站着撒尿的男人吗？当时王民对自己的反应多少有点自得，但事后冷静地想了想，其实自己既不光明磊落，内心的自尊也并没有如此强大。他之所以立即拒绝了老枪的荒谬提议，只是因为自己都没有想好到底该如何处置这件事。尽管王民一直在内心里喊叫着打打杀杀，也真心恨不得将程悦碎尸万段，但这些都是情绪化的冲动反应，其实他从来都没有想过真的为这件事去杀人。在每次冲动过后，面对又一次打了退堂鼓的内心，王民不止一次地考问自己：这究竟是你所谓的理性，还只是作为一个懦夫的借口？世界上最深刻的仇恨，除了杀父之仇，便是夺妻之恨。这事你都能忍，那他妈的还有什么事不能忍？这样的考问最终也会像一团无薪可续的火堆一样，无奈地越来越弱，直至变成一缕轻烟。因为答案很清楚，那不叫夺妻之恨啊，骆小丹不是一个被动的受害者，而是一个参与者，甚至有可能是一个主导者。这样的想法，总是让王民的怒火无法找到发泄的出口。老枪给他讲述了深埋在内心的仇恨后，王民觉得那才叫真正的夺妻之恨，仇人明确，目标清晰，确实值得筹备一场壮烈的复仇。在王民随后陪伴老枪的那几天里，当初这种解恨的痛快淋漓也渐渐变得越来越淡然。他看着像一团雪一样正在虚弱地化去的老枪，忽然对他由强烈仇恨支撑的人生产生了强烈的怀疑：就算命运迎合了老枪的安排，让他最终得以手刃情敌，这样的一生值吗？真的有意义吗？这样的疑问让王民在对老枪的敬服化为怜悯的同时，自己心中的那份仇恨也渐渐地淡了下去。

想起老枪，王民的心里掠过一丝怅然。这么长时间过去，即便有影狼的照顾，他八成也已经不在人世了。即便还活着，现在没有了影狼，他更是只有死路一条。王民并没有太多的伤感，对于一个一心求死的人，也许我们对他的所谓善良祈愿，不过是一种毫无意义的折磨……王民脑子里胡思乱想，以至于在一个路口等红绿灯时，他才意识到自己的车子早已经开过了医院。

骆小丹所住的病房为三人间的普通病房。入院时，王民想都没想就选了单人间，却被骆小丹执意更换了。她说："不是心疼钱，在医院里一个人住一间，我觉得更容易被死神光顾。"王民说："呸呸呸！你能不能不乌鸦嘴！"骆小丹笑道："你真是个榆木脑袋。人说升官发财死老婆是中年男人三大喜事，你咋搞得比我还紧张。"要是放在平时，这种玩笑在王民和骆小丹之间根本算不上过分。由于这段时间两人的关系变得微妙起来，似乎总有一层无形的东西隔在两人之间，再也没有了昔日的那种水乳交融的默契和亲密。所以骆小丹说完这句话后，夫妻两人同时住了口，谁也没有再接话茬。王民除了不知如何应对的尴尬外，内心更多的却是悲伤和愧悔。因为他总觉得妻子骆小丹的突然生病，与自己内心聚集的恨意脱不了干系。

今年过年，儿子在日本没有回来，自己和妻子的关系又出现了微妙的变化，王民便没有回老家，而是留在了北京。王民和骆小丹这么多年不上班，过去无论是长久分别，还是朝夕相处，两人都处在一种安逸自在的状态。但这个正月里，王民觉得与妻子相处变成了一种无时无刻不能感受到的压力，让他内心充满着逃避的欲望。自己已经独自在北京待了数月，骆小丹刚回京不久，无论如何也不能随便找个借口再次离开。

老枪的电话简直就是及时雨。他之前就数次下山找过王民，现在电话里又要死要活的，王民重返巨石镇便成了理所当然的事。其实对于老枪的状态，王民也无能为力。他劝说老枪下山无果，只好陪他在小木屋中待了几天后，便独自下山回到了巨石镇。他独自在小院中生活了一个多月，其实还是出于逃避的目的。如果不是岳母打电话说骆小丹晕倒的事，很有可能他现在依然待在巨石镇。

骆小丹再次晕倒，发生在3月26日傍晚，那天是个星期日。吕淑贞来女儿家已经整整一周了。那天，她正坐在沙发上一边用夹子吃着核桃，一边与正在开放式厨房里准备晚饭的女儿有一搭没一搭地说着闲话。吕淑贞忘了当时问女儿什么问题，问了三遍也没听见回答，回头看时，却发现骆小丹不知何时已经瘫倒在了地上。吕淑贞抬也抬不起，抱也抱不动，正吓得六神无主的时候，倒是尼采从二楼跑了下来，冲着电话机汪汪汪地连叫了几声。吕淑贞这才回过神来，赶紧拨打了120急救电话……王民是第二天接到岳母电话的，这个在女儿问题上一直表现得极度护犊子的女人，居然没有说一句埋怨女婿的话。她简述了骆小丹昨天晕倒的事，语气平静地说："急救车在路上时，小丹就醒了。她说是低血糖，不碍事的，但差点把我吓死了。"王民说："我这几天就回去，得带她去好好做个检查了。"

王民走进病房时，一号床那个胖胖的中年女人不在，骆小丹正在和三号床小姑娘的妈妈聊天。看见王民进来，骆小丹说："定了，5月17日上午。"王民一时没反应过来，一脸懵懂地问："什么定了？"骆小丹说："还能是什么，手术啊。"

王民一下子愣在那里，半天说不出话来。他的心狂跳不止，一直折磨着自己的那个不好的预感，像一道惊雷般在耳边炸响，让他感到一阵阵头晕目眩……

54

王民之所以对骆小丹的话感到如此震惊，是因为他觉得去做这个风险极高的手术的决定，并非妻子自己的选择，而是命运的安排。不，是命运的裁决。

不知道是固执，还是出于对医院的恐惧，面对王民让她去大医院做一次彻底检查的要求，骆小丹一直坚称自己就是低血糖症，根本没有这个必要。最后王民只好求助岳母吕淑贞，在她半是恳求、半是命令的催促下，骆小丹总算同意了王民这一"没事找事"的建议。4月底的一天，王民陪她去中日友好医院做了一次全面检查，没几天就拿到了令人意外又震惊的结果：骆小丹患有一级脑胶质瘤。这是经过颅脑CT等多种精密检查的结果，而骆小丹两次晕倒是低血糖症状，确实与此无关。在医生的问询过程中，骆小丹曾经出现过但并未引起注意的呕吐现象，倒是该病的症状之一。刚拿到结果时，由于对此病一无所知，一听不过是初级，骆小丹并没有放在心上，而是大大咧咧地说："好多病不去医院一辈子都不知道，人就是喜欢自己吓唬自己。"

即便当时对此病同样一无所知，王民在得知这个结果时，如同挨了当头一棒。当时浮上他脑海的第一个念头，居然是：这是上帝惩罚的判决，只不过是判错了对象。自从接到老段酒后的那个电话后，王民在心里曾恶毒诅咒这场双重背叛的次数，简直多得数不胜数。但即便要惩罚，也应该惩罚程悦那个王八蛋啊，为什么要让厄运落在骆小丹身上？王民内心充满了难言的愧疚和负罪感。他甚至后悔自己非得让妻子来做这个检查，仿佛这样做的目的并不是为了对方的健康，而是存心将其推上审判台，逼着命运对自己认定做了背叛之事的女人做出判决……看着当时一脸不在乎的骆小丹，王民转身进了卫生间，眼泪忍不住夺眶而出。他站在镜子面前看着自己，第一次觉得镜子里正在和自己对视的，是一个完全陌生的、内心阴暗而卑鄙的男人。

对于骆小丹的病情，医生的建议是进行手术治疗。鉴于肿瘤的位置比较特殊，同时也将可能的风险讲得非常明白，让患者和家属自己决定。这是一个非常艰难的选择题，对于骆小丹而言，她既希望能切除肿瘤彻底治愈，又担心手术失败自己甚至下不了手术台。她可怜巴巴地对王民说："到底是选择手术还是保守治疗，你来替我拿主意。"王民自从医生告知手术的风险之后，他心里就有了一种非常不好的预感。他隐约觉得上帝已经安排好了结局，但这一次却把判决权交到了自己手上。这实在是一个既沉重又残酷的选择，王民根本无力做出。保守治疗所导致的病情不断加重，手术治疗可能面临的可怕后果，都是王民所无法承受的。他看着骆小丹，艰难地摇着头说道："我不知道该怎么办，真的！要不你还是抛硬币来决定吧。"

这段时间里，王民所有的精力和心思，都放在了关于脑胶质瘤的有关信息上。他在网上搜遍了有关该病的相关资料，当看到有同样是一级的病人采取保守治疗，肿瘤不但没有增大，反而在数年后奇迹般消失的报道后，他便彻底倾向于不冒手术之险。他给骆小丹反复权衡利弊，劝她听从自己的建议。吕淑贞对此却极力反对，她说："那是极个别的例子，保守治疗基本上就等于听天由命，必须听从大夫的建议，不冒风险就等于自我放弃。"最后骆小丹还是选择了听从母亲，于数天前入住了治疗脑肿瘤最好的解放军总医院。在做术前检查的这几天内，王民并没有彻底死心，依然在不断劝说妻子能改变主意。但现在看来，自己所有的努力都白费了。

王民心里清楚，自己之所以如此固执地劝阻这场手术，最根本的原因就是对其后果强烈的、非常不好的预感。尽管理性一次又一次地嘲笑了自己，他还是无法就此放下。"她会死在手术台上的，而上帝就是想让我直面自己诅咒的后果。"一想象骆小丹那张苍白的脸被盖尸布蒙上的情景，王民的内心就开始滴血，心中曾对妻子怀有过的所有憎恨，都在瞬间烟消云散了。他像个怀旧的老人般总想起往事，想起自己和骆小丹一路走过来的所有悲喜苦乐，总会忍不住泪流满面。

骆小丹结婚后，面对很多人诸如"王民是个无业游民，长得也不行，你为什么会选这么个人？"之类的疑问时，她总是笑眯眯地说："我嫁给王民，只因为他曾经说过的一句话。"第一次听到这个说法时，王民都不知道是自己哪句装腔作势的海誓山盟，让这个傻姑娘如此感动。但骆小丹说出来的事，却并非曾经的甜言蜜语，而是自己内心的真实想法。那是在两人成为恋人后不久的一次闲聊时，骆小丹问了一个特别俗气的问题："如果孩子、我和你妈三个人同时被洪水冲走，你会先救谁?"王民说:"先孩子，再你，其次我妈。"骆小丹说:"别人问过我爸同样的问题，我爸的回答顺序刚好和你相反。他说自己是个孝子，老婆孩子都可以再有，唯老妈不可能再有。"王民说:"妈和妈不一样，我妈如果因为我救她而误了孙子的性命，她也没法活在这个世上。而那些能安然活着的妈，也不值得舍了孩子的命去救。"骆小丹说:"那我和你妈之间，你为何要选我?"王民说:"都是亲人，我妈已经七老八十，而你的生命才刚刚开始。"骆小丹当时就感动万分，她说:"你不拘小节，但大事上一点也不糊涂。"……而现在，生活中没有出现洪水，自己内心阴毒的诅咒却像深不见底的潭水，将骆小丹淹没在了里面。这样一想，愧悔和负罪感就让王民心如刀割。

多次看到王民总是背地里落泪，吕淑贞既心疼又欣慰。这无疑是女儿婚姻幸福美满的证明，是柴米油盐的琐俗生活下人心的真金白银。她曾和王民就骆小丹做手术的事私下进行过一次长谈。她劝王民在这样的情况下，不要总吓唬骆小丹，而应该让病人认为这是小事一桩，不会有任何风险。看着王民一脸疑惑的样子，吕淑贞说:"善意的谎言是苦难生活必要的调节，有时甚至是唯一有效的良药。"她给王民讲了欧阳梵音所谓幸福婚姻的秘密:老满其实对自己和欧阳的婚姻充满了厌倦和无奈，但出于为人夫、为人父的责任，他不仅选择了隐忍，更是选择了欺骗。而这种善意的欺骗，不仅让妻子一直生活在完美的婚姻中，而且给了儿子一个幸福和谐的人生。儿子一家去国外旅游时遭遇车祸，老满才对自己的舞台人生终于失去了表演的热情，他在长久的痛苦和纠结之后，终于选择了悄然离家出走。这本来足以给欧阳造成毁灭性的打击，默姑却让这个美丽的谎言得以延续。她说自己曾见过老满，老满是因为身患绝症，既无法治愈又痛苦不堪，为了不让欧阳痛苦，才选择了悄然离开并自杀身亡。其实这完全是默姑为安慰欧阳而编出来的谎言……

"我从老满的日记中知道了所有真相，我也选择了隐瞒，其实这也是一种变相的欺骗。"吕淑贞说，"很多情况下，人生的真相并不重要，重要的是如何让原本一地鸡毛的生活获得一种平衡，如何能够顺利维持的平衡。"

吕淑贞的话并没有取得预期的效果。王民心不在焉，像在听一个与自己艰难处境毫无关联的故事。他喃喃自语道："善意的谎言也是谎言，它们可能是别人的良药，但对我和小丹却只能是毒药。"吕淑贞嗔怪道："你这孩子怎么这么犟，我是小丹的亲妈，我能不比你担心吗？但把担心挂在脸上，除了给病人增加心理负担，还能有什么用？这个时候，需要的是你的坚强和果断，而不是优柔寡断，儿女情长。"王民却再一次流下了眼泪，他神情恍惚地说："老满能撑那么久，是因为有角蛙这样的替代品，而我找不到任何东西来替代小丹。"

5月17日一早下起了小雨。王民从家里出发去医院时，从来不黏人的尼采却不断冲他吠叫。尽管王民从来对尼采的吠声不明寓意，他还是感到了一丝难言的伤感。他问尼采道："如果今天手术顺利，你叫一声；如果不顺利，你叫两声，好吗？"尼采冷眼看了看他，没有叫，转身走开了。

今天来医院陪护骆小丹做手术的，除了王民，还有吕淑贞和骆小毛。父亲骆保堂没有来。他的食疗师傅老道不幸因试食野生植物而中毒身亡，当天上午他要去殡仪馆参加师傅的遗体告别仪式。要是放在过去，吕淑贞会为此不依不饶，大发雷霆，质问没心没肺的丈夫到底是外人重要，还是亲生闺女重要。是死人重要，还是活人重要。但吕淑贞已经不是过去的吕淑贞了。她对王民谈及丈夫没来的原因时，轻描淡写地说："他们父女都是跟着感觉走的人。上次老骆摔伤，小丹不是也连个电话都不愿意打吗？"

在手术等待区的每一秒钟，都漫长而沉重得让人窒息。戒烟已将近十年的王民，忽然有了一种强烈的想抽一口的欲望。他对吕淑贞说："您和小毛坐会儿，我出去透口气。" 说罢就起身离开了。推开等待区的弹簧门时，王民在外面的走廊上，忽然看见了一个熟悉的身影。程悦？王民定睛看时，果然是程悦！程悦看见王民出来，眼神中掠过一丝慌乱，然后快步迎了过来，一边伸手一边急切地说："民哥！小丹……嫂子情况怎么样啊？"

王民一时愣在了那里。他无法判断自己的情绪，不知道此刻涌上心头的到底是仇恨、愤怒、寒心，还是沮丧、无奈、伤感，抑或都不是，抑或兼而有之。王民觉得大脑停止了转动，自己完全像个木头人。他下意识地伸手和程悦握在了一起，对他说："进去吧，大家都在等结果。我出去抽根烟。"说罢就径直走开了。

外面的雨下得越来越大了。王民的感觉都停留在了自己的右手上。那是一种完全陌生的感觉：在王民的记忆中，程悦的手永远都有着高于常人的温度。他第一次和程悦握手时曾说："我×，你果然是个情种。手心滚烫，跟发烧似的。"但今天，王民第一次感到这个男人的手冰凉冰凉的，像摸着一条冬眠的蛇。

尾 声

钱永旺住院不到十天就出院了。

他刚被送到医院时，全身血肉模糊，昏迷了两天都没能苏醒，甚至被县医院下了病危通知。但很快医生发现，他所受的只是皮肉之伤，让他一直呈现昏迷状态的，是巨大的心理创伤。按医生的话来说，就是：这个人身体并无大碍，但心却已经濒临死亡。第三天，钱永旺醒了过来。他对当时的情况闭口不言，甚至连魏芸的情况都没有多问一声，而是默默地流了一整天的眼泪。住院的那些日子里，正是巨石镇频发诸多大事的时候。面对铺天盖地而来的各种流言蜚语，钱永旺表现得毫无兴趣。他还没有等伤口彻底结痂，就执拗地要求出院了。

　　钱永旺坐着出租车从县城回到巨石镇时，是下午不到三点。新建的巨石镇行政中心门前聚集了大量愤怒的镇民。他们举着写有各种各样标语的牌子，高呼口号，正在举行声势浩大的示威抗议活动。钱永旺在住院时已经有所耳闻，恐龙生态园项目果真如默姑所言，是一场彻头彻尾的集资诈骗。在巨石镇基建资金断链、全镇到处是建了一半的烂尾楼时，以洪主任为首的管委会几位高管，居然卷尽余款集体潜逃了。就连在一场大火中幸存下来的放屁虫陈关，在出院后不久，也神秘地从巨石镇上消失了。巨石镇变得群龙无首，人们只好又一次将希望的目光投向了有原始住民之称的裘姓人。但此时裘姓人比普通镇民还要怒火中烧，他们不仅是集资诈骗案的受害者，而且花巨资终于搞到手的温泉浴场和度假酒店的经营权，因为温泉的彻底断流而成了一文不值的垃圾。他们恨狼心狗肺的外乡人，恨见利忘义的非裘姓镇民，恨那个内心邪恶、靠巫术让温泉又一次枯死的默姑……此刻的巨石镇，就如同在深夜刚刚办完一场盛大烟花的空场，在天色放亮的眼下，只剩下了满地遗留的垃圾和污物。迷人的辉煌转瞬即逝，残破的现状不堪入目。

　　钱永旺已经不关心这些了。他去老光棍裘守邦那里接上了由他好心帮忙收留的狗子们，然后让出租司机直奔草滩而去。他第一次有些动情地抚摸和搂抱了狗子们。不知道是由于钱永旺头上缠着绷带没能认出来，还是因为失去了女主人心情过度悲伤，狗子们竟顺从地接受了这份善意，没有表现出任何的厌恶和抗拒。

车过镇西王民家院子的时候，钱永旺惊讶地发现，院子里那棵自从移栽过来就从来都没有开过花的洋槐树，此时居然开得一树雪白的繁花。他忍不住掏出手机，拨通了王民的号码。

此刻在千里之外的北京，王民在周围一片惊呼声中没有听到裤兜里的手机铃声。他站在号称不婚主义者的刘楠曾租住过的九号楼前，眼睁睁地看着那个搞了好几次跳楼闹剧的小伙子，在众人的围观和起哄声中，这次真的从十楼的窗户中一跃而下。

一声犬吠传进了王民的耳中，他转过身看了看，尼采正用那种永远陌生的眼神看了他一眼，又将狗头转开了。最近王民开始学着遛狗，但尼采永远都与他保持着那种若即若离的距离……